阅读
看见
未来

READING

EXPANDS

VISION

阅读看见未来
——对我影响最大的书

READING EXPANDS VISION

Books that have most shaped my life

魏甫华　瘦竹　主编

深圳读书月组委会办公室　策划

海天出版社（中国·深圳）

序

Preface

让城市窗户透出阅读的灯光

李小甘

温润宜人的四月，书香满溢。从今年 4 月起，《深圳经济特区全民阅读促进条例》正式实施。4 月 23 日，我们又将迎来第二十一个"世界读书日"。此时，《阅读看见未来：对我影响最大的书》的出版，为高涨的阅读热情再添一把火。

时光倒流到 2013 年 10 月 21 日。这一天，在联合国教科文组织创意城市北京峰会和首届国际学习型城市大会上，联合国教科文组织总干事伊琳娜·博科娃向深圳市颁发"全球全民阅读典范城市"证书。这是该组织授予全球城市关于全民阅读的最高荣誉，以表彰深圳坚持不懈推动国际化建设和全球文化交流合作的成果，尤其是在推广书籍和阅读方面为全球城市树立的典范作用。

深圳这个年轻的城市能获此殊荣，可以说与深圳市委、市政府的大力支持，与广大市民，特别是广大读书人的努力密不可分。深圳作为一个创新型城市和一个年轻移民城市，始终将开放包容的文化和不断学习的精神作为城市发展的推动力。

"全球全民阅读典范城市"的养成

深圳图书馆老馆长刘楚材珍藏着一张 1988 年的《人民日报》。报纸的图片新闻上并排着两张照片：一张是国内某著名图书馆"门前冷落车马稀"，另一张则是深圳图书馆门前人们排着长队。鲜明的对比，让人印象深刻。

进入 20 世纪 90 年代，在 1996 年 11 月 8 日，第七届全国书市开幕暨深圳书城盛大开业，5 元入场券竟被炒到 80 元。当天前来参观购书的市民多达 10 万人，这个曾被别的城市认为是亏本买卖的全国书市，在深圳却受到极大欢迎，10 天销售额达 2177 万元，一举创造了购书量最多订数最大等 7 项全国纪录，盛况空前。

市民的读书热情和求知渴望，引起深圳市委、市政府及相关部门高度重视与深深思索。主管部门意识到举办专门的读书活动，正是一条绝佳路径。

2000 年 11 月 1 日，首届深圳读书月启动。有中央媒体评价："创办读书月，是深圳的一大创举。"

年复一年，深圳人用执着将这份文化热情传递下去，赋予 11 月的深圳深深的文化情结。17 年间，读书月已从首届的 50 项活动 170 万人次参与，成长为 2015 年的 943 项活动逾千万人次参与，形成政府倡导、企业运作、专家指导、社会参与、媒体支持的读书月独特运作模式，覆盖了从政府到民间、从企业到社会、多层次多主体的阅读组织网络，阅读日益成为深圳市民的一种生活方式。

深圳文化硬件设施的建设为市民的阅读生活提供了极大的便利。截至 2015 年年底，深圳共有公共图书馆 620 个，其中市级图书馆 3 个，区级图书馆 8 个，街道及以下基层图书馆 609 个，城市街区 24 小时自助图书馆 240 台，共同形成了覆盖全市的公共图书馆网络体系。

相关报告显示，2015 年深圳居民日均读书（包括纸质图书和电子图书）62.53 分钟，比全国平均值多 43.77 分钟；持图书证读者数量占全市常住人口比重全国第一；年人均借书量全国第一……这些一个又一个关于读书的"第一"，让深圳人骄傲，也让这座城市受到尊重。

浓郁的良好阅读氛围成为写作者的丰厚土壤。相关资料显示，深圳坚持长期持续写作的作者不少于 1.5 万人，基本持续写作的作者不少于 5 万人，诞生了杨争光、邓一光、薛忆沩、盛可以、蔡东等一大批享誉国内外的优秀作家。国内活跃的网络作家更是大多出身于深圳，形成国内最早也最为独特的二次元文化现象。

阅读是城市永不熄灭的灯光

《阅读看见未来：对我影响最大的书》共 36 位作者，他们分布在深圳各行各业，但都有一个共同的身份——读书人。他们不仅自己读书，而且通过自己的影响力带动整个城市阅读的风气，在深圳涵养出一片"文化绿洲"。

这些作者同时亮相在同一本书里，阵容可谓豪华。国务院参事、深圳市委原常委、宣传部原部长王京生同志，长期分管宣传文化工作，是深圳全民阅读活动的主要倡导者和推动者，他为本书欣然撰文。作者中还包括香港科技大学教授、深圳大学中国海外利益研究中心学术指导丁学良，深圳大学副校长、文化产业研究院院长李凤亮，深圳市委党校原副校长刘申宁，深圳图书馆原馆长吴晞，深圳大学文学院院长景海峰，年逾七旬的知名专栏作家何永炎，著名作家杨争光、邓一光、薛忆沩、梅毅、蔡东，著名主持人胡晓梅，著名翻译家黄灿然，资深媒体人胡洪侠、张清、邓康延、胡野秋、梁二平、刘忆斯、刘悠扬，知名影评家王樽、方汉君，知名书评人瘦竹、魏小河，深圳育才中学教师严凌君；还有华为总裁任正非，腾讯董事会主席兼 CEO 马化腾，万科董事会主席王石，招商银行原行长马蔚华，比亚迪董事局主席兼总裁王传福，深圳出版发行集团总经理尹昌龙，猎豹移动公司 CEO 傅盛，民间阅读组织后院读书会创始人王绍培，资深出版人南兆旭，著名设计师韩湛宁等。

这些活跃在深圳各个行业的读书人，都是深圳阅读生活的倡导者、见证者和参与者。在《阅读看见未来：对我影响最大的书》中，他们或回忆自己的"书荒"

时代，或将一本书对他们人生、事业的影响娓娓道来。文章里当然也不乏关于阅读和书籍的传奇，以及这些资深读书人关于读书的真知灼见。《阅读看见未来：对我影响最大的书》是深圳这个"全球全民阅读典范城市"的缩影，也是深圳无数个读书人真实而又动人的写照。

在深圳中心书城，有一间 24 小时书店，夜幕下，总有读书人在书店中惬意地徜徉在书海中，阅读之灯，永不熄灭。

从书荒记忆到"文化义工"

关于"书荒"，虽然每个人的经历不同，但关于"阅读饥渴"的记忆都大同小异，"因为可读的东西少，所以常将一本小画书翻来覆去看很多遍"（李凤亮《面向生命的阅读》）。不少作者都在文章中提到他们的"书荒"记忆。因为品尝过"饥渴"的滋味，一旦能毫无顾忌拥有书的时候，他们就真的像饥饿的人扑在面包上一样。"如果我们把一次次阅读也当成一场场梦，如果我们的梦不会醒来，我们是无法分清它和现实之间哪个是真，哪个是假。从这点上说，阅读无异于延长和拓展了我们的生命，我们完全可以把历史上所发生的一切当作自己的经历，把小说家虚构出来的故事当成自己的经历，那么，我们的生命就经历了无限的可能性，那么我们自然寿命的长短就变得无足轻重。"（瘦竹《那些陪我度过漫漫长夜的大师们》）他们日后取得的成就自然与他们对书的疯狂热爱相关，他们也自觉、心甘情愿地成为深圳城市阅读的积极倡导者和推广者。

深圳是全国著名的"义工之城"，深圳市注册志愿者达到 120.9 万人，占常住人口的比例达到 11.2%；志愿者人均每年提供志愿服务时间约 40 小时；参与志愿服务的社会组织 1880 家。在这些义工队伍里，有一支最特别的队伍，就是"文化义工"，即"阅读推广人"。宝安区还创设了一个新的职业，叫"文化钟点工"，这是政府通过向个人购买并免费向市民提供"定时间、定地点、面对面"公共文化服务的一个创新之举。

深圳是全国民间阅读组织最多的城市之一。是阅读人群和阅读组织的多样性和广博性，更是阅读的价值，筑造了深圳这座"创新之城"可持续发展的基石。王石在阅读日本作家盐野七生的《罗马人的故事》时被盐野七生的"为什么只有罗马人能成就如此大业，为什么只有罗马人能够建立并长期维持一个巨大的文明圈"的问题所纠缠。他从书中受到启发，认为"作为国家来说，自由与宽容，这才是罗马帝国的立国之本，作为跨国企业来说，宽容开放、兼收并蓄应当是它的核心价值观念。正是这些基本的价值取向和目标，赋予罗马帝国强大的力量，并成为西方文明的一个重要源头"（王石《从阅读到企业发展、价值的思考》）。马化腾在著名的互联网思想家克莱·舍基《认知盈余》中文版序言中写道："在互联网的推动下，整个人类社会都变成了一个妙趣无穷的实验室。我们这一代人，每个人都是这个伟大试验的设计师和参与者。这个试验，值得我们屏气凝神、心怀敬畏、全情投入。"（马化腾《互联网新时代的晨光》）

是文化的价值，阅读的价值，建筑了城市的伟大；也是通过阅读，我们得以与大师同行，得以看见未来。

与大师同行

让人惊奇的是，在深圳这样一个竞争激烈、生活节奏极快的城市，还有无数的读书人每天都在进行着毫无功利的阅读。从文学名著到深奥的哲学著作，再到关于自然科学的书籍，无不在他们的阅读范围之内。他们与大师同行，与大师交谈，滋润着自己生命的同时，也使深圳这个城市充满浓浓的人文气息。

在深圳，从学者到作家再到普通读者，他们的书单里从来不缺乏经典作品，单是本书 36 位作者提到的经典作品就包括：霍金《时间简史》、昆德拉《生命中不能承受之轻》、普鲁斯特《追忆逝水年华》、孔子《论语》、陆键东《陈寅恪的最后 20 年》、夏洛蒂·勃朗特《简·爱》、曹雪芹《红楼梦》、杜维明《〈中庸〉洞见》、熊十力《原儒》、司马迁《史记》、达尔文《物种起源》、胡适《胡适文存》、托尔斯泰《复活》、翁贝托·埃科《玫瑰的名字》、佩索阿《惶然录》等。当然，这 36 位作者提到的书远不止这些，如果全部列出，那将是一个长长的书单。书单是一个人的生命印记，读书人就是一个城市的精神印记。深圳的读书人阅读范围非常广泛，几乎到了无书不读的程度。宽松而厚实的阅读，是深圳这座创新之城、设计之都、创客之都裂变的文化密码。

深圳有如此众多的读书人，对于读书的目的与方法自然是了然于心。关于读书的目的，香港科技大学教授丁学良总结为六条：为了求知，为了学艺，为了满足好奇心，为了满足感情、情绪的需要，为了寻求意义和人生的榜样。年逾七旬的老作家何永炎更是将读书的意义上升到无以复加的程度。在他看来，唯有读书才可以使一个人对万事万物保持敬畏，读书可以使人快乐，可以解忧，可以"观世相"，"不读书，无以言"。

《阅读看见未来：对我影响最大的书》中的 36 位作者只是无数深圳读书人的代表，肯定还有很多优秀的作者和文章没有被收录。这些作者在一定程度上反映了深圳读书人的阅读趣味与欣赏水平，相信读者可以从他们身上体验到深圳读书人的可爱与美好。我也相信，因为有了无数读书人的可爱与美好，深圳的未来也会越来越可爱与美好。

（作者为深圳市委常委、宣传部部长、深圳读书月组委会主任）

目录
Contents

壹

Part 1

（摄影：韩见）

黄灿然

Huang Canran

《卡尔维诺文集》/ 卡尔维诺

他的作品风格多样，每一部都达到极高的水准，表现了时代，
更超越了时代。

黄灿然，翻译家、作家、诗人，现居深圳。曾
任香港《大公报》国际新闻翻译、《红土诗抄》
主编、《声音》诗刊主编和《倾向》杂志诗歌
编辑。著有诗集《十年诗选》《世界的隐喻》
《游泳池畔的冥想》《奇迹集》等，评论集《必
要的角度》，译文集《见证与愉悦》《为什么读
经典》等。

作者：[意]卡尔维诺

出版社：译林出版社

译者：吕同六等

出版时间：2001年9月

卡尔维诺 《卡尔维诺文集》

卡尔维诺（1923—1985）是意大利当代最有世界影响力的作家。他在40年的创作实践中，不断探索和创新，力求以最贴切的方法和形式表现当今的社会和现代人的精神，以及他对人生的感悟和信念。他的作品风格多样，每一部都达到极高的水准，表现了时代，更超越了时代。本文集收录了他各个时期的代表作品近20部，是国内迄今为止对卡尔维诺作品的最全面的介绍。

为什么读经典

黄灿然

《为什么读经典》是卡尔维诺评论集英译本的书名，也是书中第一篇文章的标题。卡尔维诺的问号，揭示了当代写作的一个病征，也即当代读者已基本上不读经典作品，更不要说古典作品了。读者这种阅读趣味的浅薄化，又与当代作家的匮乏和枯竭密切相关——当代作家也基本上不读经典作品，而这又是当代写作浅薄化的原因。

事实上，当代那些真正大师级作家，例如博尔赫斯、纳博科夫、卡尔维诺，都是从经典尤其是古典作品中走出来的——不，他们才不想走出来呢，那是他们的营养源和休憩所。讽刺的是，他们被称为"后现代主义作家"，这种误解，在于他们的读者只读到他们为止，而不读他们所读的并使他们之所以成为他们的古典作品。

读者这种偷懒，主要是源于这样一种错觉，以为文学是一路发展下来的，以为人类的才智是一路发展下来的，只要我们把握现在，我们就知道过去，甚至毋须知道过去。事实恰恰相反，不知道过去，就无从把握现在。同样恰恰相反的是，文学不是发展的，而是变化的。即是说，我们现在的作品，最好也只是像古典作品那样好（事实是永远达不到），文学绝不存在现在比以前好这回事。

所谓的"古典与现代"，也不是发展下来的，而是并置和交叉的。譬如维吉尔继承荷马，但丁继承维吉尔，形成一条严谨的古典主义线索。但是，在维吉尔与但丁之间的奥维德，却是绝对的"现代"——"后现代"也许更准确。普希金从奥维德汲取养分，创造的却是浪漫主义作品。普希金的继承者们——随便举一两个名字——陀思妥耶夫斯基和契诃夫，则为现代主义小说奠基，另一位更远的继承者纳博科夫弄出的，却是后现代主义小说。要不要把这条线摸下去？美国当代的简约主义大师雷蒙德·卡弗，推崇的是契诃夫；更早的意识流大师福克纳，拜服的也是契诃夫；英国"女性主义"的弗吉尼亚·伍尔夫，又是契诃夫。

上述这些名字和线索，无非是表明，文学是一张花样百出的花毯。你沿后现代主义摸上去，可能是前古典主义（如果有这个名称的话）；你沿殖民和后殖民文学摸上去，恐怕要碰上笛福；你去敲敲帕斯的窗子，开门的也许是庄子。

如果一个当代作家不能把自己的阅读织入这张花毯，那么，他想把自己的作品织入这张花毯也即成为一位大作家或有意义的作家，便是痴人说梦。当一个作家开始争名夺利了，其痼疾可能就是他的写作无以为继了，他的资源匮乏了。而你细心检查他的身体，可能发现他身上缺乏的，就是古典作品的营养。当一个作家转行了，停笔了，重复了，水准下降了，变坏了，恶化了，你不用细心检查，他脸上的愁云惨雾早就告诉你，他患的又是"古典营养缺乏症"这一流行病。当代作家的匮乏即意味着他们不能把当代读者引向更深广的经典，遂令读者的品位愈来愈浅薄，结果造成全社会的文化水平下降。

回到卡尔维诺，他对经典的定义比较宽，讨论的作品有三分之二是 20 世纪之前的，三分之一是 20 世纪的——这是颇为平衡的，同时也给出了一个阅读经典的尺度：已列入伟大传统的那部分，应成为一个作家三分之二的阅读资源，另三分之一用于阅读现当代经典。他在《为什么读经典》一文中，试图给经典下定义，同时，也解释了为什么要读经典，双管齐下，保持他一贯的引人入胜的叙述力量。譬如第四条定义："一部经典作品是一本每次重读都好像初读那样带来发现的书。"再如第九条："经典作品是这样一些书，我们越是道听途说，以为我们懂了，当我们实际读它们时，我们就越是觉得它们独特、意想不到和新颖。"更有意思的是第十三条："一部经典作品是这样一部作品，它把现在的噪声调校成一种背景轻音，而这种背景轻音是经典作品的存在不可或缺的。"和紧接着构成对照的第十四条："一部经典作品是这样一部作品，哪怕与它格格不入的现在占统治地位，它也坚持成为一种背景噪声。"

卡尔维诺的阅读范围非常广泛，从文学到哲学，从荷马、色诺芬、奥维德到笛福、伏尔泰、狄德罗，然后是一系列近现代名字：司汤达、巴尔扎克、狄更斯、福楼拜、托尔斯泰、马克·吐温、詹姆斯、史蒂文森、康拉德、海明威、博尔赫斯，还有诗人巴斯特纳克、蒙塔莱、庞德等。有时他也颇能照顾偷懒的当代读者，例如介绍色诺芬的《远征记》时，告诉读者可略去哪一章节，应细读哪一部分；介绍福楼拜时，不讨论长篇《包法利夫人》《情感教育》或《圣安东尼的诱惑》，而选择一个晚上就可看完的小经典《三故事》——甚至进一步建议无耐性的读者可略去最后一篇《希罗底》，而专注于《一颗单纯的心》和《圣尤里安传奇》。

卡尔维诺很清楚当代作家和读者对经典作品的漠视、畏惧和偏见，故在介绍时，尽量说得有趣。他还举一个例子，

法国"新小说"健将之一米歇尔·布托多年前在美国教书时，人们老是向他问起左拉，令他烦不胜烦，因为他从未读过左拉，于是他下决心读整个《鲁贡玛卡家族》系列。结果他发现，它与他想象中的完全是两回事：它竟是一个神奇的宇宙，自成一个体系，令他着迷，后来还写了一篇精彩的解读文章。

尽管卡尔维诺写得生动活泼，但是如果对他讨论的经典缺乏起码的认识，乐趣就会少很多。经典的意义也正在于此，如果我们读卡尔维诺和其他大师，却对他们之所以成为他们的缘由一无所知，那么，我们阅读的乐趣也会少得多——甚至可以说，少得可怜。

文学批评的大脉络

卡尔维诺这些随笔，是我近年翻译经验中印象最深刻的。确切地说，这是自大约十年前我翻译爱尔兰诗人谢默斯·希尼的一批诗学随笔以来，最刺激的一次翻译经验。事实上，两者颇有些相似之处，尤其是他们都喜欢走偏锋，想象力丰富。

文学史上有很多杰出的作家兼批评家，他们的批评的优点，主要集中于阐述文学与人生的关系，包括阐述文学本身例如美学的问题，以及人生本身例如道德的问题，以及两者之间的互相印证和参照。这是一个大脉络，他们都能在这个大脉络中提出独特的见解。而我们之所以觉得他们独特，又往往是因为那个大脉络也是我们或多或少了解的。脉络让人想起"线"。这些作家兼批评家的论述模式，主要是线性的，但不是简单的线性，而是复杂的、交织的线性思维，它们组成一个大脉络。他们的杰出之处在于，他们总能在抓住任何一条线的时候，牵动起那复杂的、交织的整体脉络，不仅使我们有所领悟，而且深化和拓宽我们的视野。而一般的文学评论或随笔，也即我们常见和我们所不满的那种文字，则只是就文学或人生做些简单的线性描述，或就两者的关系做些简单的线性比较。

卡尔维诺了解这个大脉络，但他与这个大脉络保持一种碰触式而不是进入式的关系。卡尔维诺在《新千年文学备忘录》[1]中，谈到了他所重视的文学的几大特点。这本书我正在翻译。我暂时把这几大特点译为：轻与快、准确、形象、繁复。有轻与快，意味着有重与慢。卡尔维诺属于轻快型，至于准确、形象和繁复，则是所有轻快型和重慢型的好作家都具备的。在随笔中，卡尔维诺最突出的特点是轻快和繁复。轻快除了表现在他的叙述风格外，还表现在他偏爱点式思维（他总是不习惯太集中谈论某个问题，而是点到即止，常常是一掠而过，所以他特别佩服司汤达，尽管司汤达是重慢型作家）和离题（他不仅爱谈论作家们的离题，而且自己也频频离题，例如在谈论《白骑士》时，实际上用了大量篇幅谈论塞万提斯和但丁）。如果说上面提到的大脉络式的作家兼批评家的风格是蝴蝶采花，且更注重蝴蝶实际采花的时刻的话，那么卡尔维诺的评论，则是更注重蝴蝶实际采花的时刻以外的空间：翩翩飞舞，时近时远，绕来绕去，使读者目不暇接，甚至有点眼花缭乱。

LEZIONI AMERICANE
新千年文学备忘录

《新千年文学备忘录》

1 在译林版《卡尔维诺文集》中已有萧天佑译版《美国讲稿》。

　　轻快还是比较容易把握的，尤其是新闻媒体发达的时代，新闻主义写作的文字一般都是轻快型的。但是轻快加上繁复，会使一般读者感到不习惯。那轻快催逼下的繁复，或那繁复穿插的轻快，要求读者不仅用脑而且用心去读，更要启动和高速运转他们的想象力。卡尔维诺的繁复性，还表现在他那诗人般的想象力，尤其是爱用隐喻，而且是综合的，有时用整段甚至整页篇幅来铺展的隐喻。繁复性之外，还有更进一层的抽象性。卡尔维诺在轻快而繁复的充满想象力的隐喻式叙述势头下，常常夹杂着概括性的抽象语句。这种写法，直追谢默斯·希尼。相对于那个大脉络，卡尔维诺以点式和离题来组织他的思路，留下一条条暗线。这是一种生机勃勃的创造型批评，其本身除了有批评的洞见之外，还有极高的文学价值，尤其是浓郁的诗意。讲到诗意，卡尔维诺是深谙诗歌之美之妙的，他不仅以颇大的篇幅谈论诗人和诗歌，而且以准确、起伏有致的节奏带着读者飞奔。我的翻译的一个焦点，便是尽可能地跟上那节奏。

作家批评家的新取向

　　像卡尔维诺和希尼的文章，代表着当代作家兼批评家的一个新的取向，可能会对读者构成一定的难度。毕竟，这样的批评家不多，翻译过来的更少。我们现在读得较多的桑塔格的随笔，基本上可纳入上述那个大脉络，与卡尔维诺和希尼是不同的。而且，桑塔格随笔的主脉，是一位"批评家兼作家"的文风；作为"作家兼批评家"的桑塔格，已是较为后期的桑塔格，其文风变得较为传统。卡尔维诺在谈论他笔下的作家时，仿佛他们是"他的作家"，仿佛他们就是他的作品，是不必另作解释的直接的文本，自成一个世界——他卡尔维诺的世界。另一方面，他又把这些作家当成我们大家的作家——但不是我们未接触或初次接触的作家，而是卡尔维诺假设我们也跟他一样熟悉他们的作家。所以，他几乎全部省略有关这些作家的生平、思想的介绍。换句话说，他一般不把这些作家置于他们各自的写作背景或写作脉络中来考察。

但是，当他正式地介绍一些他假设读者不熟悉的作家例如法国诗人蓬热时，卡尔维诺却是能够十分周到地照顾读者的。他所介绍的蓬热的世界，他所援引的蓬热的诗句，都是极有说服力的。譬如我手头虽然也有蓬热的诗集的英译本，并且也翻阅过，却未真正读进去。但卡尔维诺却能以他独特的切入点，使我对蓬热及其世界产生强烈的兴趣。同样令人有点意想不到的是，作为一位轻快型的作家，一位其长篇小说也往往只有中篇格局的小说家，卡尔维诺在随笔中却能够滔滔不绝。事实上，他愈是长篇大论，就愈是精彩、刺激，给读者带来更大的阅读快感，例如对帕斯捷尔纳克、司汤达、蒙塔莱、博尔赫斯、海明威、荷马、奥维德、格诺等人的评论。其他中小型的文章，也都能恰到好处。唯一使我略觉遗憾的是，像福楼拜、托尔斯泰和亨利·詹姆斯那样一些文学巨人，选择他们如此短小的作品和以如此短小的文章来谈论他们，似乎轻快之余，有过于失重之嫌。

刚才说过，卡尔维诺对那个大脉络，对文学与人生的关系，并非不知道。例如他谈论伽利略时，重视的是宇宙这本大书；他谈论海明威时，也注意到实用主义的哲学；他谈论伏尔泰时，也回到对工作的价值的肯定；他谈论蓬热时，也对蓬热笔下知足的蜗牛致以崇高的敬意。这些都是人生大问题，也是哲学大问题，而卡尔维诺对这些问题的理解，都是十分透彻的，尽管往往只是寥寥数语或一笔带过。他的文学追求，诚如他在论述博尔赫斯时指出的，是把文学当成"一个由智力建构和管辖的世界"。但是，重视智力和知识，并不一定代表着通常意义上的书呆子。就像我们都知道，博尔赫斯也是不仅对文学问题，而且对人生问题都看得非常透彻的。他们的文学倾向，不是简单的为文学而文学，而是一种坚持和抵抗；不是为了像主流文学那样"提供与生存的混乱对等的东西"，而是为了像保罗·瓦莱里所说的那样"以精神秩序战胜世界的混乱"。

我私下觉得，这本《为什么读经典》，有这么三类读者。第一类是那些最敏锐的诗人、作家和批评家，他们能从卡尔维诺这些随笔中获得最大的满足感和新鲜感。第二类是那些也读过卡尔维诺所谈论的作家的读者，即使他们是传统经典的读者，在面对卡尔维诺的"蝶恋花"式的评论时，也应会或多或少唤起他们对自己阅读这些经典的经验，并把这些经验置于卡尔维诺快速扫过的探照灯下，作或深或浅的比较和省思。第三类是那些完全未读过卡尔维诺所谈论的经典，且对卡尔维诺这些随笔感到陌生的读者，他们大可把这本《为什么读经典》也当作一部经典，并像卡尔维诺所说的那样，保留阅读它的机会，等到最佳状态来临时才享受它。■

（摄影：吴忠平）

薛忆沩

Xue Yiwei

《惶然录》/ 佩索阿

正是这种精神气质，这种独自面向全世界的突围，使佩索阿被当代评论家誉为"欧洲现代主义的核心人物""杰出的经典作家""最能深化人们心灵"的作家。

薛忆沩，作家，现居加拿大。曾为《南方周末》及《随笔》杂志撰写读书专栏，受聘为香港城市大学访问学者和中山大学高等人文学院驻院学人。主要作品有长篇小说《遗弃》《白求恩的孩子们》和《一个影子的告别》，小说集《流动的房间》，随笔集《文学的祖国》《一个年代的副本》《与马可·波罗同行》等。

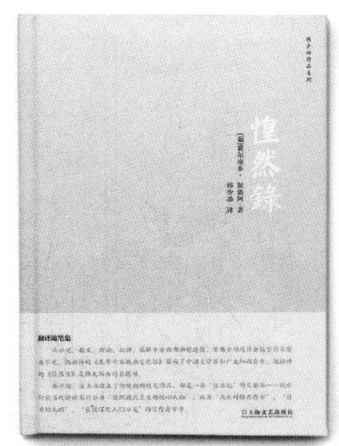

作者：[葡]佩索阿
出版社：上海文艺出版社
译者：韩少功
出版时间：2012 年 6 月

佩索阿 《惶然录》

本书又名《不安之书》，是葡萄牙作家佩索阿晚期随笔结集，多为"仿日记"片段体。它是作者的代表作之一，曾经长期散佚，后来由众多佩索阿的研究专家们搜集整理而成。作者在随笔中的立场时有变化，有时是个精神化的人，有时则成了物质化的人；有时是个个人化的人，有时则成了社会化的人；有时是个贵族化的人，有时则成了平民化的人；有时是个科学化的人，有时则成了信仰化的人。这是变中有恒，异中有同，是自相矛盾中的坚定，是不知所云中的明确。

我和三大师：萨特、佩索阿、都德

薛忆沩

萨特的另一个孩子

那时候，国产的 12 英寸黑白电视机已经不再是家庭地位的象征。那个 16 岁的孩子就是从一台那样的电视机里看到了萨特的葬礼。他被葬礼的盛况迷住了，或者准确地说，他被葬礼的盛况迷惑了：为什么一个作家会受到那么多人的膜拜？为什么？

于是，他去翻找刚出版的文学和哲学杂志。他更被这个作家写出的句子迷惑了：为什么"存在先于本质"？为什么"他人是地狱"？为什么"存在主义是一种人道主义"？为什么？

萨特很快取代了爱因斯坦，成为这个 16 岁孩子的第二任"家庭教师"。因此这个已经习惯了殚精竭虑的孩子首先是对两个月之后将要参加的"高考"失去了兴趣，然后是在此后十多年的生活里迷失了方向。

这个 16 岁的孩子用了 15 年的时间才走进了那次葬礼的
"现场"。1995 年夏天，当他站在巴黎的拉斯贝耶大街上打量
着萨特的公寓时，他清楚地知道他已经不再是那个对老师的
说教崇拜得无以复加的少年了；他已经不再相信文学对现实
的"介入"（萨特的文学理论）；他也已经不再迷信"我们这
个时代最完美的人"（萨特对格瓦拉的评价）。在文学上，他
更喜欢加缪；在政治上，他更容忍阿隆（他们最初都是萨特
的朋友，后来又都成了他的敌人）。但是，兴奋点的转移并没
有折损他尊师的美德。那一天，他好像是尾随着 15 年前壮观
的送葬队伍，从萨特的公寓门口出发，一直走进了群星荟萃
的蒙巴纳斯公墓。

记录他那次探访的照片与他的第一次访谈内容一起刊登
在 2002 年第 4 期的《深圳周刊》上。刊登出来的照片上只有
萨特和波伏瓦的合葬墓，而没有他自己的身影。他将自己从
照片中切除似乎是有意向他生命中那个喧嚣的时代告别。时
代变得更加喧嚣了，而这个 16 岁的孩子经过许多年的迷失终
于在生活的"边缘"找到了创作的乐趣。

其实，从那天通过黑白电视机观看萨特的葬礼开始，我
就已经无法摆脱萨特的阴影了。我总是注意到萨特写的书或
者关于萨特的书。我总是将手伸向那些书。几天前，在市图
书馆的书架上，我看见了这本《见证萨特》。这本由伽利玛出
版社 2005 年出版的小书，是萨特逝世十周年时《现代》杂志

上发表的一组纪念文章的结集。

　　我首先读了伽利玛写的《编辑萨特》。这篇文章里面有一段描述萨特来出版社交他的成名作《辩证理性批判》手稿的情形。这是大师成为大师之前最后的"一刹那"，读来非常有趣。而文章中关于萨特获得和谢绝诺贝尔文学奖当天的细节，也是难得的第一手资料，读来同样非常有趣。

　　接着，我读了那篇题为《萨特的一个孩子》的文章。作者是萨特"二战"期间在中学任教时的学生。文章从萨特的第一节"伦理课"开始，以关于萨特的"孩子"的议论结束。文章谈到萨特从没有在课堂上提及当时法国的傀儡政府，好像是有意回避现实中的伦理问题。但是，萨特却要求他的学生们用"懊悔"这样深奥的题目来作文，将天真的少年置于良心的拷问之下。作者对萨特推崇备至，称他不是单纯的"文学家"，而是集众多角色为一身的大明星。他们这些崇拜者就像是围绕在大明星身边跳舞的孩子。大明星的光彩令孩子们诚惶诚恐。

　　我最后读到的小莫里亚克的文章《也是谈自己》正好是上面这篇文章的对立面。文章由七篇日记构成，对"萨特现象"做了情绪冲动的反思。文章称，萨特是思想史上唯一对自己时代的影响"达到了非理性程度"的思想家。文章又称，萨特的思想被他的冷漠和失明所"禁闭"（他这是借用了萨特著名戏剧的名字，以其人之道还治其人之身）。文章还称，对于许多护送他进入蒙巴纳斯公墓的人来说，萨特不过是他们"个人棋盘上的一个棋子"。也就是说，他们对他并没有"诚惶诚恐"的敬意。我不知道这里的"他们"有没有特别的所指。

我没有时间和精力去传讯这本书里的其他证人了。我也不需要再传讯更多的证人了。我知道，对于萨特这样的人物，盖棺并不能论定。关于他的见证可以无休止地进行下去。

如果萨特也是我"个人棋盘上的一个棋子"，我会将他珍视为终于到达了棋盘底线的小兵。而我面对的问题简单明确，我要怎样来"升变"它，或者说，我要将它"升变"成什么。

文学的祖国

如果我能够从一本书里面引出如下一些句子，我引用的是哪一本书？

我深信，语言是我周围的世界混乱的根源。

口语好像是暴雨，书面语言则似乎是缓慢移动的白云。

人们以死亡来雕琢历史。

时间将我分析成一些基本的元素。我用这些元素组织起一个混乱的世界。这个世界中有一颗骚动不安的心。我假定那是我的心。

在我感到寂寞的时候，我进而感到自己是唯一的实在。

我无时无刻不在犹豫。我就是犹豫。

每个人都是死亡的候选人，而且都是一定能够最终获胜的候选人。

如果我能够从一本书里面引出如下的一些句子，我引用的会不会是同一本书？

佩索阿

去思想就是去毁灭。

我靠近的每一个柔软的事物都用锋利的刀刃刺伤我。

我已经悄悄地见证了我生命的逐渐瓦解，见证了我想成就的一切缓慢地隐没。

我写作就像我记账一样，细心又冷漠。

对我来说，世俗的爱是平淡的，它只能提醒我失去了什么。

我在很大程度上就是我写的作品。我将自己在句子和段落中展开，我给自己加上标点。

我感觉如此无聊，我的泪水几乎都要涌出来了：不是那种会流下来的眼泪，是那种会留在内心深处的泪水。那种泪水起因于灵魂的病症，而不是肉体的疼痛。

这两组引文来自两本不同的书。其中第二本书的主体是一部由481个片段组成的"没有事实的自传"。作者将这部作品的著作权转让给了里斯本的一个助理簿记员。这个虚构的人物用作品的第一句话告诉我们：他"出生在一个大多数年轻人已经不信仰上帝的时代"。而第一本书的作者称他的作品的主体部分是一个自愿失业的"业余哲学家"留下的日记。这位"业余哲学家"的一封短信出现在作品的开始。他在信中这样写道："作为我们这一代人中的一个例外，我只有在消失中才能够感到完美。"这个"虚构地"生活在 20 世纪末期的中国人与那个"虚构地"生活在 20 世纪初期的葡萄牙人在性格和思想上有许多的相似之处。

翻读佩索阿的《不安之书》，我想起了我的《遗弃》。佩索阿曾经借用他的虚构人物的名字发表自己的一些诗作，而我也将自己在 1988 年前后写下的那些没有人能够理解的短篇小说，慷慨地转让给了虚构的"业余哲学家"。这种转让使我不得不在一篇文章中佩服我的虚构人物"比我自己更高的"文学才能。看到这虚构的人物将我疯狂地写下的那些作品冷漠地安插在自己的日记里，我感到过难忍的嫉妒。我的这种感觉显示出，我并没有能够借助写作来忘记自己。而《不安之书》的英译者在他漂亮的导言里告诉我们：最早忘记了佩索阿的是佩索阿自己。

但是，我们不能够像佩索阿一样忘记佩索阿。这个孤独的葡萄牙人靠翻译商业文件维持他简单而短暂的一生。他没有复杂的社会关系，对世俗的"爱情"更是或许从来没有过"体验"。像同时代的卡夫卡一样，他生活在灵魂的"城堡"里。这"城堡"的遗迹被语言保存下来。当我们以阅读的名义闯入这神秘的世界，我们会看到无数的镜子，我们会从这无数的镜子里看到无数的自己。

"我的祖国是葡萄牙。"《没有事实的自传》的作者这样写道。这显然也是佩索阿自己的声音。语言是文学的祖国。这祖国蔑视阶级的薄利、集团的短见，以及版图的局限。这是最辽阔的祖国。这是最富饶的祖国。

都德的"最后一课"

我正要谈论的是都德的"最后一课",而不是他的《最后一课》。

这"最后一课"里的叙述者不再是一个不愿意上学的孩子,这"最后一课"里的入侵者不再是邻国的军队,这"最后一课"里的被占领土不再是实际的领土,这"最后一课"里坚定的信念不再是"法兰西万岁"。

都德的"最后一课"从一对希腊单词开始。它重申"遭受是一种教育"。这条著名的希腊古训正好就是这"最后一课"所要传授的真理。都德的"最后一课"将通过"遭受"的最著名的对象来传授这一条真理。这"最著名的对象"接踵而至,出现在正文的第二段:

"你正在干什么?"
"我正在疼痛。"

正文的第二段就由这揪心的问答构成。它带来的"疼痛"是都德的"最后一课"的主题。剧烈的"疼痛"由当时的那种致命的病毒引起。作为"最后一课"里的入侵者,这致命的病毒所侵占的"领土"是授课人瘦小的身体。都德本人就是这"最后一课"的授课人。他在留下的"教案"里这样表达他对真理的渴求:"疼痛,你是我的一切。让我在你那里发现所有你不容许我涉足的陌生的疆域吧!你要成为我的哲学,你要成为我的科学。"

都德的《在疼痛的疆域里》是他一生之中最后的"作品"。这位著名的作家在被当时最著名的医生判处死刑之后,开始有意识地探索疼

都德

痛"陌生的疆域"。他用只言片语记录下自己和别人遭受的剧烈疼痛以及自己对这种遭受的观察和思考。他"不择手段地"将自己的死刑推迟了12年。这12年与"疼痛"相处的零星记录最后变成了一本50页的小书，在都德去世33年之后（1930年）出版。经过英国著名作家巴恩斯精彩的编辑和精细的翻译，这本书的英译本于2002年出版。这时候，都德的"最后一课"开始有了历史的感觉，它被命名为《在疼痛的疆域里》。

这"最后一课"分两节上完。在第一节课里，都德主要谈论的是自己的疼痛。课程的进度就是"疼痛"的进度。一开始，45岁的都德意识到自己被病毒侵占的身体已经快进了20年，进到了"65岁"的腐朽状态。尽管他的大脑仍然清醒，他的感觉却"已经失去了锋芒"。更糟糕的是，这失去锋芒的感觉却仍然能够清晰地感觉到"疼痛"的分量。"疼痛"强有力地"渗透"进来了："它进入我的视觉，它进入我的情感，它进入我的判断。"都德用颤抖的笔迹记下了"疼痛"的疯狂。

这疯狂的渗透使都德体会到了世态的炎凉。因为他发现，每一阵"疼痛"总是给它的遭受者带来"新奇的"感觉，而遭受者身边的人对他正在遭受的"疼痛"却很快就会习以为常。这种感觉上的差异带来了很深的孤独和很强的恐惧。遭受者只能在幻觉和阴影中寻找温情，"只有看到自己的影子，我才能够有信心地行走"，都德这样写道。

他还发现，"疼痛有它自己的生命"。这也许是对"疼痛"最人道的发现。"疼痛"这种与生命相冲突的生命，贪婪地吸收着时间的营养，最后变成了蹂躏生命的"暴君"。都德模仿奥维德的诗句，用拉丁文控诉说，"疼痛对我的写作实行了专制"。这种"专制"大概是"疼痛"对一个作家最深的迫害。都德只能靠过量的吗啡注射来与"专制"抗争。这种激烈的抗争带给他转瞬即逝的宁静。

可是最后，他已经在身体上找不到注射的地方了。他的皮肤变成了"疼痛"广阔疆域的边界。他在这一节课的最后写道，他很想对他的孩子们大喊一声"生命万岁"，可是，他的生命已经被"疼痛"撕裂，他已经没有力量喊出这摇摇欲坠的真理了。与《最后一课》中那位庄重的教师不同，在这"最后一课"的最后关头，都德没有与"信念"站在一起。

"最后一课"的第二节主要谈论的是别人的疼痛。都德来到了接待过许多文学名流的疗养胜地。在这更为广阔的"疼痛的疆域"里，他遇见了症状更为揪心的病人。他既是疼痛的遭受者，又是"看着别人遭受疼痛的人"。这种双重身份并没有分散都德对自己的注意。他像那个已经发展到双目失明的病人一样，对光线失去了感觉。在他看来，所有的东西都是黑色的："疼痛遮住了地平线，渗透了所有的事物。"而自己一步一步走下浴池的时候，他感觉就像是在走进"宗教裁判所的水牢"。不过，尽管他的病情已经超过了能够"帮助他认识事物"的阶段，他还是准确地认识到了只有在"疼痛"之中，一个人才是完全彻底的"自己"。

巴恩斯用他对这"完全彻底的"都德的精细注释以及他精彩的导言和"后记"（一个关于梅毒的长注）扩充了"疼痛的疆域"。在这个意义上，《在疼痛的疆域里》可以说是一个19世纪的法语作家与一个20世纪的英语作家的合著。与感性的"疼痛"相比，《在疼痛的疆域里》具备了历史的眼光和理性的分量。而巴恩斯的英式幽默又成功地减轻了历史和理性带来的负担。

都德是 19 世纪法国最耀眼的文学圈子中的人物，这是他令人羡慕的身份。同时，他也归属于 19 世纪法国的另一个"不那么令人羡慕的"文学群体——感染了梅毒的文学家群体。他在这两个群体中的位置都不是最为靠前的。在后一个群体中，他的前面还有三个更响亮的名字：波德莱尔、福楼拜和莫泊桑。不过，都德在这个群体中有明显的"特色"：第一，他起步最早，17 岁就染上了这种当时的致命病毒；第二，这病毒来得"出其不意"，它来自一个"有地位"的女人；第三，这病毒"大器晚成"，在他的身体里潜伏了几乎 30 年才"原形毕露"。这些特色令都德对病毒有不同的"反应"。

都德的"最后一课"只是在呈现"疼痛"的共同的疆域，却没有去追究导致"疼痛"的特定的原因。巴恩斯欣赏都德没有在这"最后一课"落入道德的窠臼。这"最后一课"是文学课、科学课或者哲学课，而不是道德课或者政治课。这大概就是为什么一百多年之后，当导致都德疼痛的这种疾病已经在现代医学的眼中"没有一点意思"（巴恩斯引用的一个医生与他的谈话）的时候，这本关于"疼痛"的书读起来还这样有意思的重要原因。■

（摄影：吴忠平）

梅 毅

Mei Yi

《追忆似水年华》/ 普鲁斯特

全书以叙述者"我"为主体，将所见所闻所思所感融合一体，既有对社会生活、人情世态的真实描写，又有对自我追求、自我认识的内心经历的记录。

梅毅，网络 ID"赫连勃勃大王"，作家，现居深圳。中国作家协会会员，国家一级作家。著有《南方的日光机场》《失重岁月》《城市碎片》等数部长篇小说，还出版有长篇社会学译著《人类行为》，曾获国家、省、市多项文学奖项。2003 年起，梅毅以"赫连勃勃大王"为笔名，开始"中国历史大散文"的写作，在众多读者中有"中国互联网历史写作先行者"的荣称，对国内历史普及厥功至伟。相继出版了长篇历史散文集《隐蔽的历史》《历史的人性》等。

作者：[法] 普鲁斯特
出版社：译林出版社
译者：徐和瑾
出版时间：2010 年 5 月

普鲁斯特 《追忆似水年华》

本书是一部与传统小说不同的长篇小说。全书
以叙述者"我"为主体，将所见所闻所思所感
融合一体，既有对社会生活、人情世态的真实
描写，又有对自我追求、自我认识的内心经历
的记录。整部作品没有中心人物，没有完整的
故事，没有波澜起伏、贯穿始终的情节线索。
它大体以叙述者的生活经历和内心活动为轴心，
穿插描写了大量的人物事件，可以说是在一部
主要小说上派生着许多独立成篇的其他小说，
如同一部交织着好几个主题曲的巨大交响乐。

普鲁斯特，永远有多远

梅　毅

从初中开始，我一直偏科严重。1984 年考大学时，数学成绩特别差，仅仅考了 12 分（文科数学科目总分 120 分），其实真是算勉强上了大学。我之所以能在如此严重的偏科成绩下考上大学本科，还是因为我户口所在地是天津。如果我的户口当时是江浙等地，哪怕是河北，即使我当时别的文科科目分数很高，依照我当时的总成绩，最多也就上个专科。

似乎有一种说法，特别偏科的人，都在所偏的方面有过人的优势。确实，我偏科如此严重的原因，无他，还是因为喜欢文学。我从小就有文学阅读的天赋，小学一年级就读《水浒传》《三国演义》《东周列国志》，初中的时候对于绝句唐诗能够过目不忘，高中时代就开始偷看《金瓶梅》，狂读之余，自觉也是人中"龙虎豹"了。不过，在天津某大学中文和英文专业间犹豫之后，我还是选择了英文系。因为，英文当时很吃香，而且全称是"英国语言文学系"，文学系啊。不仅如此，上到大学三年级，还可以选择第二外语，我当然也

《追忆似水年华》

就恰如所愿地选择了法语——如此，我就可以用原文阅读我一直心仪的普鲁斯特了！啊，《追忆似水年华》，洋洋洒洒几百万字，肯定是当时装酷的最高境界了……

就这样，我一路从大学上到研究生，拿了硕士学位，一直和英语文学打交道，也确实拿到了厚厚的普鲁斯特法文版《追忆似水年华》。不过，以我当时的法语二外水平，阅读普鲁斯特的这部绝世大部头，法语"性数格"如此复杂细腻到极致的顶级法国文学长篇作品，确实太佶屈聱牙了。最终，我不得不改换英文版来读……

大学时代的我，绝对算不得好学生，成绩马马虎虎过得去，不过勉强及格而已。但是，这部超长英文版普鲁斯特，断断续续，我真读完了。译林出版社 1990 年出版的普鲁斯特《追忆似水年华》中文版（我记忆中的中文译名应该是《追忆似水年华》），也一直陪伴我整个青年时代！（英文版的普鲁斯特呢，当然留在了大学的图书馆里面，当时确实动过"窃"心，最终理智战胜了情感。）

研究生毕业后，响应当时邓小平南方谈话，我从北方城市天津跑到了深圳的一家商业银行国际部工作。当时的条件十分艰苦，我和一个年轻同事范岳住在东门人民桥附近一座破旧的银行宿舍楼里面。范岳小我三岁，河南人，生性幽默诙谐。我俩住在不足十平方米的宿舍楼九楼偝建房屋里面。这间斗室，夏日酷热如蒸，冬天冷风彻骨，晚上连电灯都没有。当时唯一的消遣，就是两个人共嚼一包咸干花生穷聊天，神侃之余，观看南方肥大的蟑螂在半明半暗的墙壁上倏然飞走。纵使书生贫到骨，彼时的心情，至今思之，是那么恬淡、安逸。我记得，当时自己仅有的背囊里面，有厚厚两大沓美国作家凯鲁亚克《在路上》和金斯堡《嚎叫》的译稿，还有的，就是中文版普鲁斯特的《追忆似水年华》了！

1993 年，炎炎夏日，临睡之前，在昏暗的灯光下，就会随意打开一本普鲁斯特，恰似民工打开一瓶二锅头，作为贫乏物质生活中结束一天的安慰。室友范岳呢，总是忘不了揶揄我两句："我天，你这位爷，如果不是天生穷酸，就是天生'贵族'！在深圳这么物质的城市，看看金融，看看期货，弄弄股票挣点钱多好啊！天天看普鲁斯特的'天书'，有个屁用！"

确实，从深圳国有大型商业银行到深圳证券交易所，在深圳 20 多年我仅仅换过两个单位。虽然一直混在金融单位，但发轫于童年时代的文学梦想（或者称为穷酸气）一直没有放弃。当然，"理想决定人生"，在常人眼中，我最终不过是一个在安逸金融单位混上肚饱的庸才，这些年来能够拿出来向人显摆的，不过是个"国家一级作家""央视百家讲坛主讲人"的虚名——这些轻飘飘的头衔，和"远大前程"及"富贵生涯"毫无关系。相比我的老朋友范岳，这位河南仁兄一直在金融界风生水起，最终到一个著名基金公司当上了副总经理，年薪有千万元之多！这，就是做人的差距，大概也正是看与不看普鲁斯特的差距吧。

无论如何，我却不后悔！一切，都是最好的安排！虽然没有老友范岳那般基金公司千万的年薪，但我拥有普鲁斯特那样复杂而细腻的人生经验和感悟！

相看两不厌，只有敬亭山！

有了普鲁斯特，有了文学的向往，当时在深圳的生活虽然艰苦，但青春时代梦想一直在燃烧！那个时期，我单纯、朴素、专注，心中充满对工作和人生的热忱，我心中一种感觉特别强烈：每天的太阳都是新的！我们一定会有光明、远大的前程！所有这些，现在看来，都是金钱无法买来的，也是其他经验所无法替代的。而最终支撑这种精神的，不是金钱，而是文学的理想和无比丰富的精神世界。

我为什么那么喜欢普鲁斯特呢？唉，就是因为普鲁斯特笔下的时间性主题。回忆，是他这部长篇小说的核心，包含着对"我"（文学意义上的"大我"）过去生活的近乎所有追忆。在阅读这部作品的过程中，在深圳的无数个不眠的夜里，我依然记得，普鲁斯特笔下那些时间的流逝，曾经无数次地给我以深深的震撼，让我在南方潮湿的大地上，深刻地感受到生命的真实和时光的缥缈——"要在那些已逝去的时光中寻找真实的人生，让我的读者们感受到一个沉甸甸的生命"。

普鲁斯特一生都在与哮喘所引起的病痛斗争，这种疾病从 9 岁开始几乎伴随他的生命过程。他每年都要有一段孤寂的时间独处才能缓解病状——恰恰就是这段独处的时间，让普鲁斯特有足够的机会对生命、生活和那些过去的时光进行更为深入、更为人性的思考。由此，他在现实生活中的各种消沉和沮丧，都在文学的真实世界中得到了尽情的缓解释放。读普鲁斯特的作品，作为当时在深圳生活的北方客籍青年，更能产生那种孤寂当中得到顿悟的共鸣——我们生命的本质，就是绵延不断的记忆。而生命的时间中，包括心理时间和物理时间。而最重要的，其实正是在这些时间流逝的过程中我们的回忆，也就是心理时间。由此，我们可以从自己内心体验中感受生命的存在，从中会产生的巨大的、难以言表的幸福感，继而能够对生命本质进行深入思考，感受到生命表征下的真实意义！

在深圳，为什么痴迷于普鲁斯特，而不是别的作家呢？因为，对往事的回忆，是在如此物质城市中能够深刻理解生命内涵的一种最便捷的途径。普鲁斯特那种对过去的人生历程的梳理，其实也能够在当时成为我在深圳解读自己"当下"生命的一种方式。如何更好把握现在呢？无非就是体验过去，自己的过去，他人的过去，芸芸众生的生命的过去！就是为了理解我们现在所经历的生活表层下深刻的真谛。理解了普鲁斯特，就能够理解，文学，这个看似虚无缥缈的东西，其实能够与现实生命产生紧密的融合。文学，回

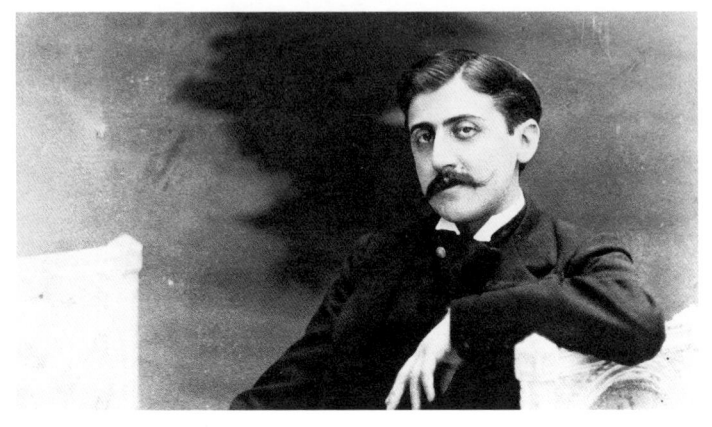

普鲁斯特

忆，对生命的洞察，让我在整个青年时代更能生动地感悟到自己生命的存在和内心经验的自我关照。

是啊，普鲁斯特的世界，那临睡前期待妈妈的亲吻，外婆准备的玛德莱娜小点心，圣伊莱尔的钟楼，聆听凡特伊音乐与阅读贝戈特小说所带来的难以言表的喜悦……若有若无、似真似幻的回忆，宛如风中花瓣，让我思绪飘忽，随着普鲁斯特梦境的幽香迷醉于书页之中，在作家温暖的文学和文字梦中飞翔。即使是阅读英文版和中文版的译文，普鲁斯特那种优雅的、如沉香般自我缠绕的绵长复合句式，编织了梦幻般文学叙述的华丽经纬，铺陈了孤独中衍生而出的奇妙内心旋律，展现了作者独特的诙谐与甜美，猜疑与嫉妒，加之多重时序的回忆涌现，糅合了白日梦幻一般纤敏的病态和作者对周围事物细致入微的感受以及极为精确的观察。普鲁斯特的文字，有时恰似神经质呓语，加上强烈的自我迷恋意识，最终经过法语华美的装饰，即使经过翻译过程弱化也无法削弱其原有的巨大张力，形成了旁人无法模仿、无法超越的文学小宇宙！

我在深圳已经20多年了。每当我想起过去的日子，许多情境都会在某段老歌、乐曲，或者普鲁斯特的某个段落映现出来，而且是像鲜花一般鲜嫩欲滴重现当时的"此刻"——

那是一种能够重返青春的甜蜜而痛苦的时刻！我记得，当普鲁斯特写到他最后一次回到孔布雷时，发现斯旺家的路和盖尔芒特家的路交织在一起，于是，这两个世界忽然融合为一体——"Ah! Que le monde est grand a la ciaré des lanpes! Aux yeux du souvenir que le monde est petit!"（啊，世界在灯光里是多么宏大呀，而在回忆的眼中，它却是如此微小！）

于是乎，所有深圳的 20 年前的许多时刻，那种溽热，那种芬芳，那种情感，在普鲁斯特的映衬下，都不可思议地使得我整个小世界随着我个人的生命过程一同成长。同时，伴随着深深的叹息，文学的浓缩又把我先前的生命过程表现为普鲁斯特式的一个瞬间。那些本来被遗忘、已经消退或者停滞的事物，就在这种浓缩状态中化为一道耀眼的回忆闪光，这个瞬间，怔怔片刻，我会忽然变得年轻，回到喧嚣、躁动、难以忘怀的青春年代。

A la recherche du temps perdu！追忆逝水年华！

在最喧嚣的城市里面，你会感到最孤独！普鲁斯特的那些逝水年华中，这个天才自我沉溺的中心，同样是风暴般的宁静而又感人的孤独。而我青年时代在深圳能够"熬过"那些年那些事儿，恰恰是普鲁斯特教会我的孤独，以及，能够在孤独之中享受孤独。在南国灿烂而又夺目的阳光下，在淋漓的汗水和泉涌的泪水中，追寻自己的内心经验，最终让回忆圆满地完成对生命的具体和高度抽象的解读！

"追忆"，说吧，回忆！所有快乐或者阴霾的时光，虽然过去，但依旧能够在黑暗中熠熠发光！

时间和琐事不是尘埃，那些美好的东西也没有被遗忘或层层埋没，当我们审视般回忆青春年华，在时间灰色的皱褶中，激情、爱情、无瑕的欢欣、灼热的秘密和罪恶，都会随着我们生命的纯真价值，在阳光下放射出璀璨的光亮——只要有普鲁斯特做铺垫，青春必将无悔。那些当初是那么难以忍受的，最终都能够忍受。

当然，从文学的意义上说，普鲁斯特最让我着迷的，是他文学展现的方式，而非中国作家时时言及的反思。因为，作为个体，我们谁也没有足够的时间去经历他人各自生活的真正场景。通过普鲁斯特，我们知道，人生烦闷的生活，不断衰老的苦境，流逝的时间，消散的青春，都能被文学家以挽歌般的吟诵方式在时间的记事簿上加以悠远的赞颂。在这喧嚣与躁动的时代，还有什么能够像普鲁斯特这样让我们目眩神迷和陶醉其中的呢！

回忆生活的本质，比生活本身更为重要！把过去，那所有烟消云散或者即将烟消云散的时间，从缥缈的遗忘之河中打捞上来，以文字的珍珠使之永恒，是对生活本原的回眸与确认，是追怀，是伤逝，是首肯，是生命的永存。

是啊，阅读普鲁斯特这部卷帙浩繁的著作，应该有充裕的时间，应该有安乐摇椅，应该有无数闲暇宁静的午后，应该坐在临窗的斜阳下，随着音乐的盥洗而陶然漫溢……这所有的一切，在我青年时代的深圳，太奢侈了！我只是在坚持之中，如同阅读文学圣经一般，偶尔、不断、持续地阅读。这样的作品，自然可以让真正的读者从任何一个片段读起，不必为他故事的走向而操心或者提心吊胆。在他笔下，我们深感毁坏一切的时间和拯救一切的记忆相对峙，最终，后者战胜前者，不朽战胜遗忘，而因为作为散文大师的普鲁斯特的思绪，像风一般飘荡无常。随心所欲之间，让人尘世忘返，物我两忘，烦恼尽销！

我，一个中国天津人，在异乡深圳，和普鲁斯特有什么关系呢？当然！一个人的一生和一些最普通的事物，可以通过一个伟大的小说家的蘸水笔，使得我们所有人的一生涌现在他笔下，让我们从不同中看到一个令你意想不到的世界的共同之处——最重要的事情，其实不是生活，而是在这些真实生活之中那些触手可及的幻觉，是我们的记忆中能够寻找到的失去的乐园——那些才是永恒。于是，飞翔而来的惊奇，琐细的人生细节，最终超越了个体故事，让我们所有人都会静下心来享受文学的奇异芬芳……

有了普鲁斯特，似乎我的生命就产生了新的期待。即使在中国商品化、市场化最盛的 20 世纪 90 年代和 21 世纪头 10 个年头，在深圳这个物质城市，我一直做到笔耕不辍——在某大型国有商业银行国际部工作之余，我陆续在《小说》《青年文学》《中篇小说选刊》《作品与争鸣》等知名文学刊物上发表了不少中篇小说，获得了国家、省、深圳市的好几项文学奖项。2000 年，广东首次作家体制改革中，我以"业余"作家身份战胜许多专业作家，成为全省 23 名首批签约作家中的一员，并最终获取"国家一级作家"的职称。

2003 年年底至 2004 年年初，我开始在互联网上撰写历史，最初只是以"赫连勃勃大王"为网名写了几篇，贴到网上。那时候在网上写长篇历史的，不过两三人，除了我，还有"火焰塔"和"潇水"这两个当时鼎鼎大名的 ID。要知道，那个时候，大名鼎鼎的《百家讲坛》主讲人们还没有出名，历史写作完全是冷门，和现在动辄销售千万元的网上文学 IP 丝毫没有关联，所以，当时的历史写作费事、费时、费力，和功利、名利没有关系。我当时的写作，也完全出于兴趣，根本没有想到要出书。历史上的赫连勃勃大王，是五胡十六国时代的一个匈奴族暴君，相貌英俊，嗜血成性，杀人如麻。从心理学上讲，我用这个名字，或许是要把自己伪装起来，可能是要以勃勃武夫气概，掩盖内心的儒懦吧……

从 2003 年到 2013 年，整整 10 年，我边看普鲁斯特，边撰写中国历史大散文，最终完成了 500 多万字的"梅毅中华帝国史"，在央视百家讲坛作为主讲人，主讲"梅毅话英雄"系列，播出了《鲜为人知的杨家将》和《隋唐英雄志》两个系列，多次在央视《文明之旅》和凤凰卫视的《凤凰大视野》中作为主讲人讲述中国历史，从作家走向历史学家。

只要我们无意中在美丽的水池内投入一粒石子，总会扩散出无数让人遐思无限的涟漪……普鲁斯特文学和中国历史，看似完全不相关联的两个概念，经过南方城市深圳的发酵，最终被我，梅毅（赫连勃勃大王）奇异地扭合在一起…… ■

（摄影：吴忠平）

韩湛宁

Han Zhanning

《陈寅恪的最后 20 年》/ 陆键东

陈寅恪的最后 20 年，他在残酷的逆境中坚守中国文化的内核与价值，坚持"以诗证史"的学术思想，更坚守他一代文化昆仑的高贵的风骨和人格。其精神真正"与天壤而同久，共三光而永光"。

韩湛宁，设计师、策展人，中国出版协会书籍装帧艺术委员会常务委员，亚洲铜设计顾问有限公司创作总监，曾任深圳市平面设计协会秘书长、汕头大学长江艺术与设计学院教授等职。迄今在国内、国际荣获设计大奖逾百项，其中包括德国红点奖"Best of the Best"大奖、美国印制大奖班尼金奖、全国书籍设计艺术展金奖、GDC 平面在中国银奖、美国 Mohawk Show 全场大奖、中国最美的书奖等。

作者：陆键东
出版社：生活·读书·新知三联书店
出版时间：1995 年 12 月

陆键东 《陈寅恪的最后 20 年》

本书根据大量档案文献和第一手的采访资料，详尽描绘了陈先生一生中最后 20 年的坎坷经历，披露了许多鲜为人知的史实。本书为读者打开了一段尘封的历史，从陈先生的生存状态和人际交往入手，探索了他的内心世界，并以此分析、诠释了陈先生晚年作品的内涵，提出了不少颇有说服力的见解。

我的引路书《陈寅恪的最后 20 年》

韩湛宁

与天壤而同久，共三光而永光

　　书籍在我的生命之中之重要，几乎无法言说。虽然在很多重要的人生转折时刻，书籍都给了我关键的启迪和指引，但是书籍对我真正的影响却是深入到骨子里的，影响了我的思想与精神，造就了现在的我。

　　我曾经说过"诗歌拯救了我"，就是在我人生最为无助和困难的时期，恰好阅读了大量的诗歌书籍与刊物，是那些诗歌支撑了我内心的信念，给予我走出困难的力量，使我保全了真正的自己。但是要说哪一本书对我影响最大，则应该就是陆键东所著《陈寅恪的最后 20 年》，这本书对我思想和灵魂的影响，甚至对我做学问的态度和方法的影响，都是巨大的。当时读之如光如电，如雷轰顶，其深刻和震撼现在回想起来心绪依然不能平静。

　　我大概是在 1998 年读到陆键东先生所著的《陈寅恪的最

后 20 年》。这本书是作者历时数年，根据大量档案文献和第一手的采访资料，详尽描绘了历史学家陈寅恪先生生命最后 20 年的坎坷经历，披露了许多鲜为人知的历史事实，呈现了一个翔实可考的可以成史料的陈寅恪先生的真实生活、学术生涯与内心世界，并以此分析、诠释了陈寅恪晚年作品的内涵，提出了不少真实大胆的见解，成为 20 世纪 90 年代罕有的学术著作与人物传记。

该书是我第一次认识到竟然有陈寅恪先生这样的知识分子，学问之高深闻所未闻，性情之纯真如同赤子，洞见之深刻世间少有，气节之孤高震烁古今。其学问人格、其"独立之精神，自由之思想"的光芒更是深深照耀了我。特别是陈寅恪的最后 20 年，他在残酷的逆境中坚守中国文化的内核与价值，坚持"以诗证史"的学术思想，更坚守他一代文化昆仑的高贵的风骨和人格。其精神真正"与天壤而同久，共三光而永光"，成为感召和引领着我坚守和探寻的精神力量。

独立之精神，自由之思想

陈寅恪先生是一个历史学家，但他的才学和境界，以及心魄，应该说远远超越了历史学家或者历史学大师的层面，成为一种文化现象，成为中国知识界人文精神的象征。作者认为陈寅恪先生有"史心"，作者说："有'史心'，是一个历史学家的很高境界，史心包括才学、通识、博大。陈寅恪不但有史心，而且有'人心'。人心者，包括善良、悲悯、豁达。对于人文学者来说，两者能得其一，已是难能可贵；而两者兼而有之，则是百年一遇了。"

当历史的真实逐渐廓清，陈寅恪先生为中国文化做出的巨大贡献，也终于日益呈现出来。陈寅恪先生在历史学、宗教学、语言学、考据学、文化学及中国古典文学等领域取得的巨大成就，也终于擦去蒙尘，散发着应有的光芒。尽管早在 1926 年，他就已经灿烂夺目，年仅 36 岁时，就与梁启超、王国维一同应聘为清华国学研究院的导师，并称"清华三巨头"。傅斯年曾说："陈先生的学问近三百年来一人而已。"

而学问之外的陈寅恪，却是绝世孤衷的中国文化托命人，他在王国维的挽联序中也写道："十七年家国久销魂，犹余剩水残山，留与累臣供一死；五千卷牙签新手触，待检玄文奇字，谬承遗命伤身。"因此，他既有"天降大任于斯人"之心路苦炼，更有"众人皆醉我独醒"的灵魂号哭。而最后 20 年中的陈寅恪，却是"领略新凉惊骨透"，唯有"剖肝以为纸，沥血以书辞"。

1956 年，章士钊专程前往广州拜访陈寅恪，在得到陈寅恪相赠的数种近著后，认为《论再生缘》"尤特出"，于是写诗道："岭南非复赵家庄，却有盲翁老作场。百国宝书供拾掇，一腔心事付荒唐。闲同才女量身世，懒与时贤论短长。独是故人来问讯，儿时肮脏未能忘。"一句"闲同才女量身世，懒与时贤论短长"，章士钊敏锐地将"盲翁"陈寅恪先生的操守风骨与不附时流的智慧揭示出来，同时也暗示了他的传统知识分子的悲剧性格。

最值得一说的当属陈寅恪对中国科学院院长郭沫若邀其担任即将成立的历史研究所所长一职的态度。1953 年 12 月 1 日汪籛记录的陈寅恪自述《对科学院的答复》中，记录了陈寅恪开出的担任历史研究所所长的条件："一、允许研究所不宗奉马列主义，并不学习政治；二、请毛公和刘公给一允许证明书，以作挡箭牌。"其意是毛公（毛泽东）是政治上的最高领袖，刘公（刘少奇）是党的最高负责人。他认为最高

陈寅恪

当局也应和他有同样的看法，则应允。否则，就谈不到学术研究。这在当时的政治气氛大背景下，无疑是惊世骇俗的举动。对此，陈寅恪说："我要为学术争自由。我自作王国维纪念碑文时，即持学术自由之宗旨，历二十余年而不变。"此后，冷淡对待郭沫若、给康生吃闭门羹均是其风骨使然，而陈寅恪当然知道这种不随时俗的代价。

"文革"中的中山大学革命委员会曾对陈寅恪有如下的文字记载，我们可以作为是陈寅恪晚年悲惨处境的一个注脚："历史系陈寅恪，一级教授，反动史学祖师爷之一，以研究唐代史出名，今年79岁。本人是前清的探花，曾到日、美、德、英四国留学，是封建主义和资本主义的混血儿……在'文化大革命'中，革命群众把他揪了出来，他一直态度恶劣，广大革命群众确实对他愤恨之极。鉴于他已79岁，双目失明，终日卧床不起，决定把他养起来，作为反面教员，继续批判他的反动言行。"而陈寅恪的真实遭遇，其实比这些记录悲惨甚之又甚。

对于这样的结果，陈寅恪也早有预料。他曾在所著的《元白诗笺证稿》一书中指出："值此道德标准的社会风习纷乱变易之时，此转移升降之士大夫阶级之人，有贤不肖拙巧

之分，而贤者拙者，常感受苦痛，终于消灭而后已。其不肖者巧者，则多享受欢乐，往往富贵荣显，身泰名遂。其何故也？由于善利用或不善利用此两种以上不同之标准及习俗，以应付此环境而已。"

三十年只待一人

而作者陆键东先生决心撰写此书的使命感、从档案入手的严谨写作态度、历时数年艰苦卓绝的治学精神同样令人肃然起敬。《陈寅恪的最后20年》是在超过千卷档案的积累上写就的。全书531页，引文的标注就达524处，其严谨态度可见一斑。他曾经说过"4000字的书写背后，可能要准备20万字的档案资料"。除了档案，他还把大量精力放在追寻知情者上，对大量与陈寅恪相熟的前辈进行多则十几次少则六七次的寻访记录。对这些档案与知情者的寻访与研究，也使他对那漫长的20年有了深入的了解。

对于为什么一个非历史研究者却执迷研究冷门的陈寅恪，陆键东曾经有这样一段独白："……精神的困顿常令我备感痛苦……其抑郁可见一个人与一个时代的茫然与哀伤。而某种如天籁般的召唤力总在心灵深处不断敲打。某日终于明白我所为何来。"

从20世纪80年代被余英时先生所写的论陈寅恪晚年的

文章吸引开始，从中山大学中文系毕业以后，陆键东又陆续回母校与众多师长交往，聆听了众多以陈先生为代表的中大或岭南知识学人的悲惨命运，非常伤感。开始陆续访谈研究，积累素材，1993年辞去工作，"倾全力研治寅恪先生的史迹"。一次他在翻阅故纸堆，意外发现了一批珍贵的陈寅恪档案史料，他说："每掀动一页发黄的旧纸，手在微微颤抖，心在怦怦狂跳。"正是这"三十年只待一人"的使命感，促使他"接上寅恪先生的命脉"，一心只为还原陈寅恪先生最后20年的坎坷心路而无悔付出。

　　另外，此书出版过程中有一件鲜为人知的事情也颇为感人。那是在我的"中国当代书籍设计家系列研究"中，对原三联书店美编室主任、著名书籍设计家宁成春先生的深度访谈时，我提到了1995年宁成春为《陈寅恪的最后20年》做书籍设计一事，他非常激动，为我讲述了一段曲折感人的往事。他说，当时接到的书稿是作者手写原稿，厚厚一大包，粗看非常激动，一口气读了小半本，对陈寅恪敬佩之极，也对作者肃然起敬。下班时就带着书稿回家想赶快读完，结果在路上书包被偷，苦寻数日未果，懊恼自责不已，作者花费数年的心血竟然被自己弄丢，而丢的竟然是如此震撼人心的关于陈寅恪的书，万分焦急几日，原本黑多白少的花白头发竟然全部变为白发。大约一周寻找未果，他不得不和责编商议，向作者说出实情，作者沉默良久后答应提笔重写。而又过两日，出版社突然接到一个电话，有人捡到一包书稿询问失主，原来是小偷取走包里钱物之后将书稿丢在路边，被好心人捡起辗转寻来。

宁成春

宁成春拿到书稿之后喜极而泣，赶紧复印一套认真读完。他深为陈先生的精神感召，也为他最后20年的遭遇感到悲愤，于是全心地投入设计之中，此书封面格外凝重：失明的陈先生依杖沉默，如磐石般坐在幽黑的底色之中，上端的书名及文字紧紧地聚拢着，沉默着，清醒着，坚守着。

论学论治，迥异时流

同宁成春先生一样，我读之也为之震撼，而其震撼不亚于涤荡灵魂。从此《陈寅恪的最后 20 年》成为我的领路书。无论精神上还是行为上也都颇受影响，陈寅恪先生成为我人生漫漫航道上最为明亮的灯塔。

从那时起，《陈寅恪的最后 20 年》开启了我对民国一代知识分子，甚至中国知识分子的认知，由此开始对陈寅恪、梁启超、王国维、赵元任、吴宓、蔡元培、梅贻琦、傅斯年、胡适、陈垣等众多先贤的了解和阅读，更深刻地领悟中国现代学人的思想与风骨，不仅开启了做个读书人的梦想，也种下知识人格的种子。

我读完此书两年后，为了心中的设计梦想，放弃打拼多年小有所成的城市来到深圳；而在数年后又一次为了设计梦想，放弃优厚的待遇而转任清贫的大学教职，皆受陈寅恪先生为求学转载德国、瑞士、法国、美国、英国及中国香港、内地等地矢志不渝的精神所影响。又在担任教授和硕导数年之后，去考取清华大学美术学院的硕士研究生，完全是追随我的恩师吕敬人先生去真正学习而不是考虑文凭，就是受陈

吕敬人

寅恪先生早年学遍柏林大学、苏黎世大学、哈佛大学等多所世界名校却没有任何硕士、博士头衔加身所影响。而近年我的"中国当代书籍设计家系列研究"，无论是自费研究这个偏僻课题的选择，还是不畏烦琐走访与考据、坚持"无一字无出处"的严谨审慎态度，都深受先生晚年"论学论治，迥异时流"，穷十年之力著《论再生缘》《柳如是别传》之影响。

　　《陈寅恪的最后20年》一书所给予我的，不仅是文化昆仑学识与风骨的召唤，更是"独立之精神，自由之思想"对灵魂的灼灼照耀。■

（摄影：吴忠平）

王　樽

Wang Zun

《博尔赫斯全集》/ 博尔赫斯

博尔赫斯被誉为作家中的考古学家，其作品以拉丁文隽永的
文字和深刻的哲理见长。

王樽，作家，影评家，深圳评论家协会副主席。20 世纪 80 年代开始业余
写作，有诗歌、小说、散文、剧本、报告文学散见于报刊；与国内外著名
导演的对话录收进《一个人的电影》等专著；曾在或正在《大众电影》《收
获》《天涯》《看电影》《城市文艺》（香港）等杂志开设专栏；应邀担任多
种国际影像节选片人和评委。著有《与电影一起私奔》《谁在黑暗中呻吟》
《色香味》《厄夜之花》《带电的肉体》《人间烟火》《远方的雷声》等。

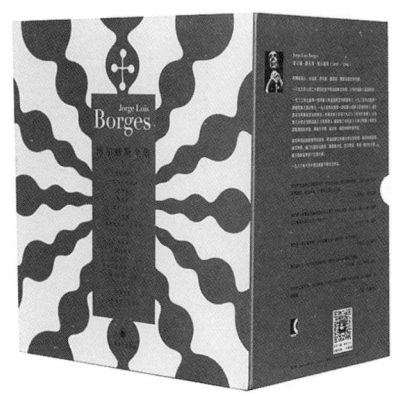

作者：[阿根廷] 博尔赫斯
出版社：上海译文出版社
译者：王永年等
出版时间：2015 年 8 月

博尔赫斯　《博尔赫斯全集》

博尔赫斯，阿根廷诗人、小说家、散文家兼翻译家，被誉为作家中的考古学家。作品涵盖多个文学范畴，包括短文、随笔小品、诗、文学评论、翻译文学。其中以拉丁文隽永的文字和深刻的哲理见长。

博尔赫斯和我

王　樽

　　20世纪80年代初，博尔赫斯的名字在中国还十分陌生。我从《外国文艺》杂志上看到名为《玫瑰角的汉子》，在有些疙疙瘩瘩的译文里，嗅到来自遥远南美洲某种难以言说的气息——没有背景，没有时间，几乎是猝不及防，就将阅读者卷进了一场原始谋杀。我想可以借用该小说的开头切入对博尔赫斯的叙述——想想看，你走过来，在所有人的中间，独独向我打听已故的博尔赫斯的名字。是的，我认识他，尽管他不是这一带的人。他的地盘在南美，如今，在中国遍布着他这个盲者的幽魂。

　　最早看到博尔赫斯，我是怀着猎奇、疑惑，还有些同情。那本纸张低廉的中译本小说集——《博尔赫斯短篇小说集》（上海译文出版社，1983年），摆放在不起眼的角落。我以为这是位确实具有"百年孤独"意义上的拉美作家——被忽略，被轻视，甚至是被遗弃的，落落寡合，寂寂无名，像个文坛新锐，有光芒，却完全缺少被关注的力量。

博尔赫斯

那时，很少见到南美洲的书，具体到阿根廷更是少之又少，好像就这么一本。就在那本书里，我第一次看到《另一个我》，内容是两个博尔赫斯的相遇、切磋、争辩，诡异而神奇。后来我又看到类似的篇章，有的叫《另一个人》，有的叫《博尔赫斯和我》，我以为它们都是同一篇文字。某天，我心血来潮地将其进行逐段比照，才发现内容虽然相近，却是不同时期的不同篇章。

在纸张已严重变黄的《另一个我》的空白处，有我当年阅读时顺手写下的"眉批"——此类文字，人的一生可以写数篇，篇篇不同，衍生出无数个"另我"，如同孙行者的七十二变。人之一生最奇妙的体验，就是与几个"另我"的邂逅。它不只是臆想、虚拟，而是若即若离，真假难辨——是已经发生而未曾觉察的亲历，是反复呈现却以为是梦境的事实。

确确实实，那时的博尔赫斯还活着。如果不是迟钝和疏懒，差点就会有些信件和礼物的交集。

像所有买书人常犯的毛病，早在20世纪80年代初，我就购买了《博尔赫斯短篇小说集》，但放在书橱里闲置在那，忘了看。多年后，从美国大学文学专业的必读书《小说鉴赏》里，读到博尔赫斯的短篇小说《相遇》，才悚然惊觉，不应错过这片绮丽而绝妙的风景。

好在他的著作大多篇幅短小，读起来既触目惊心又赏心悦目。很快，便将几部篇目多有重复的中文译本读尽。进入21世纪后，国内陆续出版了他的多种选集和全集，我都买了精装和平装的不同版本。

在巨匠辈出的20世纪文坛，博尔赫斯创造了很多奇迹，比如以少胜多，以短制长，以书说书，废物利用，融会贯通。他没有写过长篇小说和大型的戏剧，任何假设他可能写出的长篇巨著的模式，都或者是自我拔高，或者是痴人说梦。博尔赫斯以数量不多且篇幅大多较短的小说、散文行市，他的不少作品都有前尘梦影。他在文字的沙海里炼金，居然聚沙（金）成塔，最终跻身于世界级文学大师行列。我认为，只凭《相遇》《沙之书》《博尔赫斯和我》《交叉小径的花园》《圆形废墟》《巴别图书馆》等几个短篇，就足以确定其难以企及的国际地位。他以珍珠般精湛鲜亮的语言，营造了一片浩渺而奇异的星空，将小说、神话、诗歌、散文，甚至哲学、宗教、考据的边界打破，人物的个性也被最大限度地消弭。用真实与魔幻构筑成一个充满自我的迷宫。大千世界，芸芸众生，圈套连缀着圈套，镜像叠印着镜像——若有若无，如真如梦。留恋其中，宛如误入奇境，似曾相识却又新意盎然，陈陈相因却又常读常新。在东西莫辨中，沉醉不知归路。

博尔赫斯喜欢将现实与虚拟交杂，一分为二，一分为三，或更多。真伪交织，意象多重。即使再短小的作品，也往往能滋生重重内涵。犹如多维的立体画，越看越有意趣，越看越复杂难言，扩张变异，缤纷诡谲。

《相遇》里写了两个不该交恶的人——尤里阿特和邓肯，进行了一场身不由己的殊死决斗。两个当事人本无仇怨，当他们从酒吧的陈列柜里各自取了一把短剑和腰刀，一场不可思议的决斗便无可抑制地进行下去了。小说最后，揭示了决斗的原因：两人手持的刀剑隶属于古代两个势不两立的敌手，"那刀和剑在陈列柜里并排沉睡了多年之后开始苏醒了"。不是两个活人的恩恩怨怨，而是古代的两个敌手跨过岁月之河，以各自的武器，通过活人之手在较量。"使用过它们的两个草原牧人业已化成灰烬，但刀和剑——是刀和剑，不是人，人只是刀和剑的工具而已——却依然懂得如何进行格斗。""我"目睹了这一切。"我"疑惑当时看到的很可能"是另一个故事，一个古老得多的故事的结局"。

这篇译成中文仅有 5000 多字的《相遇》，写得波澜壮阔，神奇诡丽，蕴蓄着深刻的现代观——在物质至上的时代，人正在被异化成物的奴隶。如此独特的构思，叙述得却如此简洁和朴素。没有主观的批判，没有刻意地渲染和煽情，甚至没有结论性字眼。博尔赫斯只提供情节或画面，以及由此延伸出的文外之文。将时空的交错，古今的融通，以及思虑重重的恩怨人生，含蓄恬淡地呈现出来。

在我看来，所有的大家都有着稚子之心，从面貌到心灵，都有着某种儿童的纯真和通透。耶稣曾反复告诫弟子，要做小孩子。强调人若不回转变成小孩子的样式，就断不得进天国。想到博尔赫斯，就想到在海滩上堆沙堡的孩童——他的沉迷，可掬的童心，丰富的幻想如入无人之境。

我曾不无幼稚地以为，同样属于第三世界的阿根廷，即使有个把优秀作家，其光芒以及被关注的力量也该很有限。然而，文学从来不以地域、人种、贫富等原因决定收获。博尔赫斯带给人的意外总能超越现实，超越国度，超越语言，超越文本。随便一篇短篇，都会有打动甚至震撼的力量。比如《沙之书》，译成中文不足 3000 字，却令人瞠目地书写出了某种无限——"我"用刚领到的退休金和祖传版《圣经》换了一本像沙一样无始无终的"圣书"，这部前无古人后无来者的书如此奇异，最后，"我"成了那本书的俘虏，为此常常失眠，偶尔入梦也都是那本书的影子。

我想再集中说说《博尔赫斯和我》。这是个译成中文仅有500 多字的短篇，其文体难以界定，可以是小说，可以是散文，可以是哲学随笔，可以是文学评论，甚至可以是作者简介。都可以是，又都不很确切，属于什么都是又什么都不是的文字。也许正因为如此，它才另类，别致，极为迷人。博尔赫斯在文中虚拟了生活中另外一个博尔赫斯，以另一个人的心理对其进行意味深长的审视。简短的文字里，将人在抗拒自我时的挣扎与无奈表现得淋漓尽致。"我必须在博尔赫斯，而不是在我自己身上活下去"，"我试图摆脱他，从郊区的神话转向时间与无限的游戏，然而这些游戏如今都归博尔赫斯所有，我只得另打主意。我的一生都是逃避，我失去了一切，一切都已遗忘，或者属于另外的那个人"。文章最后说，"我不知道这些话是我们两人中间哪一个写的"。

我曾反复诵读这个短篇。在两个博尔赫斯的徘徊中，我想可以发现第三个，每个人都可能的发现——那就是阅读者自己。

伟大的作家都是"这一个"，其独特性犹如浩瀚宇宙的星辰，他存在，他消亡，别人都不能替代。同样，伟大的写作绝不会是对大众的曲意迎合。在 1975 年出版的《沙之书》前言里，博尔赫斯说："我并非是为少数精选的读者而写作，这种人对我毫无意义。我也并非是为了谄媚的柏拉图式的整体，他们被称为'群众'。我并不相信这两种抽象的东西，它们只为煽动家们所喜欢。我写作，是为了我自己和我的朋友们；我写作，是为了让光阴的流逝使我安心。"

从根本上说，人类所有的忧伤都源自时光的流逝。伟大的写作，亦总是在千方百计或延缓或追忆或铭记时光的流逝。我也曾常常自问为何要写作，并阅读过世界百位作家对此答问的书。在千奇百怪的回答中，博尔赫斯的言说最引我共鸣，它简洁而深刻地传达了我的内心所想。

自从读了博尔赫斯，便如被施了魔法。在我狭隘的个人空间里，他的蛊惑如影随形。我曾试图竭力反抗，但常常难遂心愿。在博尔赫斯的光环中，我看到很多个博尔赫斯和我。而在一些当红作家的作品里，也往往总能捕捉到博尔赫斯诡秘的魂灵。

现在，我提到《博尔赫斯和我》这篇短文，并不是想介绍它，也自知难以说尽其中的况味。我只是借用这篇文字——它的内容和标题——讲已故的博尔赫斯，置身其外的他和我在阅读中化身成书里的他，以及脱离开书本的我自己。

借用《博尔赫斯和我》的标题，有必要讲一段"我"与他的真实经历。

1990 年年末，我在风雨飘摇的海南孤岛上，在早出晚归的新闻采访间隙，读完了上海译文版的《博尔赫斯短篇小说集》。知道这位住在布宜诺斯艾利斯的老作家读过老子、庄子的著作，对《红楼梦》和《聊斋志异》亦多有研究，并热爱中国的古老文化。在此书的前言里，译者说，博尔赫斯经常双手摩挲着在纽约唐人街买到的中国竹制手杖的弯柄，表示着他对中国的向往之情。我错误地将这本已经出版多年的书当成新书，以为这个形象就是博尔赫斯的现在时。读后的第二天，我到海口的五公祠买了书写着苏轼《前赤壁赋》的全文竹刻，附上了一封短函并请人译成了西班牙文，找到当时阿根廷在海南的一家独资公司老板，想让他回国时捎给博尔赫斯。这位老板近商业而远文学，竟知道博尔赫斯其人。他瞪大眼睛看着我，无奈地摊开双手说，博尔赫斯已经死了。

我清楚记得，当时我有些意外甚至不解，骑着自行车独自快快而回。在海口秀英浴场的沙滩边，将铭刻着《前赤壁赋》的竹刻使劲朝大海深处丢去。我下意识里想到，这权当一个中国青年对海那边的杰出作家的无声祭奠。

后来，经过查找，我在一本旧外国文学杂志上看到确切消息——1986 年 6 月 14 日，博尔赫斯因肝癌去世，享年 87

岁。我读的那本书出版印刷于 1983 年 6 月，那时的他确实还健在，只是我的阅读晚了。我那一厢情愿的致敬式问候，因 7 年的出版之距，与活着的博尔赫斯错位了整整 4 年。

博尔赫斯一生与图书打交道，晚年双目失明后，老人家被委任为阿根廷国家图书馆的馆长。多年来，我曾买过多种版本的他的传记，但都只是翻翻，一本都没仔细读完。缘由也许是多重的，归根结底是因为盲目的确信——我自认谙熟他的习性，觉得他太像自己——敏感、纤弱，表面沉着，内心羞怯；耽于幻想，不合时宜；沉迷书本，逃避现实。除早年的游历和中年因反政府签名被革职外，他几乎没有离开书斋。他是世界作家群中罕见的被称为"作家中的作家"。他不是靠多彩的世俗生活来写作，而是靠阅读，靠纸上的文字，对历史和现实的想象。他孤僻的个性和审美趣味，都与我有某些方面的类似或契合。

他的职业，甚至就是我少年时的追求。在读博尔赫斯之前，有人问我最理想的工作时，我曾不假思索地回答：当图书馆的馆长。这个理想至今没有实现。我当然清楚，即使实现也与博尔赫斯没有关系。世界上的图书馆馆长千千万万，而博尔赫斯只有一个。大师是独一无二的，大师不可复制。写这篇博尔赫斯和我的文字，并不是想借博尔赫斯抬高自己，只是想说，我们喜欢的作家和我们喜欢的人一样，在很大程度上是因为他们像自己。■

（摄影：吴忠平）

蔡　东

Cai Dong

《苦炼》/ 尤瑟纳尔

透过岁月的多棱镜，折射出了人类命运始终面临的一些根本
问题。

蔡东，80后作家、评论家，在《人民文学》
《当代》《天涯》《山花》等刊发表中短篇小
说和文学评论若干，多部作品被《新华文摘》
《小说月报》《小说选刊》转载和入选年度选
本，著有小说集《木兰辞》。2013年获得《人
民文学》柔石小说奖。

作者：[法] 尤瑟纳尔
出版社：上海三联书店
译者：段映虹
出版时间：2012 年 4 月

尤瑟纳尔 《苦炼》

本书以 16 世纪动荡不安的欧洲社会为背景，但透过岁月的多棱镜，却折射出了人类命运始终面临的一些根本问题。整个小说里，火是泽农化身，泽农与火之间是一种内在的、天然的、持久的联系。在众多火的意象中，智慧之火、知识之火很早就唤起了他的强烈的求知欲以及永不满足的对物质世界和精神世界的好奇心。

关于创作笔记的阅读

蔡　东

写作是个既浪漫又现实的过程。它富有神秘感，像出家和学道，势必与佛法道术有着奇妙的机缘，灵气迫人而来，作家和自己的每部作品间都有点天赐神缘的意味，精彩的章节可能受某些神秘因素的影响。我就曾在梦中得到佳句，在描写人物对话时也有"附体"的经验。写作又是实实在在要落地的，会经历一个慢慢熬的阶段，一笔一笔地写出来，像漫长枯燥、毫无乐趣的修炼，机械刻板，一点都不美妙。

作家构思、酝酿、修改的过程，那些深陷泥沼、搁笔枯坐的窘境，那些灵光乍现、参透天机的瞬间，那些挪移、拼接的手工，那些攻坚克难的艰苦历程或偷懒耍滑的小心思，比作品本身更值得玩味。小说和小说家的秘密，恰恰就在创作笔记里，这是作家的文学课。写作过程中的想法瞬息万变且一闪而过，创作笔记试图将其诉诸文字，把本来难以言传的东西表达出来，并且是准确精妙地表达。那些流动的意识，一旦抓住了成型了，它的价值实际上不逊于小说。

大江健三郎在《小说的方法》中说："'构思'一词大概是英语里'conception'的翻译。这个词还有怀孕的意思，母体内孕育着胎儿是肯定的，但是，胎儿自身也有生命力，那绝不是孕妇本人所能控制的。"而创作笔记载录的，正是种种得心应手或遽然失控的经验，需要作家用超凡的记忆力和精准的文字尽可能复现出来，并汇总上升到理论的层面，使其系统而条理。

尤瑟纳尔关于《苦炼》的创作笔记是朋友郝小平推荐给我的。郝小平是隐居在城市里默默读书写作的一类人，且读得多写得少。正是由于这类人的存在，使得深圳不那么贫瘠无趣，使得深圳有希望在文化上实现缓慢地沉淀和涵化。他说，"如果这个创作谈是我写的，死了也甘心"。如此隆重的"死谏"，由不得我不重视。我手头东方出版社的译本竟然没有附上创作笔记，为此又专门购买了上海三联的译本。

从构思到出版，长篇小说《苦炼》用去了尤瑟纳尔半个世纪的时间。它横亘了女作家的大半生，包括一段最美好的年轻时光。这部小说之于尤瑟纳尔，恐怕比人生伴侣还要忠贞。她们的关系缠绵悱恻，彼此镶嵌咬合着对方，卯榫相接，灵魂交融，间不容发。

也因此，《苦炼》的创作笔记散发出一种特有的沧桑感，它捋过长长的时光，将创作者和作品紧紧糅合在一起，重现了那些孤独而又热烈的日子。时下的创作谈，大都是作家接到编辑的指令，循例聊上两句套话，虽也是面世的文字，作家却不自觉地怠慢着，认为其不过是作品的附丽。当然，编辑预留的篇幅也很有限。读完这种敷衍成篇的创作谈，你感受不到作家创作的难度，体察不到那些微妙的、复杂的情味，似乎写作是件轻巧的事情，作品的形成毫无难度，作家和作品的契

尤瑟纳尔

合程度不够，即使偶有心得，也透着一股雕虫小技的轻佻。

而尤瑟纳尔的创作笔记，兼具科学的规范精密和文学的敏感轻盈，它诚恳，零碎，细密，有趣，向读者倾诉着，作家对于这部作品的能动和受动，作家能控制到何种程度，某个微小的细节是如何获取的，材料是怎么打乱重组的，某个故事的历史渊源，成书过程中旁逸斜出的衍生品（以短篇形式发表）……她谈论着小说里的人物，熟稔而又亲切，仿佛他们是人生密友，无比真实地活着。她谈论着小说里的事件、地点和季节，赫然那是个平行存在的世界。她说："1954—1955 年冬天，在法央斯，我经常和泽农（小说的主人公）一起熬夜。"她说："我重读稿子时发现，泽农和亨利－马克西米利安都是在 2 月份死去的。我试了试改变后者去世的月份，但是做不到。"

《苦炼》

没有创作体验的人，很难理解尤瑟纳尔的感受，认为这些东西过于玄虚，或煞有介事。对小说家来说，以上的创作谈则摄人心魄，完全能够心领神会，并感同身受。里面既有精准的探析，又有深情的回忆，纷杂的易逝的感受被凝固下来，它具备一种还原的魔力，我几乎能察觉到尤瑟纳尔创作时的体温和呼吸，她的专注和投入，以及她的狂喜和落寞。即便如此，尤瑟纳尔仍然不满意，她严格地对待自己的文字，她宣布需要改动某些"僵硬"的段落，然后才交付出版。遗憾的是，女作家 1987 年在美国缅因州荒山岛去世。参与译著整理工作的加拿大学者伊冯说："不要忘记玛格丽特·尤瑟纳尔打算对不止一处进行修改。然而，如今我们不得不接受《苦炼》创作笔记现有的样子。"

"现有的样子"已足够震撼，看似无足轻重的创作谈，竟是天地浩浩的阔大之境，有史诗般的厚重感。这位大气而渊博的女作家，印证了我的一贯想法：写小说是完美主义者该干的活儿，一部小说的完成，是一个漫长而艰难的"苦炼"的历程。小说的技术和工艺，要训练、领悟、实践、总结，成为优秀的小说家需要多方面的素质，天分和勤勉都不容有缺，并能够像苦行僧一样大量地阅读和长久地沉思。所谓"博闻强记""著作等身"不过是艰苦劳动的成果。

尤瑟纳尔还揭开了很多作家不愿承认的事实："一本书的作者自有理由比它的法官更加严厉。他将缺点看得最清楚，只有他一个人知道自己原来想做什么，以及应该做什么。"她多么睿智，又多么坦荡。的确，即使瞒过了眼尖的批评家，也瞒过了大多数读者，终究骗不了自己，写作也是天底下良心活儿的一种。

我对电脑写作并不抵触，也无意于逆潮流而动，但这种写作方式产生了巨大的遗憾，那就是手稿的消亡。我很喜欢研究作家的手稿。手稿精确地记载了一部作品从粗糙混沌到精致完整的过程，一次惊险无比的精神活动。里面有作家的态度、情感、取舍、无数流动的芜杂的意识。对研究者和写作同行而言，它们是千金难得的资料，隐含着大量的创作秘密，比面世的成品丰厚得多，也可爱坦白得多。电脑写作不会产生手稿，而且，它将复杂诡谲的修改过程简化成最后的一篇文字，看起来单薄苍白，无比虚妄。鉴于手稿的逐渐消失，作家在写作活动完成后补写的创作谈，就显得更加珍贵。

那些伟大的批评家，像刘勰、钟嵘、苏珊·桑塔格、哈罗德·布鲁姆、瓦尔特·本雅明等，他们的著作横空出世，比评论对象的生命力还要蓬勃久远，深刻地影响了一代又一代的作家。而作家本身的评论著述，则另有一番景致。卡尔维诺的《新千年文学备忘录》、艾略特的《传统与个人才能》、帕慕克的《天真和感伤的小说家》、昆德拉的《小说的艺术》、福楼拜的《文学书简》、毛姆的《观点》《总结——毛姆写作生活回忆》，都是创作笔记的上品。它们阐释自己的文学观点，带点文论性质，具有理论上的深刻洞见，又无其弊端，术语少，概念少，文字美，不晦涩。作家来自一线的真实体验也很容易启发创作者，使你更清楚自己的优势和缺陷何在。这大概也就是蒂博代所称道的"大师的批评"吧。

毛姆

毛姆是个尖刻而细致的小说家，所以我非常期待他的创作心得，以及他对作家作品的品评。毛姆不负我望地，用一万多字的篇幅，大量地引述资料、审慎地分析和雄辩地论证，只为得出一个结论，那就是：享誉全世界的歌德根本不知道小说是怎么一回事儿，歌德压根儿不会写小说。当然，他说服了我。我喜欢他的坦诚和犀利。

通过阅读毛姆的创作笔记，我发现这位大作家在习作阶段，进行了严苛的文体练习：抄录、背诵、默写。他的小说里透着聪慧，但显然写作并无捷径，他采用了小学生般笨拙但又非常实用的方法。他的写作，是在实验和失败的困窘处境里慢慢摸索提升的。他痴迷和模仿过很多作家，吃透了他们，便见异思迁，再去寻找另外的文学指引者。

我的经验也是如此，任何作家对我的影响都是阶段性的，他们在某一个时刻令我豁然洞开，令我灵感勃发，影响了我几部小说的写作。但作家大都是禁不起多读集中读的，看多了就会发现作品中有雷同的细节，有使用次数较多的高频词，有写作惯性，不免腻了、厌倦了，审美的疲劳霍然而至，随即饥渴地搜寻新的名字和新的作品。我崇拜过的作家难以尽数，这保持了文学给予我的新鲜度和刺激感，恍若在不同的岔路上探幽访胜，充满惊喜和生机。

毛姆的创作笔记，记录下写作应该遭遇的艰险、品尝的苦涩，以及自由创作能带给作家的最高礼遇。他说，作家不只在书桌旁写作，他整天都在写，思考的时候在写，阅读的时候在写，体验的时候在写。对其他任何职业，他都不能给予如此专一的注意力。的确，写作就是如此磨人，也如此迷人。

相较于言不由衷或潜意识伪装自己的访谈录，我更信任作家亲笔写下的笔记。就像毛姆用"总结"来为自己的笔记命名，这本书是一生笔耕的完结篇，是作家倾囊相授、绝不藏私的精华所在。一个对创作负责任的小说家，他的创作笔记也不会让人失望。《天真和感伤的小说家》是帕慕克在哈佛大学六场演说稿的集结，也隐含着帕慕克的创作秘密。书中对小说"细节""时间""图画性"的论述，明晰透彻，说到了点子上，不会乱挠一气，适合正在学习写作的读者阅读。正如杜牧所言："杜诗韩集愁来读，似倩麻姑痒处抓。"

创作笔记相当于作家的文学课，虽非面授，却往往能带来最实际的帮助。他们善于从体例和文风上进行革新，少用概念和术语，突破了传统文学批评的枯燥沉闷，重视语言的辞采，发掘文学评论的美感，是文字漂亮、明白晓畅的创作型文论。他们说的都是行话，或者在某种程度上像暗语，会心人，自然会心一笑。生动，有效，弹无虚发，直达核心，作家的文学课，大抵如此。■

瘦　竹

Shou Zhu

《玫瑰的名字》/ 翁贝托·埃科

一部书中涉及神学、政治学、历史学、犯罪学，还涉及亚里
士多德、阿奎那、培根等人的不同思想。

瘦竹，书评人、自由撰稿人，现居深圳。曾
在新浪、搜狐、《青年参考》开设专栏，书评
散见于《新民周刊》《书城》《晶报》《深圳商
报》《书都》等报纸杂志。自命为蝴蝶收集者，
是博尔赫斯、王尔德、卡尔维诺、纳博科夫的
狂热崇拜者。

作者：[意] 翁贝托·埃科
出版社：上海译文出版社
译者：沈萼梅　刘锡荣
出版时间：2015 年 1 月

翁贝托·埃科 《玫瑰的名字》

本书以一所中世纪修道院为背景。原本就已被
异端的怀疑和僧侣的个人私欲弄得乌烟瘴气的
寺院，却又发生了一连串离奇的死亡事件。一
个博学多闻的圣方济格教士负责调查真相，却
被卷入恐怖的犯罪中……一部书中涉及神学、
政治学、历史学、犯罪学，还涉及亚里士多
德、阿奎那、培根等人的不同思想。

那些陪我度过漫漫长夜的大师们

瘦　竹

　　有记者问博尔赫斯："在你的一生中，文学究竟意味着什么？"博尔赫斯说："幸运与幸福。"我虽然没什么成就，没写下什么文字，但我与书籍的相遇也是这样的感觉，我难以想象没有书我的生命会有多空虚，我又怎样度过一个又一个漫漫长夜。

　　我时常有一种时光倒错感，这种感觉在阅读历史书籍的时候尤为强烈。比如，我正在阅读远古时期的一场战争描写，我会感觉它就发生在不久以前，而我童年的一些经历却好像是发生在很久以前的事了。

　　如果我们把一次次阅读也当成一场场梦，如果我们的梦不会醒来，我们是无法分清它和现实之间哪个是真、哪个是假的。从这点上说，阅读无异于延长和拓展了我们的生命，我们完全可以把历史上发生的一切当作自己的经历，把小说家虚构出来的故事当成自己的经历，那么，我们的生命就经历了无限的可能性，我们自然寿命的长短就变得无足轻重。

直到现在我都不知道自己何时踏上了阅读之旅、陷入了书的海洋，从而走向它的深处。我现在表现得像个文科生，其实高中时我是个标准的理科男，因为沉迷于爱因斯坦的时空弯曲而走向了歧途，然后学了个不文不理的专业，终生耿耿于怀，只好在书里打发自己的寂寞和郁闷。因为没有专业老师的引导，我看的书乱而杂，但也许正是这样，我才能做一个享乐型的读者。我也不需要别人引导，我只需要跟着大师们的书目，从一个大师到另外一个大师就足够了。我所崇敬的大师可以开出一个长长的清单，我只能从中列出几位作为他们的代表。

博尔赫斯

博尔赫斯

与博尔赫斯的相遇是我一生中最幸福的事，我此生最大的愿望就是能把他提到的书都读一遍。他一生从来没有写过一篇长篇小说，但他所有的短篇都堪称经典。他好像从来没有在这个世上生活过，却在抒写着人类的某种永恒与疑问，有时他是个厌弃生命的人，但他却很长寿。他用自己的高度改变了人们对于小说的观念，他的小说没有在描写世俗，他建造了自己的迷宫，久久不肯出来。

卡尔维诺在他的《新千年文学备忘录》中这样赞美博尔赫斯：

在小说创作中，如果要我指出谁是最完美地体现了瓦莱里关于幻想与语言的精确性这一美学理想，并写出符合结晶体的几何结构与演绎推理的抽象性这类作品的人，那么我会毫不犹豫地说出博尔赫斯的名字。我对博尔赫斯的偏爱原因不仅于此，还有其他的原因，主要是：他的每一篇文章都是一个宇宙模式或宇宙的某一特性的模式，如无限、无数、永恒、同时、循环，等等；他的文章都很短小，是语言简练的典范；他写的故事都采用民间文学的某种形式，这些形式经受过实践的长期考验，堪与神话故事的形式相媲美。

博尔赫斯取得的文学成就是如此辉煌，以至于文学青年们所熟悉的文学大牌几乎都对博尔赫斯赞誉有加，这其中就有卡尔维诺、马尔克斯、萨略、帕斯、埃科、桑塔格等。但博尔赫斯对自己的创作成就却颇为自谦，他说他写的东西能有两三页得以流传他就满足了。

在他的晚年他多次表达了他的创作上的遗憾，那就是他再没有写出足以安慰自己生命的"大东西"，同时也没有通过写作完成自我救赎。纳博科夫曾经把博尔赫斯讥讽为"红得发紫的小品文作家"。抛开他的尖酸刻薄，他可以说是切中了博尔赫斯的命门。博尔赫斯的小说虽然不停地变幻主题，但其中"内核"一直没变。他一直在迷恋"同一性"。在他的小说中，他一次次暗示，其实叛徒就是英雄，杀人者就是死者，一就是无限，瞬间就是永恒。在博尔赫斯的葬礼上，牧师曾说"博尔赫斯一直都在不懈地寻找一个能囊括所有终极意义的词"，他的那些迷宫般的小说正是他在这个寻找过程中的副产品。它们代表着他的辉煌，同时也是他的局限。他一直沉溺于此，乐此不疲，他其实最终是死在自己的迷宫里。

卡尔维诺

看了这么多年的小说，我没有遇到其他任何一个作家，像他那样风格多变而又充满奇思妙想。他创作丰富，每一本小说都堪为经典，都达到了无人能及的高度。他像博尔赫斯那样，对现实不屑一顾，但他不像博尔赫斯那样灰暗。他的所有的小说都是童话，除了觉得美，我们几乎无话可说。是他让我们每个人都变成了看不见的骑士、树上的男爵、分成两半的子爵。我们生活在看不见的城市里，这个城市是一个命运交叉的城堡，我们都是寒冬夜行人，我们对宇宙奇趣无比好奇，我们每个人都写一下部传记《帕洛马尔》。

知道卡尔维诺是因为王小波，有人把他的小说称为"小资读物"，但我以为他的小说根本与小资不搭界。除他之外，我从来没有遇到比他的小说更神奇的了。一幅算命的纸牌竟能被他演绎出两篇充满梦幻色彩的小说《命运交叉的城堡》《命运交叉的饭店》；一些关于宇宙学最前沿的知识放在他的小说《宇宙奇趣》里，也不显枯燥乏味；他的《看不见的城市》是我看过的最美、最富有诗意的小说；他的《我们的祖先》（包括《分成两半的子爵》《树上的男爵》《不存在的骑士》）让王小波赞不绝口。

卡尔维诺在他的《新千年文学备忘录》中，主张"轻"而不是"重"，他自己就是他的小说理论的最好实践者。在卡尔维诺的小说里，很少让人感觉到沉重的东西。他写的事都不像发生在人间，而是发生在仙境，包括《分成两半的子爵》。在这篇小说里，一开始就不时有死亡的阴影，中间也发生了好多次死亡事件。但在他的小说里，死亡不是死亡，而更像一个坏孩子的恶作剧。他的小说里的人物，也会有许多的发愁事，但他好像从来没有想借此表现人间的苦难，而只是使他一点也不真实的人物有些许真实的色彩。

有人说，王小波的小说写作是狂欢式的写作，但他的狂欢也许只是对现实苦难的反讽。卡尔维诺的小说，好像对现实的苦难视而不见。要知道，在他年轻的时候，这个世界上发生了那次著名的大战，而他的国家是最主要的当事国之一。他年轻时曾经参加过抗德游击队，德意的暴行，一定也给他留下过深刻的印象。也许，他知道，与艺术的永恒相比，政治事件，无论有多不幸，但只不过是片刻的过眼烟云。他用他风格各异的小说，拓展了小说叙述艺术的无限可能性；他自己建立的国度，比任何一个现实国度更为永恒。在这一点上，他和博尔赫斯是有些相似而又如此的不同。博尔赫斯的小说像久久挥之不去的梦魇，而他的小说，更像走也走不出的仙林。

佩索阿

佩索阿

一次偶然的机会，看到韩少功译的佩索阿的《惶然录》，那种"于我心有戚戚焉"的感觉真是难以言表。每当我情绪很差的时候就会拿出它来看看，觉得他一直就在那里等我，知道我一直是什么样子。

佩索阿（1888—1935），葡萄牙诗人、作家。我觉得他跟卡夫卡有些像：他们都英年早逝，生前作为一个小职员默默无闻地生活着，死后却暴得大名。但我觉得他们无论生前还是死后都并不在乎自己的名声，他们留下了一些文字只是因为他们不得不写。

佩索阿这样看他留给我们的作品："我没有更多的疑问，眼中也没有未来。如果我留在来访者的留言簿上的东西，有一天被人读到并且给他们的旅途助兴，那就不错了。如果没有人读到它，而且没有读到它的人们因此而少一些扫兴，那也很好了。"

他的《惶然录》表达了这样的主题："我宛如轮船进了海湾，停留在那里便是我的希望。"他的海湾便是里斯本的道拉多雷斯大街，他在那儿长久地停留，作为一个小职员碌碌无为地生活着。作为一个非思想家的思想者思考着，作为一个不能不写作的人写作着，他安于自己小小的社会角色，但他的灵魂从来没有停止过骚动；他并不觉得思考是多么高贵的事，但他相信："思考比生存更好，这是我的不幸，与其他所有的大不幸随行。"

佩索阿所说的不幸或者大不幸其实也是他的幸运。正是这些不幸，让他与那些真正的碌碌无为者区分开来，虽然他自己并不一定在乎这些。佩索阿是少数几个没有吓跑我的思想者之一，因为我感觉他就是我的兄长，像我一样过着单调乏味的生活。只有在夜间，他才钻进他的小小蜗居里。他也许就住在我家的隔壁。

有人说，伟大的作者都在描述虚无。佩索阿当然也不例外。他也许是最想看清虚无之地的人，但即使最终的虚无也无法吓退一个真正的思想者。

我总是在思考，总是在感受，但我的思想全无缘故，感觉全无根由，我正在一脚踏空，毫无方向地空空地跌落，通过无垠之域而落入无限。

如果一切都是虚无，那么事情还有什么意义？一道阳光暗去，一抹突然的乌云移来，一阵微风轻轻吹起，寂寞降临了，抹去了这些特定的面容，这些喃喃一语，还有谈话时的轻松微笑，然后星群在夜空中如同残缺难解的象形符号毫无意义地浮现。

读着佩索阿这些虚无之语，我感觉自己心灵最深的伤痛被他一再地提起。这个世界上也许只有虚无会让我们困惑不已，伤痛不已。与虚无相比，我们生命的其他伤痛变得微不足道。它们不过是虚无小小的前奏，或者是构成虚无的虚无之物。这一点可以让我们变成一个悲观主义者，也可以让我们认识到自己无比卑微之后，对我们所遇到的事，所遇到的人充满善意。

有了虚无的底色，佩索阿对一切的态度就变得易于理解。对于生活，他说他失去了战斗精神；对于死，他说，只有死，人才能获得真正的自由；对于爱情，他说，爱情不过是习惯套语，其实我们每个人爱的不过只是自己。

马尔克斯

马尔克斯曾经说过："从写《枯枝败叶》的那刻起，我要做的唯一一件事，便是成为这个世界上最好的作家，没有人可以阻拦我。"他可能没有想过十多年后他会获得诺贝尔文学奖，但他无疑是一个最有理想和豪志的作家。从写完《枯枝败叶》开始，他的创作就像发生了井喷，隔几年就会有佳作问世。我猜想，他从写《枯枝败叶》的那一刻起，就在勾勒《百年孤独》。差不多创作于同一年代的《枯枝败叶》《没有人给他写信的上校》《恶时辰》，我们可以看作他的一次次热身。
上校、香蕉园、镇长、神父、医生、叙利亚人、马戏团等这
些人物或意象均出现在他的这三部作品里。直到《百年孤独》
时，这些人物和意象才完全丰富和清晰起来。虽然在不同的
作品里，同一个意象不一定是相同的指涉。

马尔克斯也许是少数多产、
高质量而又不重复自己的作家之
一。考虑到连博尔赫斯这样的大
师都会重复自己，人们用伟大来
赞扬马尔克斯是一点也不过分的。

卡尔维诺曾说好小说的标准
包括：轻逸、迅速、确切、易见
（形象鲜明）、繁复（内容多样），

马尔克斯

这些马尔克斯无一例外都做到了。不说他创造的那些丰富的
文学形象、巧妙的构思、开拓性的写法，只是他的《百年孤
独》开篇"多年以后，面对行刑队，奥雷里亚诺·布恩迪亚
上校将会回忆起父亲带他去见识冰块的那个遥远的下午"都
成了最著名的文学开篇之一。

博尔赫斯曾说，我们一辈子能遇上某些好书，是我们的幸
运与幸福。马尔克斯的《百年孤独》无疑是这样的好书之一。

当然《霍乱时期的爱情》也是好书。马尔克斯在解读他
的《霍乱时期的爱情》时，这样说："这是一篇贯穿人物漫长
一生的情史，是一生中不同年龄对爱情的思考，而不是像某
些人所指的那种老人的爱情。"其实不仅如此，他的作品最大
程度地企图思考人类的情、性、婚姻，最大程度地揭示人性
的复杂、可怜与美好，这并不是大多数通俗作品所能做到的。

马尔克斯在创作这部小说前曾经反复阅读 19 世纪作家
的著作，特别是法国作家的作品，特别是福楼拜的《包法利
夫人》。他说《包法利夫人》堪称完美，所以他的写法稍有些

老套。我们并不奇怪，但《霍乱时期的爱情》又绝不像 19 世纪的小说那样，小说里的时间流向就是现实的时间流向那样。《霍乱时期的爱情》就像一个已经生长成熟的洋葱，马尔克斯不是一层层地剥给我们看，而是这里剥开一个口子，那里又剥开一个口子。我们好像已经看到了它的核心，而它始终不肯露出它的全部真实，直到洋葱变成无数个碎片。

桑塔格

在桑塔格的小说《恩主》中有这样的句子：

尽管我拼命往前冲，我依旧跳不出自己的意识外围线，但是，我却能进入更里层。我能够在大圈中找到一个小些的圈子，然后爬进去。

如果我不能走出自我，我就待在其中。我会抬眼看着自己，把我视为自己的风景。

我真是爱死了这些句子，我觉得它们简直就是我的内心独白。

桑塔格写《恩主》那一年（1963 年）刚好 30 岁。那是个从青春期以来一些迷茫和困惑还没有彻底解决的年纪。桑塔格不想把这种困惑带到 40 岁，她要把它们打发掉，我相信这是她的写作动机。

《恩主》出版后好评如潮，其中就有汉娜·阿伦特和约翰·巴思（美国后现代小说家、《烟草经纪人》作者）。约翰·巴思这样评论道：

《恩主》当然是一个有才华的、令人惊讶的噩梦——来自伏尔泰影响下的荣格。它显然不是哪个桑塔格小姐写得出来

桑塔格

的。这位小姐存在与否，我都表示怀疑。这是一部令人感到极为不安的、怪异的、非美国的佳作。

在桑塔格的另外一部小说《在美国》中，女主人公有这样的独白："如果幸福是可能的话，常人能够指望的莫过于英雄般的生活。幸福有多种形式，但能献身艺术是一种特权，是上帝的恩赐。"

桑塔格去世后，桑塔格的中文译者之一黄灿然说："人们失去了评估未来美国和世界重大事件的一个清晰尺度，更少了一个如此清楚冷静并具有良知的人。"其实，他还应该加上一句："最重要的是，我们也失去了一个如此与众不同的小说家。她的《恩主》《死亡匣子》《我，及其他》《火山情人》《在美国》与任何大师的作品相比毫不逊色。"

翁贝托·埃科

还有谁比翁贝托·埃科更称得上百科全书式的作家？确实，他的作品除了《误读》《带着鲑鱼去旅行》，其他的作品阅读的过程就是逆水行舟的过程。而《开放的作品》用逆水行舟根本不足以形容其阅读难度，或许逆石头行舟能形容其阅读难度。而当终于合上最后一页，声称读过时你都会心怀胆怯。与此同时，一种深深的挫败感会萦绕在你心头久久不肯散去。治愈这种挫败感的唯一办法，是赶紧打开《误读》《带着鲑鱼去旅行》。我保证你能一天内同时读完这两本书，然后心情大好。与此同时你会怀疑，这个插诨打科、口无遮拦的作者和那个在《开放的作品》里给你制造了无数阅读障碍的作者是同一个人吗？

在《巴黎评论·作家访谈》中，翁贝托·埃科声称他的小说《傅科摆》比他的任何一本符号学专著更清晰地解释了什么是符号学。而《玫瑰的名字》变相地实现了他创作一部关于喜剧专著的愿望。同样可以说的是，《误读》《带着鲑鱼去旅行》也许比《开放的作品》更好地解释了什么是作品的"开放性"。

翁贝托·埃科谈到那些因为他的小说的渊博而知难而退的读者时说："活该那些不喜欢的人，让他们停在山坡上吧。"我想，大多数读者在阅读翁贝托·埃科的小说时半途而废并非不喜欢，而是被他吓退了。

《傅科摆》一开始先是上了一堂"单摆"课，然后是数学上的排列组合、阶乘等。为了破解电脑密码，不厌其烦地列出了720个上帝的名字，我想大多数读者第一次陷入晕睡应该就在此时。

有人说，《傅科摆》仅仅是一本适合学霸阅读的小说，其实哪有必要为了阅读一本小说成为学霸（再说也来不及）。事实上，《傅科摆》中所涉及的数学、物理学知识绝没有超过中学教科书。而关于中世纪知识，有谁敢在翁贝托·埃科面前自称"学霸"？

其实《傅科摆》虽然复杂，但并非"难懂""不知所云"。真正"难懂""不知所云"的小说是巴勒斯的《裸体午餐》那种各章节、各人物很难看出联系的小说，而《傅科摆》里最不缺乏的就是联系，你所需要的只是一点耐心还有体力。

翁贝托·埃科本人给出了阅读他的小说的"秘诀"。他说，我们没有必要弄懂"相对论"，我们只需要知道他是爱因斯坦搞出来的东西就够了。至于弄懂，那是专家的事。同理，对于他的小说，除非你有考据癖，否则，你根本没有必要弄懂那些中世纪史知识，你只需享受阅读的挑战与快感就足够了。■

翁贝托·埃科

贰

Part 2

（摄影：吴忠平）

胡洪侠

Hu Hongxia

《随想录》/ 巴金

晚年的巴金在《随想录》一书中，以罕见的勇气说真话，为中国知识分子树立了一座丰碑。他对过去的反思，他追求真理的精神也赢得了文化界的尊敬。

胡洪侠，资深媒体人，专栏作家。现任深圳报业集团社委会委员、编辑委员会副总编辑，兼《晶报》总编辑、深圳报业集团出版社社长。1995 年，创办深圳商报《文化广场》，并任该栏目主编至 2009 年。2006 年发起创办 "深圳读书月年度十大好书评选活动"，并主持了历届评选。此评选结果每年 11 月底公布，是中国读书界最重要的评选活动之一。

作者：巴金
出版社：作家出版社
出版时间：2005 年 1 月

巴金 《随想录》

晚年的巴金在《随想录》一书中，以罕见的勇
气说真话，为中国知识分子树立了一座丰碑。
他对过去的反思、他追求真理的精神也赢得了
文化界的尊敬。从《随想录》里，人们又见到
了那个熟悉的巴金，他独立思考而不再盲目听
命，挣脱思想枷锁而不再畏首畏尾，直言中国
过去"太不重视个人权利，缺乏民主与法制"，
痛感"今天在我们社会里封建的流毒还很深，
很广，家长作风还占优势"，集中批判"长官
意志"。

我与巴金《随想录》

胡洪侠

少不更事难读懂

20世纪80年代，我在北方一座小城工作。小城虽处平原，无深山巨川阻隔与外界的交流，却很闭塞；街面上也有时髦的碎片在飞舞，但要买新书却大不易。我一位同事的太太当时在新华书店工作，凭了她的介绍，我们几个爱书的人得以出入书店门市后面的一间办公室，那是专供机关单位订购新书的地方。我们开始在那里读每期的《社科新书目》，看见自己喜欢的书，就填写一张"图书预订卡"。这样买书当然不过瘾，一来往往要等好几个月新书才会到，二来仅靠书名和简介，判断不准是否真的是自己需要的那一种，等新书来了，难免有后悔的时候。

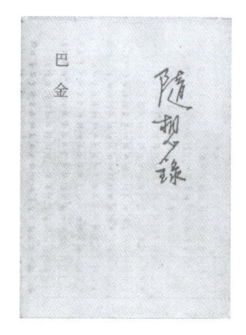

《随想录》

我就是在《社科新书目》上发现北京三联版《随想录》的。巴金的文字，课本里早学过，小说《家》也读了，他的新书我当然想买。况且简介文字里还说，这是一部"讲真话的大书"，是代表了当代文学最高成就的散文作品，其价值和影响远远超出作品本身和文学范畴。我毫不犹豫地填写了预订卡。

那时年纪轻，正飘浮在文学的天空里做着作家的美梦。读散文作品，专喜欢情浓意重、词句华丽的一路，或者叱咤风云、冷嘲热讽的一类，对平实淡泊的文字多不看重。现在想来，那正是欣赏品位的"初级阶段"。三联版《随想录》终于来了，一读之下，却大失所望，觉得文字实在缺乏文采，全是一位老人平淡如水的议论，气魄不雄伟，观念不新潮，句法不新颖，用词不时髦，这怎么能代表当代散文的最高成就呢？我后悔了，不想要了，编了个理由转卖给了单位资料室。

过了两年，知道的事多了一些，浮躁之气少了一些，突然又想看《随想录》了，赶紧跑到资料室去借。还好，书还在，好像也没有什么人借过，只是书上多了单位的图书章，刺目而难看。这一借，至今未还。

过了少不更事的岁月，终于读懂了《随想录》，体会到了那平实文字的背后，凝聚着时代风雷的回响；真诚忏悔的字里行间，流淌着老人刻骨铭心的痛苦；沉重的文字表情之上，有良知在闪光。现在，巴金老人走了，我最想说的一句话是：我是《随想录》的读者，这本"讲真话的大书"，我会继续读下去。

《随想录》北上

巴金的《随想录》是一座纪念碑，40余万字的正文就是这座纪念碑的碑文。碑文的功能首先当然是阅读，但比阅读更重要的，是保存、珍藏或激活记忆。因为这是一部"讲真话的大书"，它的版本和各种版本背后的故事就特别多，堪称"一连串的出版事件"。

我当初拿到北京三联版《随想录》时，就很喜欢书的设计，开本是小 32 开，很可爱；封面是灰色，加印烫银书名，显得凝重而雅致；外套淡黄色护封，上用浅蓝色印着巴金老人的手迹，别具匠心。正文版式也很考究，疏朗而不松垮，活泼而又庄重。书中所收文字是巴金先生 1979—1986 年在香港《大公报》开设的专栏随笔，香港三联曾陆续出版过《随想录》《探索集》《真话集》《病中集》《无题集》等分册。北京三联 1987 年推出的是《随想录》的五卷合订本。

关于这一版本，北京三联的"老掌柜"范用先生曾有专文讲述，我在央视《大家》栏目里也听他讲过。《随想录》先是刊于香港大公报的《大公园》副刊，当时很多人激赏，但也有人说三道四，还出了任意删改巴金文字的事。范用听了很气愤，动了在北京出版《随想录》的念头。一次巴老去北京开会，范用电话问候，请求巴老将《随想录》交北京三联出版，答应"可以一字不改"。巴老同意了。

1987 年，《随想录》合订本印了出来，巴金老人收到书后，给范用写信说，他对这部书很满意，"真是第一流的纸张，第一流的装帧！是你们用辉煌的灯火把我的这部多灾多难的小著引进'文明'的书市的"。

《随想录》的版式、封面和包封都由范用先生一手设计，当时的署名是"叶雨"，谐"业余"音，是范用的自谦之辞。不过，巴老信中所说的"第一流的纸张，第一流的装帧"，指的却并非我们寻常所见的版本，而是《随想录》特装本。范用先生专门加印了 150 本编号特装本，属非卖品，专供巴老赠送之用。正文纸张是《毛泽东选集》（精装本）采用过的特制纸张。"我在人民出版社任副社长兼三联书店总经理，手上有点小权，可以动用这种纸张。"范用说这话的时候心里一定得意极了。

线装的快乐

去年和好友同游浙江富阳"中国印刷造纸文化村"，观摩了制造宣纸的全过程，领略了华宝斋古籍印刷既旧又新的魅力，买了几种那里出产的新印古籍和仿真彩印的丰子恺漫画。我欣赏了一番他们印的巴金《随想录》线装本，考虑行囊沉重，钱包渐薄，一时糊涂，没买。如今想来，后悔莫及。

二十几年间，《随想录》分别由北京、成都、上海、香港等地的出版社陆续成书，版本众多，形态各异，有窄 32 开薄薄小册，有特种纸精印的特装本，也有线装影印的巨制。1993 年 11 月 25 日，是巴金先生 90 大寿。这年的春天，人民日报的老记者夏宗禹想给老人一份特殊的贺礼，于是和袁鹰等人商量为《随想录》印一版线装本的事。当时夏宗禹从报社岗位离休，受华夏出版社之托，正编辑马一浮、丰子恺等大师的诗书墨迹丛书。那套书都是在浙江富阳古籍印刷厂印制的。"我们觉得，如果也为《随想录》出一版线装本，那真是再好不过的事。"袁鹰后来回忆说，"这种版本，若是从经济效益着想，肯定要赔钱的。但是出版社和印刷厂出于对巴金老人的衷心尊敬，出于对说真话的《随想录》的感佩，义无反顾地承担下来。"

线装版的《随想录》终于赶在巴金90华诞前印了出来，印刷厂派专人专车将第一批书从富阳运到上海，巴金老人见了高兴极了。之前巴老专门为线装版写了后记，从中也可以看出他对线装版的期待：

有人对我说："你写的书中印刷最多的是《随想录》，有九种印本，可是市里出售得很少。买不到书。"最近我同华夏出版社的朋友谈起，他说"我再为你出一种线装本，你同意不同意？""我同意。"我连声说。我正想编一本新的《随想录》，这将是版本的第十种，我要把来不及收进合订本的两篇随想也附印在里面……

第一套样书，巴金题赠给冰心老人，他在扉页上写道："冰心大姊，谢谢您的信……现在书印出来了，看见您的字仿佛见到您本人，我真高兴。托人带一套给您，请您接受我的感谢，分享我的快乐。"巴金老人的题赠本估计我是无缘见到了，普通的线装版《随想录》估计还能碰到吧，某年某月的某一天，我希望我也能手捧线装版《随想录》，分享十几年前巴金老人的快乐。

与《随想录》有关

巴金《随想录》的传播史是很有意义的一个文化课题，将来或许会有人做专门的论文吧。我这里搜集了一些与这本书有关的"掌故"或者叫"语丝"，从中也可体会一些意味深长的东西。

范用说："三联版《随想录》出版至今已十多年，没有发生什么问题，平安无事。天下本无事，庸人自扰也。"

袁鹰受巴老和宗禹兄委托给冰心老人送线装版《随想录》，她家的"一等公民"咪咪，纵身一跳上了书桌，在那套线装本边摸摸闻闻，不想离开。老太太轻轻爱抚着它全身的白毛："你也想看看这套书？"

冰心看到线装版《随想录》后对袁鹰说："他（巴金）活得太累太苦了！"

李辉说："在我看来，道德忏悔、从全人类角度看待'文革'、倡导建立'文革'博物馆，是《随想录》在当代思想史上最为重要的三点贡献。"

张者说："如果把《随想录》和韦君宜《思痛录》相比较，也许《思痛录》更加深刻、更加尖锐。但是，任何事情都不能脱离当时的历史状况和时代背景，要知道《随想录》写于 20 世纪 70 年代末和 80 年代初，而《思痛录》却写于 90 年代……"

陈思和说："有的批评者把 20 世纪 80 年代的《随想录》与 90 年代的《思痛录》相比，我觉得这是没有意义的比较。我们讨论问题应该尽力做到知人论世，不能脱离现实环境的制约，以青年人的急躁心态来轻易做出孰是孰非的结论。"

吴泰昌说："巴金在写作《随想录》时一直保持着饱满的创作热情；《随想录》出版之后，很长一段时间精神都很放松。关于成立中国现代文学馆的文章，是巴金于 1981 年在杭州西湖边上完成的。当时我在宾馆里，看见他写完稿之后一个人坐在房间的阳台上，外面下着蒙蒙细雨，他若有所思地注视着雨中的西湖。我看这个景色不错，就提出给他照相。他同意了，可结果胶卷没有装好，拍的一卷都是空的。从那以后巴金一看我拿相机就开玩笑说："卷子装好没有哦？不要又白拍了啊。'"

"没有见不得人的东西"

我给书店的朋友打电话，托他们替我找《随想录》的线装本和手稿本，得到的答复是"全没有货"，"听说出版社也没有存书了"。我心里难免怅然，只有羡慕别人的份儿了。

羡慕的人之一是成都的龚德明先生，他的《雨中书事》我读了，很感动。龚先生是很有成就的编辑家，编著书目有长长的一串，我印象深刻的是《董桥文存》。我曾托香港一位旧书店老板替我留心董桥散文的早期版本，那老板说成都一位先生早就托过他这件事了。我立刻知道他说的是龚德明。龚先生曾给巴金出过书，也编过几部巴金研究著作。有一天，他在书店的书架上见到了五卷盒装 16 开本巴金《随想录》（手稿本），摆放在两米高的展架上。"或许是故意让人够不着吧，要知道书的价格是 500 元一套啊"，他这样想着，让服务小姐搬下书来看。正是雨天，玻璃窗外雨声淅沥，他一页页读着，读了足足两个多小时。服务小姐看看雨天，看看这个看书的人，走过来，走过去，没有说什么。龚先生突然对自己的外貌有了点信心了，想："或许是我的书生模样让她没法开口叫我不要翻看吧。"

龚先生先从报上知道《随想录》（手稿本）要出版，开始他有点不以为然，认为《随想录》的最初形态是报纸连载，手稿的意义不会太大。他觉得应该将能找到的巴金书信和日记全部影印出来才对；他坚信"巴金的全部幸存手迹完全可以一字不改一字不删的出版，因为没有见不得人的东西"。

可是看了《随想录》（手稿本）后，他就下决心要买了：那确是真正的手迹。不过，他的口袋里只有不足 200 元，需要去筹措一笔小款子才行啊。还好，一笔拖欠几年的奖金那几天突然兑现了，700 多元，足够了。又是雨天。他想天晴了再去把书搬回来，可是一连几天，都是雨天。心一横：雨天也去，雨天去买一本大书显得隆重，我就是要淋着雨把《随想录》（手稿本）买回来。

龚先生说："这套大书购回家，卧靠在南花园的躺椅上，又一卷卷一页页地翻阅，真是舒适极了。在书店里看书心里一点也不踏实，购回来就是我的家庭财富了，这是看自己的存书。"说的是实在话，我也这么想，可是我没有《随想录》（手稿本）。这一刻我往窗外看，窗外是夜空，而且没有雨。网上的消息说：巴老的遗体告别仪式刚刚结束了。■

2005 年 10 月

胡晓梅

Hu Xiaomei

《傲慢与偏见》/ 简·奥斯丁

小说讲述了乡绅之女伊丽莎白·班内特的爱情故事，生动地反映了 18 世纪末到 19 世纪初处于保守和闭塞状态下的英国乡镇生活和世态人情。

胡晓梅，深圳电台主持人，畅销书作者。1992 年至 2007 年主持的电台节目《夜空不寂寞》在深圳保持了连续 15 年的最高收听率纪录，被誉为"中国南方的广播奇迹"。著有《说吧，寂寞》《说吧，爱情》《告别寂寞》。

作者：[英] 简·奥斯丁
出版社：上海译文出版社
译者：王科一
出版时间：1996 年 12 月

简·奥斯丁 《傲慢与偏见》

本书是简·奥斯丁的代表作。小说讲述了乡绅
之女伊丽莎白·班内特的爱情故事。这部作品
以日常生活为素材，一反当时社会上流行的感
伤小说的内容和矫揉造作的写作方法，生动地
反映了 18 世纪末到 19 世纪初处于保守和闭塞
状态下的英国乡镇生活和世态人情。

简·奥斯丁的心理世界

胡晓梅

　　记得是在念高二上学期的一个周末下午，母亲把床底的箱子搬出来晾晒，衣服、被单、枕巾、绣花手绢、毛主席像章、证件、书信，还有几本已然发黄的书，我帮着一样一样拿出来摊在阳光下，然后就看到了这本《傲慢与偏见》。

　　我真正体会到阅读的快感就是从这一刻开始。那个下午我就像被施了魔法，一动不动坐在小藤椅上，恨不能一口气看完。阳光穿过葡萄架温柔地洒在小院里，细小的灰尘在光影中嬉戏，这个出版于 1813 年的英国爱情故事却给我带来无比熟悉亲近的感觉，令周遭的一切显得格外明亮。

　　小说的女主角伊丽莎白，不满 21 岁，聪明自在、机智俏皮，对生活充满了锐气和反叛的激情，不肯接受没有爱情的婚姻，因此她毫不犹豫地拒绝了可笑的柯林斯先生，尽管她清楚地知道未来有一天父亲去世自己作为女儿分不到家产会一贫如洗，而志在必得的柯林斯作为伊丽莎白家族遗产的法定继承人，理所当然觉得自己的好意应该被感激涕零地接受；

《傲慢与偏见》

在不久之后，伊丽莎白又断然拒绝了小说的男主人公达西先生的冒失求婚，因为他生性高傲自满，由门第和财富产生的优越感总是激起人的反感。直到达西的傲慢经历了挫折和巨变而逐渐消融，这位自尊自爱的女主人公才愿意接受一段平等了的关系。

伊丽莎白从此成为我青春期的偶像，即使小说里有另一位可爱的女子——伊丽莎白好脾气的姐姐简，容貌端庄、性情温顺、心地善良，总是为他人着想，从不以恶意揣度他人，具备了淑女的所有美德，毫无悬念地赢得了高贵绅士宾利先生的爱情。虽然关于她的一切都很完美，可我倒没觉着羡慕——完美总让人感觉不真实，而且，就算现实里真有这样的人被上天眷顾，集所有好运于一身，我也相信这个人绝不可能是我。

简·奥斯丁的《傲慢与偏见》对我来说不仅是文学启蒙，也是情感和心理指南。《傲慢与偏见》的女主人公也是我青春期的偶像，她自尊自爱的美好品质激励我成长。

阅读时我们代入书中某个人物，与自身成长背景和心理需求有关。我自幼生活在矿山，家境清贫，父母历经"文革"苦难，铮铮铁骨熬过来，最难的时候也不轻易开口求人。在这样的环境里长大，我自然学会了隐忍和咬牙，性格倔强又敏感。过度自尊的结果就是过度防御，很难维持与人有目的性的交往，也怯于面对优越感较强、自信满满的人，不时把别人无心的唐突看成有意的冒犯。伊丽莎白也因为这样差点错过达西，这个男人看似傲慢自负实则智慧温情。

创作《傲慢与偏见》的时候，奥斯丁也才 21 岁，她用几乎与生俱来的对人性的敏锐观察力，尖酸戏谑地刻画出百态众生，书中这些日常生活里的人物形象和我们今天随处可见的普通人并无二致，琐碎俗气，可笑滑稽。而对伊丽莎白这个人物她是偏爱的，赋予其明亮欢快的性格和热情勇敢的品质，即使因为偏见和错判导致差点与爱情失之交臂，她还是获得了补救的机会和一个好的结果。彼时彼刻的奥斯丁是乐观的，像她的代言人伊丽莎白一样充满锐气和活力，相信一个理想的爱人终会出现。

可是当美好的愿望被时间消磨殆尽，在有限的青春和生命里，一直等不来那个令自己心甘情愿的人，你会怎样？创作《傲慢与偏见》时，21 岁的奥斯丁正意气风发地在舞会上调情，被迷人的眼睛吸引；而在 39 岁的时候，她借《爱玛》阐述了一辈子独身的可能："我不仅现在不打算结婚，而且我根本就很少有结婚的愿望……要让我受到诱惑，除非见到某个比别人优越得多的人……我看不出到了四五十岁怎么会比 21 岁时更缺少消遣内容，到时我会像现在一样忙碌。"

奥斯丁评价伊丽莎白"是在书里出现的所有人物中最令人愉快的"，而认为爱玛是"除了我，没人会这么喜欢"的，从创作所有人都喜欢的伊丽莎白，到塑造令读者褒贬不一的爱玛，这之间跨越了 18 年。在接近 40 岁的中年，奥斯丁已形成坚定的自我认知的内核，心中几乎不再存有一丝期待。

爱玛是奥斯丁笔下缺点最明显的女主人公，白富美，聪明过人、精力充沛、自视颇高，这种优越感带来了过强的控制欲，自信能看透世事，喜欢替别人安排命运。但现实的发

简·奥斯丁

展却让她无比尴尬、失望和愧疚，接二连三的错误及误解，差点毁了别人也毁了她自己的幸福。好在她身边有一个智力和判断力在她之上的奈特利先生，对她充分宽容："如果不看她的缺点，她是毫无瑕疵的。"不过，他还是会适时地批评她自以为是的种种冒失行为，要求她"好好反思"，从错误中学会谦虚谨慎。爱玛最终明白，要把别人的行为解释清楚不是那么简单的事，她的进步赢得了奖励——她所敬重的奈特利先生的求婚。

生活中的奥斯丁没有书里的爱玛这么幸运，她这个不世出的天才，要在那个时代俗不可耐的社会氛围里遇到一个在智性层面和她相当的人谈何容易，但这却是她考虑结婚的前提条件。奥斯丁接受的唯一一次求婚是在她27岁那年，一个周末的晚上，21岁的曼尼唐庄园的继承人哈里斯向她求婚。这本是一个不错的归宿，可是奥斯丁立即就后悔了，辗转反侧一整晚，第二天一早就去收回了自己的允诺。因为她无法回避一个事实：哈里斯不是她会爱上的人。她不能容忍自己成为自己笔下经常奚落的那种人，于是她关上了可能是最后一扇通往婚姻的门。她此后的15年生命，全部付诸创作，直到去世前5个月因为疾病缠身才放下笔。

奥斯丁以对自身的了解和责任，秉行着自己对美德的理解，做到了言行一致。她用克己、冷静和理性选择的人生，是否谨慎过度了呢？她自己怎么想，我们不得而知，只是在她的最后一部作品里，可以窥得其一丝内心的波动。她去世前一年完成了《劝导》，女主角安妮27岁，正是奥斯丁当年退婚的年龄。书中安妮也曾因为谨慎解除过婚约，此后一直生活在失落中。27岁的女性在那个年代不再被认为是可以结婚的年轻姑娘了，已被归为年长妇女中的一员。在"美好而悲伤的乡间秋季"，安妮觉得自己的人生也已步入了秋天——"一年中最后剩余的明媚景色"。值得庆幸的是，她的生活最终被曾经退婚的温特沃思上校拯救，这个多年后依然还爱着她的男人带给她第二度春天。奥斯丁温柔地将好运再次给了自己热爱的女主角，这是这些拥有美德的可爱女性该得的奖励。

在奥斯丁创造的微观情感世界里穿行，你会跟书中人物的命运以及作者本人的命运同时相遇，当你越来越懂得她和你自己，你阅读的感受就愈加复杂。

我有一次和我先生谈起对我影响最深的伊丽莎白，他坦言说你现在更像爱玛。我当时没有接话，心里知道他是对的。曾经主持的15年晚间谈话节目，权且不论对他人是否有所帮助，这个过程对我自身的影响其实比对别人更大。因为长久处于劝导者的工作，我总是力图说出正确的话，时间长了就"永远正确"了，可能造成比爱玛更甚的控制欲。

　　奥斯丁刻画爱玛的时候想必也带着对自我的认知和自嘲，一个总在观察别人、评论别人的作家，她如何审视自己？她曾经这样评论过于完美的女主人公："完美无瑕的图画让我难过，恶心。"她的自知和自省，令她下笔从不回避人物的缺点，让读者能从那些人间烟火中看到更为复杂真实的人性。

　　到今天，奥斯丁笔下的人物穿越了 200 多年的时光，依然熟悉得就像我们身边的人，熟悉得像我们自己。但奥斯丁比我们更有勇气忠于自己，不自欺不妥协，即使这份坚持并没有获得现世的回报。■

张　清

Zhang Qing

《陶渊明集》/ 陶渊明

陶渊明的作品继承了汉、魏、正始之传统，并形成了独特的
风格，内容充实，情感真挚，风格冲淡，韵致悠然，极善用
写意的手法点染出浑朴深远的意境。

张清，《深圳商报》前文化新闻部主任，曾策
划出版《私人阅读史》，著作有《百年百日》
《吹皱集》等。

作者：[东晋] 陶渊明
出版社：中华书局
校注：逯钦立
出版时间：1979 年 5 月

陶渊明 《陶渊明集》

本书是梁昭明太子萧统搜集陶渊明的遗世作
品，编为《陶渊明集》七卷，录一卷，并为之
作《陶渊明传》《陶渊明集序》。且是已故著名
汉魏文学研究学者对《陶渊明集》进行整理、
校注的学术成果，长期以来，一直是阅读陶渊
明的绝佳注本。

我看陶渊明

张　清

两解陶渊明在文学史上的沉浮

　　陶渊明对中国文学影响深远，但他的文学地位是自唐以后才逐步树立的。为何他不为时人所重？何以好友颜延之给他的文学评价仅是一句"学非称师，文取指达"？何以钟嵘《诗品》将他序为"中品"，与后人的品评迥别？何以《文心雕龙》竟然对他只字不提？近读傅斯年《中国古代文学史讲义》，得一解；读《郑临川笔录·闻一多先生说唐诗》，又得一解。

　　傅斯年纵目上下千年，考察文体的变革与流行，说："自秦至于'初唐'为中国骈俪文学历层演化之期。此时期间，文学之推移，恒遵此一定趋向，不入他轨……秦代文学特出者，李斯一人耳……其赫赫之情，与其四字成章之体，后世骈文之初祖……《谏逐客书》一文多铺张，善偶语，直类东汉之文矣。西汉司马相如、杨雄之赋，用古典，好堆砌，故虽非骈文，而为后世骈文树之风声。至于东汉魏晋之世，竟渐成对偶铺排之体。宋齐而降，规律益严。至于陈周之徐、庾，'初唐'之王、杨，骈体大成矣。此将千年间，直可谓风气一贯。"

傅先生说："自李斯始，俪体逐渐发达，经若干阶级，直至文成骈，诗成律，然后止焉。此时期中，岂少不遵此轨者，若汉之贾谊，犹存楚风，枚、李五言，不同词赋，王充好以白话入文，陶潜不用时人之体，然皆自成风气，为其独至。或托体非当时士大夫所用之裁（如枚、李五言之体，在当时不过里巷用之，士人不为。东汉以后，士人始作五言耳），或文词不见重于当代（如王充），或仅持前代将沫之风（如贾谊之赋），或远违时人所崇（如陶潜。当时时尚之五言诗乃颜、谢一派，而非陶也），皆不能风被一世。其风被一世者，皆促骈文之进化者也。"

按傅先生说法，陶渊明之不见重于当代，是因他"不用时人之体"，违背了骈文、律诗的方向。骈文和律诗的特征是什么呢？就是讲求铺排、用典，讲究炼句、选字，工于奇僻。他任真自得，"文取指达"，离弃时代的风尚，自然出离了时尚的视野。

闻一多则是从诗的内容题材上，将陶渊明与同代人对照，认为陶是一人信马由缰，远远超越了时代。闻一多说："陶渊明是门阀中衰时代的诗人，所以他把诗的题材内容由歌舞声色改换为自然景色的歌咏。当时门阀贵族并未全倒，他们的生活态度和艺术趣味还支配着那个时代，因之陶诗便不被时人所看重。他走的路跳过了同时代人几百年，非等到白香山、苏东坡出来，不足看出他的价值。也就是说，只有等到门阀贵族全部倒掉，一般人的生活态度改变，反映这种生活态度的诗的风格也有了改变，然后才看出陶渊明是诗坛的先知先觉者。"

对陶诗内容题材的革命，闻一多认为"由歌舞声色改换为自然景色的歌咏"，而未加详解。但我们读当时的诗歌可知，陶渊明的大多诗篇是对一个平民生活境遇的写照，写仕宦奔波，写田园劳作，写饥年穷守，写乡野交游，也写茅檐下的诗酒琴书之乐，朴素而真实；而当时颜、谢为代表的主流诗歌，集中于堆砌和雕琢豪门贵族的宴游酬唱、名士风雅。两者固然大相径庭。

对陶渊明在文学史上的沉浮，傅斯年从形式考察上献了一解，闻一多从内容勘探上献了一解，正是花开两朵，各表一枝，有助于我们去追溯根本。

陶渊明抚琴空弹不解音声——中国文坛 1500 多年来的一个谬传

在中国文坛，关于陶渊明有一个传说，说他"不解音律"，却蓄有一张无弦琴，每与朋友喝酒，至酣时就抚琴寄傲，且自辩白"但识琴中趣，何劳弦上音"。若从南朝作《宋书》的沈约算起，这个传说传了一代又一代，历 1500 余年而至今。2008 年 11 月，云南大学新闻网发表署名王全安的文章《魏晋名士陶渊明》，还说陶渊明"常和朋友一起喝酒，'每酒适，辄抚琴以寄其意'（虽从小就爱抚琴，但到老也不解音律，所以只能抚无弦素琴助兴，可能就是轮空乱弹，嘴和之而已）"。陶渊明从小学琴，一生爱琴，一生弹琴，怎么会不懂音律？然而，这个传说以讹传讹，绵延 1500 多年而不绝。究其原因，在于世人执迷于名士逸闻，又不好好读书。

对于陶渊明这个传说的记载，分别见于沈约《宋书·隐逸传》，萧统《陶渊明传》，唐初令狐德棻等人编撰的《晋书·隐逸传》，李延寿《南史·隐逸传》。其中，沈约距陶渊明最近，他出生时，陶渊明刚去世十几年。他作的《宋书》记："潜不解音声，而蓄素琴一张，无弦，每有酒适，辄抚弄以寄其意。"后来萧统《陶渊明传》及《晋书》《南史》的有关记载，皆本于此。萧统记"渊明不解音律，而蓄无弦琴一张，每酒适，辄抚弄以寄其意"，《南史》记"潜不解音声，而蓄素琴一张，每有酒适，辄抚弄以寄其意"，都出《宋书》一辙。唯《晋书》稍添了些枝叶，记述"（陶渊明）性不解音，而蓄素琴一张，弦徽不具，每朋酒之会，则抚而和之，曰'但识琴中趣，何劳弦上音'"。《晋书》记载虽有不同，亦看得出是源自《宋书》。

《宋书》《晋书》《南史》都是所谓"正史"，昭明太子萧统更将《陶渊明传》

赵孟頫绘画《归去来兮辞》中的陶渊明

编入对后世影响巨大的《昭明文选》中，这几种记述加在一起，就使得后人连李白、杜甫、白居易、欧阳修、苏轼等人物，都难免以讹传讹了。有诗句为证：

李白《赠临洺县令皓弟》："陶令去彭泽，茫然太古心。大音自成曲，但奏无弦琴。"

杜甫《过津口》："瓮余不尽酒，膝有无弦琴。圣贤两寂寞，眇眇独开襟。"

白居易《丘中有一士》："丘中有一士，守道岁月深。行披带索衣，坐拍无弦琴。"

欧阳修《夜坐弹琴有感二首呈圣俞》："吾爱陶靖节，有琴常自随。无弦人莫听，此乐有谁知。"

苏轼《和陶贫士诗七首》之三："谁谓渊明贫，尚有一素琴。心闲手自适，寄此无穷音。"

其实，陶渊明是从小就学琴，终生爱琴、弹琴的。这可以他自己写的诗文证明，也可以他的朋友颜延之写的《陶征士诔》证明。

陶渊明留存下来的120多篇诗文，明确写到"琴"的有13篇之多。其中有两篇写他少时学琴。《始作镇军参军经曲阿》中说："弱龄寄事外，委怀在琴书。"《与子俨等疏》说："少学琴书，偶爱闲静。"前篇作于壮年，后篇作于晚年，但意思一致，即他年少时寄怀于学习琴艺和读书，超然世外。一个对别人、对子女都自称年少时别无所好，只寄托于学琴读书的人，你说他学未学得琴艺呢？陶渊明壮年时家境尚好，享受过一段清平悠闲的日子，常俯仰自得，自比羲皇上人。此时所作的诗文屡屡写到，他平日生活常常就是弹琴读书、饮酒赋诗。如《时运》写道"清琴横床，浊酒半壶"；《答庞参军并序》写道"衡门之下，有琴有书。载弹载咏，爰得我娱"；《和郭主簿二首》写道"息交游闲业，卧起弄书琴"；《杂诗十二首》之二写道"觞弦肆朝日，杯中酒不燥"；《归去来兮》写道"悦亲戚之情话，乐琴书以消忧"。他"载弹载咏"，他"卧起弄书琴"，已经把能弹琴、懂音律一事交待清楚了。倘使他不懂弹琴，何必天天把琴放在床头，时时抚弄，还每每将琴入诗入文、挂在嘴边呢？陶渊明崇尚自然任真，不会这么造作。他洒脱放达，但不至于如此装疯。

要说明陶渊明会不会弹琴，最好是找与他有过交游的同时代人作证。幸好历史给我们留下了这个人。此人即颜延之。颜延之比陶渊明小19岁，但他们是忘年交，友情甚笃，否则，陶渊明死后，颜延之不会写《陶征士诔》，迭哭"呜呼哀哉"。关于二人之交往，《宋书》《南史》也均有记述。《宋书》记，"先是颜延之为刘柳后军功曹，在浔阳与潜（陶渊明）情款，后为始安郡，经过，日日造潜。每往，必酣饮致醉。临去，留二万钱与潜。潜悉送酒家，稍就取酒"。颜延之为始安郡时，两人过从甚密，应该可信。陶渊明去世后，颜作《陶征士诔》以致哀悼，文中有"……赋诗归来，高蹈独善。亦既超旷，无适非心。汲流旧巘，葺宇家林。晨烟暮霭，春煦秋阴。陈书辍卷，置酒弦琴"。此一节写陶渊明解绶归田后的生活，和陶夫子自道的情状颇相吻合。其中写了陶渊明读书之余饮酒弹琴（"陈书辍卷，置酒弦琴"）。可以知，颜延之是见过、听过陶渊明弹琴的。若不知道陶渊明能琴，或者只见过陶渊明摆出一张无弦素琴假模假式卖弄，他是不可能写这两句诔文的。

只要好好读《陶渊明集》和关于他的记述，就能明白，陶渊明是谙音律、熟琴艺的。然则，后人何以宁信他不解音律，所抚不过是无弦之琴呢？我想，有两个原因。其一，多数人听了他的这个传说，即不假思索，信以为真，却未曾通读他的诗文，并加以辨别，为人云亦云所误。其二，这个传说，加上那句"但识琴中趣，何劳弦上音"，既风流，亦怪诞，又有禅意，富于玄机，很符合两晋名士风度，也合乎人们对名士的认知与想象，故附之陶渊明，后人宁信其有。普通百姓也就罢了，为何如李白、杜甫、白居易、欧阳修、苏轼等一流人物，也人云亦云呢？他们都是熟读陶渊明的，尤其白、苏，更是陶渊明的追慕者，对陶渊明推崇备至，难道他们真信这个传说，认同陶渊明不解音律吗？窃以为非也。他们应是知道一个真实的会弹琴的陶渊明的，之所以以讹传讹，大概是由于上述第二条原因。陶渊明是"隐逸诗人之宗"（见钟嵘《诗品》），他们偏爱他、景仰他，正巧有这样一个关于他的传说，虽不实，却能附会他的逸者行状、名士风度，他们遂将错就错，顺水推舟了。

譬如苏轼，他就知道关于陶渊明的这个传说是虚妄的。他曾作《渊明无弦琴》一文说："旧说渊明不知音，蓄无弦琴以寄意，曰'但识琴中趣，何劳弦上声'，此妄也。渊明自云'和以七弦'（见陶渊明《自祭文》），岂得不知音，当是有琴而弦弊坏，不复更张，但抚弄以寄意，如此乃得其真。"苏轼也曾和陶渊明诗《拟古九首》之五，陶诗全文如次："东方有一士，被服常不完。三旬九遇食，十年著一冠。辛苦无此比，常有好容颜。我欲观其人，晨去越河关。青松夹路生，白云宿簷端。知我故来意，取琴为我弹。上弦惊别鹤，下弦操孤鸾。愿留就君住，从今至岁寒。"苏轼所和诗，题为《和陶"东方有一士"》，他特地为此诗作注，说："此东方一士，正渊明也。"

时至今日，陶渊明不解音律、空抚无弦琴的谬传，应该休矣。◼

刘忆斯

Liu Yisi

BOOKS THAT HAVE MOST SHAPED MY LIFE

《麦田里的守望者》/ J. D. 塞林格

愤怒与焦虑是此书的两大主题，主人公的经历和思想在青少年中引起强烈共鸣，受到读者，特别是广大中学生的热烈欢迎。

刘忆斯，晶报人文副刊部副主任、深港书评主编，深圳读书月"年度十大好书"评委。

作者：[美] J. D. 塞林格
出版社：译林出版社
译者：施咸荣
出版时间：2010 年 6 月

J. D. 塞林格 《麦田里的守望者》

本书原作名《The Catcher in the Rye》，是美国作家 J. D. 塞林格唯一的一部长篇小说。塞林格将故事的起止局限于 16 岁的中学生霍尔顿·考尔菲德从离开学校到纽约游荡的 3 天时间内，并借鉴了意识流天马行空的写作方法，充分探索了一个十几岁少年的内心世界。愤怒与焦虑是此书的两大主题，主人公的经历和思想在青少年中引起强烈共鸣，受到读者，特别是广大中学生的热烈欢迎。

少帅还是姓张，张爱玲的张

刘忆斯

    张爱玲虽已离开人间 21 年了，但这期间她却不时有"新作"让我们看到。一个月前，她的小说《少帅》中译本（本书为英文写作）由台湾皇冠出版社出版，虽然这本书不日即将推出大陆简体版，但我还是心痒难耐。日前有朋友去台，忙央求带回，赶紧拜读。

    我不是铁杆"张迷"，但也一直喜欢读张爱玲的小说、文章，不过，读罢这本《少帅》的感觉却是失望。这倒不是因为这书并非全本，只看了"三分之二"（张原计划写十章，但最终只完成了七章），而是因为张爱玲笔下的故事远比小说原型真实的传奇要逊色，逊色得多。

史料 + 文学

    即便给书中男女主人公改了姓名——少帅姓陈，四小姐姓周，且没有原封不动地引用原型人物的家庭背景、成长经历，可读者还是一眼就能看出张爱玲这次写的是张学良与赵四小姐的故事。与自己以往写作风格不同的是，这次张爱玲把许多史料写进了小说，有时甚至大篇幅地引用，以致完全与小说中虚构的情节、文学的写作脱节。纵使冯睎乾撰文为其辩护——"（张）甘心冒着剿袭的嫌疑，忠实地把这些素材逐一写进小说……这种写法不过体现了作者素来服膺的美学观，就是'事实比虚构的故事有更深沉的戏剧性'"。也还是让这本书难逃冗长、乏味的圭臬。

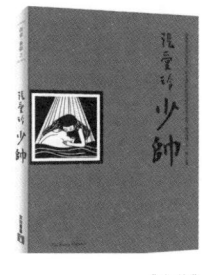

《少帅》

更尴尬的是，正是（或者主要是）因为这个原因，美国出版方才拒绝了张爱玲，让 1960 年代初雄心勃勃以这本《少帅》进军美国英文写作的张爱玲备受挫折和打击。而因为这本书涉及过多政治人物和明确表达的政治立场，该书的中文版也无法在当时的大陆或者台湾出版。

读《少帅》，感觉比张爱玲原文更精彩的，是冯睎乾附录书后的《〈少帅〉考证与评析》一文。这篇文章是"张爱玲文学遗产继承人"宋以朗特别请冯睎乾撰写的，为了让读者更好地了解和读懂此书。这篇文章与其说是一篇小说评析，倒不如说是冯先生为张爱玲写的辩词。在冯睎乾眼里，张爱玲无论怎样写都是有充足理由的，都是站得住脚的。起码，他为她找好了理由。

比如，在小说中你会觉得张爱玲喋喋不休地写日常琐事，冯则认为这是她"继承了中国古典小说的含蓄传统"；又比如，

张爱玲

张爱玲错用了史料，把历史人物弄得张冠李戴了，冯就说这是她有意为之，为的是产生戏剧性效果……窃以为，作为文学研究者，最好不要太动感情，更不好感情用事。

当然，我这话并不是说冯先生了。其实我自己也一样，见到对张爱玲负面的评价也定会据"情"力争。但，只据情，就难免不讲理了。读这本《少帅》，比前几年读《小团圆》还纠结——然而，每逢纠结之处，心中的另一个自己便会跳将出来，像冯先生那样找出种种理由为女神辩护。让人如此捍卫，且捍卫得如此自觉，也只有张爱玲了吧。

比如，张爱玲在这本《少帅》中引用了大量历史材料，有的甚至不假文学润色直接大幅粘贴，我的解释是张爱玲希望让历史自己说话——但问题是她找来的"历史"说话靠谱吗？又比如，像所有张爱玲的作品一样，她在《少帅》中也使用了大量"碍语"（不能明说，有隐喻的话）——可问题又来了，这本书她是用英文写作的，本意是进军美国市场的，美国读者能看得懂那么多"草蛇灰线，伏脉千里"吗？

政治 + 爱情

　　冯晞乾撰写的《〈少帅〉考证与评析》一文中引用了大量张爱玲与宋淇、邝文美夫妇的通信，就这些书信可以看出，张爱玲对这本《少帅》看得很重，曾把它视为自己"交大运"的时机——"千载难逢，不容有失"（张爱玲语），而即便在此书未能出版的 30 年后（1990 年代初），张爱玲也还在为本书纠结。那么，张爱玲何以如此厚爱这个题材？冯晞乾和宋以朗都没有明说，我想，还是因为张学良与赵四小姐之于乱世的爱情吧。

　　当然，张爱玲肯定没想过要重复自己的老套，把《少帅》写成另一部《倾城之恋》，但她却掉进了另一个俗套——用很具有彼时美国流行文学甚至电影艺术的套路，来讨好美国读者。

　　郑远涛的译笔在尽全力还原张爱玲原汁原味的中文笔调了，但还是能在这本书里看出张爱玲"借鉴"了不少美国读者熟悉的西方文学典故与形象。冯晞乾便探侦出，张爱玲在《少帅》里多次对路易斯·卡罗尔的《爱丽丝梦游仙境》"暗中化用和指涉"。另外，张爱玲在写作《少帅》期间，纳博科夫的惊世之作《洛丽塔》被大导演库布里克搬上银幕（小说于 1958 年出版，电影于 1962 年上映），而这也让张爱玲深受影响——一位 13 岁的小萝莉（书中的赵四小姐）爱上了比自己大 10 岁的有妇之夫，完全是"东方洛丽塔"！而且，小萝莉爱上的大叔还是一位中国军阀，张爱玲又多出了纳博科夫没有的政治元素，这对美国读者可以说是双重诱惑。

从 1952 年从内地到香港之后，张爱玲就极热衷写"政治 + 爱情"的故事，这也让她获得了更高的评价和更大的声誉。但遗憾的是，这本"政治 + 爱情"的巅峰之作《少帅》却让张爱玲惨遭滑铁卢，这不能不说应了她那句名言："缘起缘灭，缘浓缘淡，不是我们能够控制的。"

性爱 + 历史

更让我不解和纠结的，还是本书中大量露骨的性爱描写。

写性爱当然不是什么大不了的事，张爱玲也不是没有写过，但把大段大段的性爱放在《少帅》这么一本以政治、历史为底色的小说里，就显得格格不入了，而且一边读冗长、乏味的历史材料和张爱玲通过角色发出的政治宣言，一边读巨细靡遗的性交过程和性器官特写，真的是会让人不断走神、出戏。这就产生了一个疑问：张爱玲到底希望我们更关注什么？是张爱玲的历史观，还是性爱之于人性？

张爱玲说过，"历史如果过于注重艺术上的完整性，便成为了小说"。这真是她笔下张学良与赵四小姐的爱情故事最好的注脚。张爱玲自己也承认，自己对张赵之恋都是"道听途说"，可见当事人更加私密、更加不足为外人道的床帏秘事，都是小说家本身的艺术加工与主观联想了。此书（张爱玲只写了十章中的七章）动笔于 1963 年，彼时故事中两位原型人物皆被软禁于台湾，而张学良还没有与原配于凤至离婚，更没有与赵四小姐结婚，书中大量且虚构的性爱描写怎么看都极不妥，都对当事人极不公平。

老实说，《少帅》中多处性爱都写得迷离甚至让人不适，另外还伴有怪诞的梦境。据冯晞乾分析，张爱玲这么写的源头可能是受了荣格《人及其象征》的影响。我们知道，很多作家穷尽一生，其实写的就是一本书，一本自己为主角的书。张爱玲的很多作品都有自己经历与经验的影子，有时她更是会把自己的故事自然不自然地写进小说，写在自己塑造的角色身上。这也许就是荣格所说的"人格阴影"。

冯晞乾称张爱玲在这本《少帅》中是"神游于军阀间的爱丽丝，也是迷倒大英雄的洛丽塔，更是被历史成全婚姻的赵一荻（赵四小姐）"。这话其实说得还不够彻底。应该这样说，虽然张爱玲把原本姓张的少帅改姓陈（书中的少帅叫陈叔覃），但其实，这位少帅也还是姓张的，张爱玲的张。■

（摄影：吴忠平）

刘悠扬

Liu Youyang

《飘》/ 玛格丽特·米切尔

小说以亚特兰大以及附近的一个种植园为故事场景，描绘了内战前后美国南方人的生活。

刘悠扬，80后资深媒体人、编剧，现任深圳商报《读书周刊》编辑、记者。参与撰写《私人阅读史：1978—2008》，创作电影剧本《爱情精算师》。

作者：[美]玛格丽特·米切尔
出版社：浙江文艺出版社
译者：傅东华
出版时间：2008 年 4 月

玛格丽特·米切尔 《飘》

本书是美国女作家玛格丽特·米切尔（1900—
1949）十年磨一剑的作品，也是唯一的作品。
小说以亚特兰大以及附近的一个种植园为故事
场景，描绘了内战前后美国南方人的生活，刻
画了那个时代的许多南方人的形象。他们的习
俗礼仪、言行举止、精神观念、政治态度，通
过对斯佳丽与白瑞德的爱情纠葛为主线，成功
地再现了林肯领导的南北战争和美国南方地区
的社会生活。

钱穆《中国文学史》背后的故事

刘悠扬

一

这是一个长长的故事。

故事的开头，要回到 60 多年前……

1947 年，19 岁的绍兴青年叶龙去南京讨生计。因为字写得好，他在南京政府谋到一份少尉书记的工作。这时的叶龙，人生之于他，就是从格子间抬头望见的那片天。

这一年，52 岁的无锡人钱穆早已名满天下。时局飘摇，他不入名校，而是归隐刚刚创办的江南大学，冀图做一点对学术真正有益的事情。应上海正中书局之邀，钱穆雄心勃勃，开始主持一项庞大的出版计划——从《四部备要》里选出 100 种中国古籍必读书。这套丛书，定名为《四部选粹》。

1950 年，失去一切的叶龙懵懵懂懂闯进香港。为了一口饭，他考入无须交学费的天主教鸣远中学，走进了著名的调景岭难民营。

　　此时，蜗居九龙桂林街的钱穆正值人生最窘迫潦倒的时刻。在众多可能的人生选择中，他选择了去创建一所全新的大学：新亚书院。

　　1953 年，从调景岭走出来的叶龙，终于坐在了新亚书院的课堂上，那是他第一次见到钱穆——严肃，不太有笑容，一开口却极有吸引力，那口洪亮的无锡官话，让同为浙江人的他，一闻乡音热泪盈。

　　那一年，钱穆虚岁 60，叶龙才刚满 25 岁。

　　他们的命运从此开始交错。

　　从桂林街到沙田马料水，从新亚研究所到能仁学院，从香港到台湾，从课程笔记到每一次讲演稿……叶龙一路追随着恩师钱穆，成了他身边最重要的"影子"记录者之一。

　　60 年后，耄耋之年的叶龙翻出自己当年在新亚书院的听课笔记：中国经济史、中国社会经济史、中国文学史、中国文化史、中国通史、秦汉史……在一页页泛黄的手写纸上，他默默忆念师徒相交的日子，心中跳出一个念头：趁还看得见、写得动，把这些因乱世流离没能出版的珍贵讲稿整理出来，为"钱学研究"做一补白。

　　第一木是《中国经济史》。

　　2013 年年底，叶龙逐字逐句誊录、校订、注释的钱穆中国经济史讲稿先在香港出了繁体中文版，几个月后，简体中文版引进内地。虽然引起了一些关注，但研究中国古代经济史的学者甚少在大众层面发言，这让叶龙多少有些失望。

在他看来，钱穆一生为师，其关于中国文化的学问首先是"讲"出来的，是活的，是有听众的。它本不该供在书斋，而是该让贩夫走卒、江湖蚁民也听得兴致盎然，是本应活在我们中国人骨子里的文化血脉。

所以，当叶龙 2014 年 5 月开始整理钱先生的中国文学史讲稿时第一个想法就是边整理边在报上连载，他渴望看到互动——哪怕这互动来得太迟，钱先生再也看不见。

这一次，他选择了离香港很近的《深圳商报》。

从 7 月 24 日到 10 月 10 日，钱先生的中国文学史讲稿在报上连载了整整 50 期，这本尘封 60 年之久的钱穆版文学史，犹如一场学术地震，迅速引发了海内外中国文学史家激烈争论。8 月 11 日，《深圳商报》启动"再提'重写文学史'"系列访谈，钱理群、洪子诚、李陀、张隆溪、刘再复、顾彬、莫砺锋、黄子平、陈平原、陈思和、王德威等近 30 位中国文学史大家，在 5 个月内持续不断发言，从钱穆版文学史到文学史写作、传播、研究、讲授之诸多问题，一波又一波争论把中国文学史——这过去只属于象牙塔的学问，推到了大众眼前。

钱穆的中国文学史讲稿，成了一个事件。

历史的湍流滚滚而来，许多吉光片羽最终都会归于尘土。

而钱穆这部中国文学史讲稿，注定会载入史册。

这位中国现代学术史上少见的通儒，一生著述 80 余部，1700 万言，却没有留下一部关于中国文学史的系统专著。后人只能在他散落的文论，以及那部著名的《中国文学讲演集》中，去寻找他对古代文学的精彩论述。

在新亚书院，钱穆开过两次中国文学史课程，一次是 1955 年秋至 1956 年夏，一次是 1958 年至 1959 年。从中国文学的起源，一直讲到清末章回小说，32 篇，近 20 万字，自成一套完整体系。

叶龙回忆，钱穆先生备课极认真，每次都会带二三十张卡片，时间则很随意，少则一个钟头，讲得兴起了，三个小时也是常事。而叶龙因为"做笔记极为仔细，能做到尽量不遗漏一个字"，在钱先生查阅笔记时得了高分。

"我在香港搬了十几次家，这些笔记本最不舍得丢。"在香港青衣岛家中，叶龙抚摸着手中那本虽已泛黄，但依然保存完好的中国文学史笔记，思绪回到了久远以前。

这是 60 年前的老古董了。简陋的牛皮纸封面，窄窄的横行，像是算术本子，叶龙把它调转 90 度，写成工整的繁体竖排。钢笔字十分娟秀，每一页都有注释或眉批，红色和蓝色笔迹爬满了缝隙。厚厚的一本，拎起来沉甸甸，一个青年学子的心跳隐约可触。

这部讲稿的价值该如何认定？它将带来怎样的改变？之于"钱学"，之于中国文学史，之于那些在断裂后重新寻找文化之根的你、我、他……一切还不得而知。

但你一定无法否认，那每一个字所饱含的耀眼的生命激情——它来自钱穆 1949 年到 1965 年创办新亚书院筚路蓝缕的 16 年；来自钱穆试图在英属殖民地复兴儒家精神，因此遭遇的深刻思想困境；来自他将自己的生命之烛浇灌于三尺讲台化出的每一个字——与他那些精彩的学术论述相比，几乎具有同等价值。对于研究大时代中的知识人，这是标本，弥足珍贵。

在钱穆众多弟子里，叶龙默默无闻。退休前，他是香港能仁学院院长，研究清代桐城派，靠勤奋走完学术一生。谁也不曾想到，这样一个人，竟会成为钱穆最忠心的"守墓人"。

叶龙回首一生，自嘲所有成功都和"写字"有关。可谁又能说，从兢兢业业的小书记，到钱穆身边的记录者，他不是以自己一生的实践，实践了中国传统文化不可或缺的"史官"精神？——著书立说固然可贵，记录传递同样不可缺。

《中国思想通俗讲话》

一个是国学的传道者，一个是被拯救因而改变命运的流亡青年。钱穆和叶龙的人生，在一个甲子之后，完整地叠成一个圆：他接过他的火炬，薪火相传。

二

读钱穆的学术年谱，会发现60岁时的钱穆竟然没有作品出版，61岁出版的也不过是在台湾的演讲集《中国思想通俗讲话》，而正式的论文只有《孔子与春秋》和一些为《新亚校刊》等杂志写的散碎的文章。可以说，这是钱穆学术的低谷期。

这部珍贵的中国文学史讲稿，在这样的背景下，被叶龙记录下来，实属难得。

现代人看钱穆，一般认为他的主要成就在 1949 年前和 1967 年去台后。他的两部代表作《国史大纲》和《朱子新学案》，分别在这两个时期完成。1949 年到 1965 年，钱穆旅居香港办学的这 16 年，由于没有重要著作问世，几乎都被轻轻掠过。

但实际上，新亚书院是钱穆人生中的重要一页，寄托着他全部的文化理想。钱穆 88 岁高龄时，眼睛已盲，在他口述、太太胡美琦记录的《八十忆双亲》一书中，他静静回顾了自己的一生。该书共 20 个章节，仅"新亚书院"就占了 5 章，达四分之一之多。

钱穆在书中如此坦言：

> 自创校以来，前后十五年，连前亚洲文商学院夜校一年，则为十六年。亦为余生平最忙碌之十六年。

的确，这 16 年，钱穆的主要精力并不在学术研究上，而是在为新亚书院的前途奔波。

叶龙回忆，钱穆曾谈到自己坚守新亚的初衷：

> （学生们）有些生活在饥饿线的边缘，有些是流亡的苦味永远占据心头，多半是今天过了不知道明天……若我们不能给了他们以一个正确而明朗的人生理想……若使这一代的中国青年们，各自找不出他们的人生出路，所谓文化传统，将变成一个历史名词，会渐渐烟消云散。

三

钱穆的担忧，其来有自。

在钱穆讲授中国文学史的 1955 年，香港仍摆脱不了港英政府治下的殖民地色彩。

钱穆在对时代变革留下无尽叹息之时，力图从传统中寻找应对时代的新价值，同时又不可能无视新文明的剧烈冲击，这种深刻的内心矛盾，在中国文学史讲稿中体现得淋漓尽致。

叶龙清晰地记得，钱穆先生开讲中国文学史的第一天，就说了一句"重话"："今日我国还未有一册理想的文学史出现。"

"当时的确无法理解。这句重话岂不是会得罪好多曾经撰述并出版过《中国文学史》的学者或教授吗？钱师一向说话谨慎谦虚，如此批评，实不多见。"长久以来，这个疑惑藏在叶龙心底，挥之不去。

直到他自己做了老师，教那些读 ABC 长大的香港年轻人认识中国传统文化，在生计与理想的日益撕裂中，才渐渐明白，钱穆先生当年的巨大悲凉。

1955 年，钱穆讲授中国文学史的时代，新文化一统天下，传统文化的地位并不高。他和唐君毅等一批大师级学人从内地来到香港，办新亚书院的目的，就是复兴儒家精神和传统。然而当时的香港殖民地色彩浓厚，西方文明滚滚而来，中国传统文化更难有立锥之地。

在这样的时代背景下，钱穆讲中国文学史，自言是"以死者心情来写死者"。很久以后，叶龙才理解，钱穆先生开篇的论断"我国还未有一册理想的文学史"，并非是瞧不起人，而是怀着"新文学新生，旧文学已死"的悲凉，呼唤一部像样得体的《中国文学史》，为的是"使死者如生"，对新文学提供一份可能的贡献。

这种于绝望中建设的大勇气，始终贯穿在钱穆的讲稿中。

他绝不囿于旧文学一家之言，对各种学说兼收并蓄，有批判也有吸收。他批评"红学崛兴"，质疑那些沉浸于"儿女亭榭"的人，难道要以"红学"济世？他认为"五四"运动之所以有巨大影响，并非提供了一套理论，而是有一套新文学帮助。对于那些抨击他的新文学阵营，他平心而论，"通俗文学有力量，但这种文体并不能用来讨论严肃的文化思想"。

他心知"旧文学已死"，却始终不放弃，呼唤包容，呼唤共存。他说文学家各有各的长处，没人是十项全能；文体各有各的价值，谁也不能一统天下。司马迁精于写史论而不精于诗，近人胡适并不能作诗，他的"八不主义"也只是一种议论。"现在生物已进化到人类，但其他动植物仍然不能不要。所以有了白话文，仍然可以存在其他文体，不能单用白话文学史来代表全部过去的历史。"

他对魏晋南北朝十分偏爱，对建安文学更是不吝笔墨，不仅将它从魏晋南北朝文学中单拎出来，自成一章，而且对其评价与前人、甚至今人都有很大不同。或许，魏晋南北朝是中国历史的中衰期，从政制和人格上都是黑暗时期，与钱穆前半生经历的动荡时代太相似。

时代转型中，钱穆一直怀抱忧患意识，思考中国文学的未来。在他看来，中国从没有"纯文学"的观念，中国传统文学与人生、历史、天地高度融合，"如果传统文学死不复生，中国社会的现实人生也将失去最有价值的那部分"。而在中国文学史上，一切通俗文学最终通达于上层才有意义，"如乐府、传奇、词曲、剧本、章回小说，愈后愈盛"。他很怀疑，新文学如果只限于神怪、武侠、恋爱、侦探等游戏消遣，会不会逐渐没落？

这些观点，在60年后的今天，依然振聋发聩。

一切当代史都会成为过去，但举头能见后人之笔，还有先师的眼。今天的中国乃至世界，可曾以史为镜？

60 年前的一堂课上，钱穆讲到屈原的《离骚》，难得地对台下的年轻人说了一句题外话。他说，文学的最高境界是不求人解，如屈原写《离骚》，他怨得纯真而自然，但屈原并非要讲给人听——如同行云流水，云不为什么而行，水不为什么而流，我们的人生遇到悲欢离合的时候，也当如此。

20 世纪之于钱穆，犹如堂吉诃德的风车大战，不求人解却战得行云流水，虽败犹荣。他一生守护中国传统文化，不曾言悔，只在极偶然的间隙，才留下对时代变革的一声叹息。

四

若要求全责备，这的确是一部有瑕疵的《中国文学史》。

它详略不当，有些章节几笔带过，有些却浓墨重彩；

它缺乏严正的学术规范，口语多过书面表述；

它太随意，更像散文而非论文；

它太初级，没什么高深的研究和发现；

甚至，它还有技术性错漏……

然而，把它还原到 1955 年那间破烂不堪的教室，还原到钱穆当年面对的一张张浸满汗水与愁苦的脸，还原到手边连几本工具书都找不到，更没有"百度"等搜索引擎可供查阅的时代，还原到一个教师走上讲台的初衷——如果知识失去传播的意义，它是否还有价值？

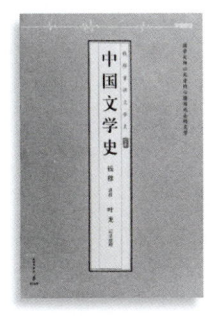
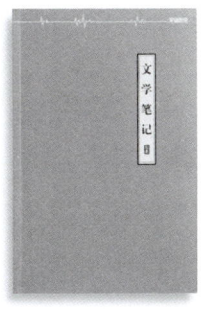

《中国文学史》

面对白天去搬砖晚上来听课、传统文化成为他们最后的"根"与"家园"的普罗大众，钱穆只能，也必须讲出这样的《中国文学史》。

它不是高高在上的。

它是一部沉痛而深情的文学史。

因此，它值得尊敬。

文学史之所以对国人那么重要，或许是因为它从来不单纯。

钱穆版文学史面世后，引发了长达 5 个月的"再提'重写文学史'"系列访谈。每一位发言的文学史家，几乎都在文中激烈捍卫自己的文学史观。

这不免让我们思考："文学史情结"对这些学者究竟意味着什么？当他们谈论文学史时，其实是在说什么？

刘再复在访谈里，略带嘲讽地说，当代文学史重写了那么多年，至今还是个"梦想"，也许永远不会实现。从 20 世纪 80 年代激进的理想主义走到现在，青丝变白发，学者们越来越明白，文学史的重写与共和国历史息息相关，牵一发而动全身，谈何容易。现实主义者选择了远离；理想主义者仍在修改自己的文学史，不管能不能出版；更多人以自己的方式斡旋，或转向考据，或出走域外，或是和钱穆先生当年一样，走入民间，下社区、进企业，但凡能做点普及工作，从不挑拣。

学术有的时候，真的不只是一碗饭。

当知识分子无法选择，他们的研究就会成为他们最后的精神堡垒。

于是，这个长长的故事终于到了收尾一刻——

当我们遥想 60 年前，9 月的一天，当钱穆环视课堂，在讲台上缓缓吐出那一句："今日我国还未有一册理想的文学史出现。"

他哪是在谈文学史，他谈的，是自己的生命如何蹚过那个时代。■

（摄影：吴忠平）

方汉君

Fang Hanjun

《复活》/ 列夫·托尔斯泰

通过男女主人公的离奇遭遇，生动地展示了一幅沙俄社会的真实图景，是一部 19 世纪俄国生活的百科全书。

方汉君，编剧、诗人、影评人。创作《今天是最后一天》等十余部电影剧本、长篇小说《随风微笑》、中篇小说集《倾听》和上百万字的影评。出版影评集《看不见的电影》(海天出版社 2015 年)。电影剧本《随风微笑》荣获中国电影文学最高奖国家广电总局 2010 年夏衍杯"创意电影剧本奖"。

作者：[俄] 列夫·托尔斯泰
出版社：人民文学出版社
译者：汝龙
出版时间：2012 年 5 月

列夫·托尔斯泰 《复活》

本书是列夫·托尔斯泰的代表作之一，主要描写男主人公聂赫留朵夫引诱姑妈家女仆玛丝洛娃，使她怀孕并被赶出家门。后来，她沦为妓女，因被指控谋财害命而受审判。男主人公以陪审员的身份出庭，见到从前被他引诱的女人，良心深受谴责。他为她奔走伸冤，并请求同她结婚，以赎回自己的罪过。上诉失败后，他陪她流放西伯利亚。他的行为感动了她，使她重新爱上他。

杨争光佳作《蛾变》随想

方汉君

　　我曾问过杨争光老师怕不怕深圳的桑拿天，他说不怕，倒很喜欢夏天。我想，他这样潜心创作的禅境圣手，足可忽略四季循环，足可省略现实的纷扰，因为他有着更深远的仰望……

　　在现代社会，我觉得无故地打扰人家，是一种罪过。尤其是像杨争光这样的著名作家，生怕我的一个电话就破坏了他的创作灵感。我这次见到他，距上次跟他见面，已近十年。但我知道，持久又真挚的友情跟见面多少并没有多大关系。我对所谓梦想之类的话，向来一笑而过，但我的确梦想并向往杨争光老师的创作境界，我也一直想写出《蛾变》这样的名篇，但我知道，凭我这笨拙的手，是无法写出他这样精妙绝伦的作品的。

　　我经常想，像《蛾变》《蓝鱼儿》《公羊串门》这样的名篇早就应该进入大学中文课本。我甚至想，如何让全世界爱好阅读文学的人，读到这些现代最为绝妙的小说，这是一个

《老旦是一棵树》

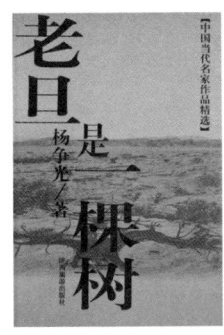

必须解决的问题。汉学家们看不到这些情趣横生的文字，对外国阅读者来说，将是巨大的损失和遗憾。虽然，我知道他有很多小说早就翻译成多国文字，如他的中篇《老旦是一棵树》还被拍成了法语电影《哈里如何变成一棵树》。

其实，这世上大多数作家（包括一些名家）只是写作，还达不到创作的层次，他们表达苦难仍停留在表象阶段，那些小说，就如沙子揉进了眼，一个劲儿想让人流泪。当然，这不怪他们，因为人的精神维度实在难以等量齐观。

可贵的是，杨争光的小说文字精准、简约又丰富，各色人说话都有鲜明的身份特质，结构极其严谨，情节细腻而富有节奏感，形同一个武功高强的侠客，往往是手起刀落嘎嘣脆响，犹如置身于强烈却异常静寂的无际旷野当中，既震撼又饱满，从不拖泥带水。小说充满画面感，这是一种超强的叙事能力。这也许与他常写剧本有关系。中国最早的西部片《双旗镇刀客》就是出自他的手笔。

我一直以为，中国大多数作家有三点非常缺乏。一是不会写好故事，结构混乱，也就是常为读者所诟病的"胡编乱造"；二是不能把好故事说得精彩及情趣盎然，或者说叙事不生动，往往味同嚼蜡；三是不能把小说所隐含的寓意上升到人文及思想的高度。对比之下，杨争光的小说则深具这三个最重要的小说元素，个个好看、精彩又有思想。这也是我一再读《蛾变》这些小说的原因，我深有体味又百味悠长。

已吃饱喝足的裴一十五为何十几年仍乐此不疲地囤积粮食，为何他非要破了树根，为何他老婆不停地搓着围裙，为何粮食终究化成了一只只"六六粉"般的毒虫飞蛾……为何蓝鱼儿凭着一双灵手，就能在大庭广众之下，如鱼得水地去咯吱一

《从两个蛋开始》

个嫌疑犯，又为何最终失去双手……

原来这些文字不单带泪而且一直滴血。我曾为自己起初看这些机趣的文字不觉随心发笑而自责。中国人打娘胎带来的饥饿基因，在他的笔下有了最透彻又深度地展现。只是有多少人真正能品味出这些文字背后所深蕴的另一个让人哑然的如迷宫般的诡谲世界。

我想，这样的高古又孤绝的文字，应该是一个置身于人群中仍感到巨大孤独的人才能写得出来，他与我们大多数人的想法完全不在一个平行线上。他的精神天地是飞跃性的。他习惯性地冥思静想，葆有一贯的超然物外的静谧心境。所以，你永远不知道他浩瀚又博大的内心在思考什么，唯有这样的人才能体察到这个民族亘古而来的疼痛。无疑，他很像生活在我们这个时代的一个仙人。

我向来对低调的作家怀有深深的敬意，而杨争光的简朴及淡然，更是让我怀着莫大的感佩。我想起，他与我们一起吃饭时，他只吃一小碗素面，几乎看不到他动筷子，只有我们在大快朵颐。他不是仙人是什么。

除了创作，30多年来，他有空还泼墨挥毫。他的行书遒劲有力而畅美如神，令人赞叹。期待他的书法作品集早日问世。

随着年岁的增长，我总感时间不够用，所以，这些年我阅读的小说越来越控制在精读的范围，常看的有俄国的托尔斯泰、契诃夫，法国的福楼拜、莫泊桑，英国的狄更斯、哈代及伍尔芙，美国的福克纳、海明威及托马斯·沃尔夫，还有茨威格、皮兰德娄等人的小说。而国内的小说，我也会关注，但就阅读量来说，除了《红楼梦》，唯有杨争光的小说让我反复阅读。他的鸿篇巨制《从两个蛋开始》，常看常新，随便截取其中的章节，都可拍出一部好电影。他的小说，很多人物都在挖空心思使劲阐明自身的价值，或者尽力证明自己的身份，以求得社会中的存在感。

其中的诡秘及悲鸣过程，让人发笑之余，又不禁落泪。

我一直蠢蠢欲动，对他的中篇《黑风景》耿耿于怀。如果拍成电影，那将真正是中国版的《西部往事》。我惊讶于 26 年前，他就创作出这样铿锵有力的小说，国人那种惯于内讧斗法的把戏，在此小说中表现得可谓淋漓尽致。

我还常常想，从《老旦是一棵树》到《哈里如何变成一棵树》，老旦原本没有敌人，睡不着觉也要找个虚拟的敌人，真可谓搬起石头砸自己的脚。冷静想想，这样的小说，它的格局注定是无限的大，只是要用心地去认真品味。

有时，我会想起他小说当中那么多有趣的名字，什么鳖娃、溜溜、裴一十五、谢尔盖、刘法郎，还有叫"仁义"的一点也不仁义。当然，时常想到那句"噢噢——从东海之滨到帕米尔高原，从水乡江南到塞外北国，工农商学兵"，多么有趣又嘶鸣的《高潮》啊。而苍蝇又是如何上吊的，与下棋的王八蛋有什么关系。《黄尘》滚滚，《赌徒》不息。

他的这些小说简直就是皮兰德娄（精妙的叙事）、契诃夫（简洁的文字）及福克纳小说（缜密的结构）的有机结合体。可以这样讲，他的作品，足可媲美世界上任何一个作家的名作。

简言之，杨争光的小说，总是能把现实中的荒诞，通过他超越常人的奇特想象及诡谲的魔幻手法，寓言诗般地活化出这个民族巨大又隐含的深痛，从人类的思想高度不露声色地一一呈现。这些作品，凛冽又精彩地活化出一幅绝妙的中国现代乡土风情画，是一篇篇动人心魄的现代寓言诗。■

Part 3

（摄影：吴忠平）

王　石

Wang Shi

《罗马人的故事》/ 盐野七生

全面梳理罗马历史上重大事件，还原罗马历史上鲜活的人物，
将帝国千年荣光浓缩到一本特别体验本里。

王石，企业家，万科企业股份有限公司创始
人，现任集团董事会主席，兼任中国房地产协
会常务理事、中国房地产协会城市住宅开发委
员会副主任委员、深圳市房地产协会副会长、
深圳市总商会副会长等职。

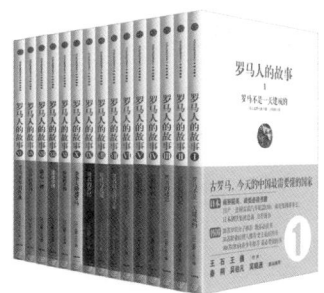

作者：[日] 盐野七生
出版社：中信出版社
译者：徐越等
出版时间：2013 年 11 月

盐野七生 《罗马人的故事》

本书是日本女作家盐野七生历时 15 年完成的
15 册巨著，全面梳理罗马历史上重大事件，
还原罗马历史上鲜活的人物，将帝国千年荣光
浓缩到一本特别体验本里。书中，盐野七生首
度公开写作背后的故事，亲自带你漫步于帝国
的行省，遍访罗马皇帝们热爱的城市。让我们
一起和盐野七生同走罗马路，与古代罗马人面
对面，穿梭于罗马各大博物馆和美术馆，感受
罗马帝国昔日的温度。

从阅读到企业发展、价值的思考

王　石

留学哈佛：知识系统的梳理和未来趋势的思考

　　虽然我也一直在自学读书，但像我这样的"文革"一代，终究是没有接受过系统的知识训练。在目睹了改革开放、恢复高考的一系列变化后，留学便成了我的一个情结，我一直希望可以有机会留学，接受系统性的知识训练，且多年的企业经历让我对自己和万科未来的走向都迫切需要一些更深的思考。

　　美国的教育方式是在课程之前参照教材进行预习，课后再继续阅读来弥补不足。我是第一次经历这种高效率、大批量的阅读方法，还要时常和教授交流，以较大的阅读量来弥补听力、口语的缺陷。整个学习过程非常辛苦，眼睛耗损十分严重。我每晚看书至两三点，早上 8 点又要上课，心里明知自己急需补充睡眠，但生理上却怎么也睡不着，晚上的熬夜又导致白天课堂上的瞌睡。彼时于我而言每日都是煎熬，每日都盼望

王石在哈佛

周六快些来临，经常觉得自己没有出头之日，不止一次想要放弃，这是我在深圳创业多年未曾有过的精神压力。

然而真正临近这一年的尾声，我又觉得时间过得太快，一年恍惚竟已结束，反而意犹未尽。我又申请了在哈佛学习一年。第二年时间更紧，我也不愿意再去应酬，过上了公寓、课堂、图书馆三点一线的生活。

我真正感觉到自身的变化是再次在香港科技大学执教之时，助教说我的课堂焕然一新：一则更有逻辑；二则注重引导学生思考，不只是单纯传授知识，而是让学生互相交流，提出开放性问题给学生解答。我也自觉与学生之间的关系产生了变化，之前一直觉得自己是传播知识、传播案例的老师，帮助学生提高，现在更多的是将自己定位为启发者，启发学生思考的同时也从学生那里收获颇多。

作为企业家，我的留学确实有不一样的地方。我读书不仅是为了接受系统性的知识学习和梳理，还思考一个根本问题，就是作为中国企业家，企业究竟要走向何处。我希望可以通过学习，找到方法解决这个问题。哈佛的学习给予了我潜移默化的改变：我过去思考的都是"如何让企业成功"，但现在思考的是企业成功的背后因素。

我创业后更多是在参照"二战"之后日本企业的模式，像松下、索尼、丰田，它们不仅仅是成功的国际企业，其企业文化也在影响社会的进程和发展。我希望万科也可以在改革开放进程中扮演这样的角色，而不仅仅停留在企业层面或是产品层面，但我未曾从文化上深入思考这些问题。

　　到哈佛后，我发现还需要补上中国传统文化这一课。作为中国人，不解决"你是谁""你从哪里来"的问题，也就无法解决"到哪里去"的问题。所以我选修了中国哲学的课，学"庖丁解牛"这类哲学问题，这是一个身份辨别、角色定位的问题。

　　到哈佛后我能够心平气和地看中国，容易理解中国的现状。在国内的时候总是觉得改革力度不够，到了国外心情很容易沉静下来，更清晰地思考中国从传统社会向现代社会迈进所需要经历的过程。

　　在哈佛，我有意学习了更多西方的管理思维。1983 年年初到深圳创业时，我看的第一本书是汤因比的《历史研究》。2011 年在哈佛图书馆，我看了两本书：曼德维尔的《蜜蜂的寓言》和亚当·斯密的《道德情操论》，都是英文版，受益匪浅。

　　哈佛是研究型的学校，各个院系的讲座交流特别多，并且牵扯到整个世界热点事件的主要当事人、事后主要的负责人、核心人物。日本海啸发生一个月之后，我在亚洲中心研究亚洲专题时，日本中央银行副行长便前来哈佛讲解海啸之后的日本金融政策；又有关于 2012 年台湾大选的讲座，竟是由蔡英文主讲；还有关于 BP 墨西哥湾漏油事件的讲座，主讲人也是事故调查总检查人、麻省理工的教授；我修读的一门"资本主义思想史"的课程，老师就是《货币战争》里提到的诺贝尔奖获得者罗斯查尔德的后裔。在如此氛围下，每个礼拜我都觉得打开了一片新天地。

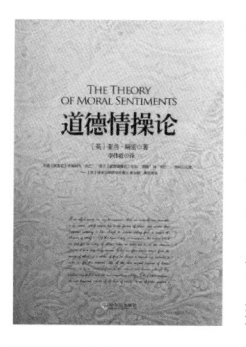

《道德情操论》

《文明之光》：跨界写作、自我颠覆的勇气

在今天，试图用几十万字，而非几百万字描绘人类文明史，是需要勇气的。

我这么讲，不仅因为在研究历史方面，市面上已经有了《全球通史》《历史研究》这样的优秀著作，还因为人类文明史的写作，需要考古、科学史、科学哲学、技术史、经济史、艺术史、建筑史和政治史等多方面的积累。如果说"一本大书就是一个灾难"，那么作者的"偏科"将会让它万劫不复。

用如此短的篇幅，概述如此恢宏的文明画卷，那么这幅拼图必然是写意的、散点透视的。在我看来，贯穿全书的"意"有三：一、进化观点；二、科技—资本黄金组合；三、反英雄史观。

进化观点我们不陌生，作为一名科学家出身的作者，采用这种观点著史很自然。不过在很长一段时间内，有人把这一生物学观点推广到了社会领域，这就有些跑题了，也是不符合科学精神的。本质上，进化观点恰恰是反对所谓历史规律的，连达尔文自己也说，他提出进化论的灵感来自于偶然阅读马尔萨斯的著作，生物的突变过程更是具有很大偶然性，并且从价值判断上，存活下来的不一定更"好"，仅仅是更"适"而已。在本书中，采纳偶然性解释的案例很多，比如说日本是个岛国，原材料相对缺乏，因此制作任何东西都必须精益求精，否则会被认为是浪费财物；在讨论荷兰和英国为何超过葡萄牙西班牙时，认为正是这两个国家不利的地理、气候条件，决定了他们只能靠工商业致富。

第二个"意"是科技—资本黄金组合。说到利润，由于儒家讲"士农工商"，再加上经典作家对资本主义的批判，很长一段时间内，国人羞于谈"利"，认为它总是与"自私"挂钩，狠斗私字一闪念。其实亚当·斯密《国富论》推导的是"自

利"（self-interest，而非自私 selfish）导致利他的过程。长期来看，推动人类文明进步的原动力不外乎 3 个 G：God，Gold，Glory（上帝，金钱，荣誉）。古希腊人的科学艺术，为的是 Glory（荣誉），很多研究没什么直接应用价值，情怀令人赞叹，但对其他文明的可复制性就不容乐观；中世纪时伊斯兰教大扩张，靠的是 God（上帝）给予的强悍动力，但马放南山之时，就是这个文明衰微之始；纵观人类 2000 年来的历史，只有 Gold（金钱）代表的利润因素，才是超越一切民族和文化的普适动力。吴军博士以科技—资本的组合，解释瓷器的演变；解释欧洲的大航海为什么能够持续，而中国航海在郑和之后就戛然而止；解释为何荷英资本主义模式成为世界主流；解释历次工业革命的起源。

反英雄史观是吴军博士这套书的第三个"意"，在书的前半部分贯彻得比较彻底，如对古埃及文明、美索不达米亚文明无名创造者的敬意，对法老、亚历山大大帝、屋大维和蒙古人赫赫武功的轻描淡写。第一册的目录中，只出现了汉谟拉比一个人名；在书的后半部分，在人物介绍的细微之处做出一些调整。如在讲美国时，把富兰克林放在杰弗逊、华盛顿前面，并把富兰克林首先定义为一个科学家。不仅如此，因为吴军博士本人就是一名优秀的科学家，所以在浩如烟海的科学家、发明家中进行选择时，他也有独到的眼光。他在行文中，对富兰克林、爱迪生、焦耳、史蒂芬森、奥本海默等既懂科学发明又懂经营管理的人表现出格外的敬意。这与作者在硅谷的工作经历密不可分，同时也提醒我们：近代以来，荷英开创的经济体系席卷全球，脱离具体商业模式的"发明""创新"只能是无源之水、无本之木，必然不可持续。

对于文明史这一题材，缺的不是原材料，而是快刀斩乱麻的勇气和见他人所未见的眼光。诚然，史料的摘选见仁见智，我也并非完全同意吴军博士书中的每一个观点，但格外欣赏他驾驭这个题材的勇气。在继承前人成果的基础上，敢于尝试，敢于立新，不仅是从事学术工作的基本要求，也是一个国家、一个企业自我颠覆的动力所在。

《罗马人的故事》：宽容开放、兼收并蓄的核心价值观

这是一部煌煌 15 册的巨著，作者盐野七生写了 15 年，我曾整整读了一年。

过去我也读过罗马史，比如《罗马帝国衰亡史》，但这类史书更多是从政治、军事的角度来理解罗马帝国。盐野七生不同，她以现代史观的方法论来解读罗马，这期间涉及国家与民族、君主与公民、宗教与人性、权力与秩序、科学与技术、领导与公关等方方面面，视野极广，见人所未见。正如她自己所说："别的研究者是写自己知道的，而我则是写我想知道的。"我是从事房地产行业的，所以对书中所讲罗马帝国的城市与建筑极为关心。在第十册《条条大路通罗马》中，作者专门讲了罗马的道路建设："与其说'条条大路通罗马'，倒不如说'条条大路起罗马'。罗马是这个庞大帝国的心脏，而这些四通八达的国家公路，有如血管脉络，把政令和资源高效率地传输到帝国的每个角落。"

盐野七生说，东方帝国在修建长城的时候，罗马人正在修建罗马大路。接着，她就告诉读者，2000年过去了，罗马修的大路现在还在使用。但中国的长城，现在除了收门票之外还有没有用？我们现在能看到的长城，主要是明朝修建的，而且从工程的角度讲，也有很多质量问题。同样是国家主导的巨型工程，哪一个对国家和人民更有用？

当然，这些都是我的联想。为什么罗马修的路现在还能用？作者展示了一张罗马大路的剖面图，告诉你这个路是怎么修的，为什么能连续使用上千年。这样的图示还有很多。作者很愿意从科学与技术的角度解释，罗马帝国有其与众不同的力量，而建筑在其中占有相当重要的地位，因为建筑给市民和士兵带来极大的安全感。

在作者的描述之下，罗马帝国宛如一个强大的跨国企业，《罗马法》就是这个企业的内部规章。这个企业有自己的核心价值、企业文化、思维惯性、话语系统、人力资源储备，甚至还有自己的保安系统、制度、人才、资源配置等，这些都是罗马长盛不衰的原因。这也是为什么这部书会被国外一些研究者拿来当作领导者论、组织论、国家论的现成教材的原因。

盐野七生贯穿始终地自我设问，并希望回答：为什么只有罗马人能成就如此大业，为什么只有罗马人能够建立并长期维持一个巨大的文明圈？一望而知，作者认为罗马帝国的经久不衰，与它所秉持的价值取向与施政目标有关。

作者认为，罗马的力量来自保障国民安全的基础设施和贵族行为理应高尚的传统。国民最需要的是安全系统，其次是尊贵和快乐的生活。罗马皇帝努力满足了国民的需要。一切政令、公共设施、对外战争，都是为了满足国民的安全感和享受需要。

其次，罗马人智力不如希腊人，体力不如高卢人，经商的本事不如迦太基人，却能一一打败这些部族，而且在战后还能与这些部族有秩序地和睦共处。为什么？你会发现，罗马帝国的强大，归根结底是因为它的宽容开放，它的兼收并蓄。

罗马帝国是多神教的国家，罗马人把被帝国征服的民族的神，全部当作自己的神来供奉。这样的神有 30 万个。罗马甚至赋予被征服者公民权，历届罗马皇帝里有很多被征服者。试想，这在东方帝国，可能吗？

这些分析让我非常受启发。作为国家来说，自由与宽容，这才是罗马帝国的立国之本，作为跨国企业来说，宽容开放、兼收并蓄应当是它的核心价值观念。正是这些基本的价值取向和目标，赋予罗马帝国强大的力量，并成为西方文明的一个重要源头。

《罗伯特议事规则》：人类治理自身的奥秘

如果说政治是妥协的艺术，那么《罗伯特议事规则》就是把艺术变成科学的尝试。我最早接触这套规则，是在 2008 年的 4 月我担任 SEE[1] 会长时，当时阿拉善 SEE 生态协会苦于议事效率不高，准备起草《SEE 议事规则》。为其制定议事规则亟须成熟的范本，因此 SEE 与《罗伯特议事规则》第 10 版的译者和推广者袁天鹏签订了委托协议，成为中国第一家为了议事规则而与袁天鹏签约的机构。

袁天鹏根据 SEE 历次会议的记录和视频资料，结合"罗伯特议事规则"拟定规则初稿。2008 年 12 月底，SEE 理事大会通过《SEE 议事规则》，开始运用这套规则议事。尽管执行中有争论、有异议，但大家按照"动议—辩论—表决"的流程进行，与主题无关的争吵、为议事规则而产生的争吵减少了，这次会议至少比以往节约了两个小时。由不习惯慢慢习惯，由习惯形成规则，由规则变成传统，SEE 的民主议事规则逐渐走向成熟。今天，SEE 已成为公认管理最规范的民间 NGO（非政府组织），代表中国民间环保组织多次参加国际环保会议，亦成为国际上规模最大的沙漠生物多样性环保组织，SEE 遵循《罗伯特议事规则》的民主程序已经成为中国民间 NGO 组织的一个标杆，其影响力已超出了环保层面。在这个过程中，《罗伯特议事规则》功不可没。

通俗地讲，《罗伯特议事规则》就是关于如何开会的指南。大家都开过会，然而无论在企业还是在社会组织中，开会效率都是一个令人头疼的问题。现状是我们凭借着个人经验或者与会者的权威来保证会议效果，但这是一种靠能人不靠制度的思路，不具有大范围内的可复制性。《罗伯特议事规则》一书，至少在 4 个方面远胜同类指南：

首先，它是人类议事智慧的严谨梳理，篇幅虽大，但紧紧围绕多数方、少数方、成员个体、成员整体、缺席者 5 大权利框架展开分析，既关心会议的决策效率，也意在防止民主表决变成多数人的暴政，同时划清了个体利益与整体利益的边界。

其次，该书虽然已出 11 版，其间根据时代发展做过重大修订，但仍保留着罗伯特将军的初衷——把人们从议事规则分歧所造成的混乱中解放出来，在原则的稳定性与方法论的适应性之间取得了很好的平衡。

第三，《罗伯特议事规则》虽事无巨细地考虑了会议可能出现的各种情况，但它在行文风格上，是建议性的而非规制性的，也即列出典型情况及针对性措施，并不急于推荐所谓"最佳实践"或"制度红线"。

最后也是最重要的一点，《罗伯特议事规则》没有意识形态色彩，它基于常识的力量和冷静客观的语言，无论左中右，都能在这里找到改进各自会议的技术方案。

罗伯特早年从军，后来把全部精力投入议事规则的编纂；袁天鹏先生早年从事技术工作，后来专职推广罗伯特议事规则，教国人如何科学开会。这种精神追求上的契合，是最新版《罗伯特议事规则》翻译质量的保证。也许在初学者看来，它条目众多、文本庞大、结构陌生，但 100 多年的长销不衰，已经证明了《罗伯特议事规则》的生命力，它保持了严谨性、稳定性、建设性和中立性，值得各级各类组织借鉴并应用，从中发现组织治理的精髓，进而窥见人类治理自身的奥秘。■

任正非

Ren Zhengfei

《毛泽东选集》/ 毛泽东

尽可能地搜集了一些为各地方过去印行的集子还没有包括在
内的重要著作,包括了毛泽东同志在中国革命各个时期中的
重要著作。

任正非,企业家,华为技术有限公司创始人、
总裁。2003 年,任正非荣膺网民评选的 "2003
年中国 IT 十大上升人物";2005 年入选美
国《时代》杂志全球 100 位最具影响力人物;
2011 年,任正非以 11 亿美元首次进入福布斯
富豪榜。

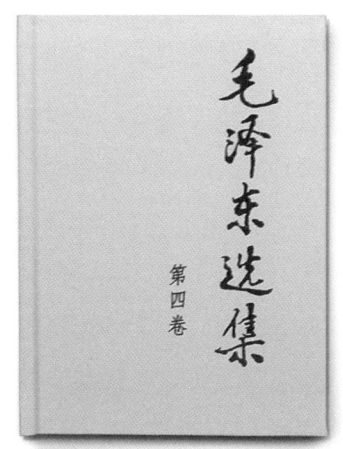

作者：毛泽东
出版社：人民出版社
出版时间：1991 年 6 月

毛泽东 《毛泽东选集》

本书是毛泽东思想的重要载体和集中展现，是对 20 世纪的中国影响最大的书籍之一。《毛泽东选集》在新中国成立前即有大量出版。1944 年于邯郸创建的晋察冀日报社出版首版《毛泽东选集》。新中国成立后出版的《毛泽东选集》一至四卷，编入的是毛泽东同志在新民主主义革命时期的主要著作。

学毛选，办华为

任正非

按学制我本该 1967 年大学毕业，然后分配工作。由于"文革"造成的混乱，到 1968 年 6 月，67 届大学毕业生才开始进行分配。这次分配坚持面向基层的方针，毕业生一般都必须先去当普通农民和普通工人，但我毕业之后就直接应征入伍，成了当时受人羡慕的解放军战士。当时的中国主流价值由工人、农民和军人所主导，对于受过大学教育的我来说，从军是最现实的选择。一个人再有本事也得通过所在社会的主流价值认同，才能有机会。

说来也是出于侥幸，父亲的问题没有做出明确结论，当时整个中国已经有千千万万干部被打倒，我就显得不孤立了。我一直勤奋好学，部队需要技术兵，因此我得以穿上了军装，成为基建工程兵部队的一员。直到 1982 年转业，我在军队里度过了人生最好的 14 个年头。

基建工程兵成立于 1966 年，是解放军的一个新兵种，负责担负国家基本建设重点工程和国防施工任务。周恩来总理勉励他们"劳武结合，能工能战，以工为主"。这支部队后来发展到 10 个军级单位，总人数近 50 万人，成为国家基建战线上的一支突击队。

入伍不久，我所在部队奉调参加一项代号为"011"的军事工程，这是 20 世纪 60 年代国家在西南地区进行三线备战建设的重点工程之一，建设战略大后方的军用飞机和航空发动机制造厂。工程就位于我的家乡贵州省安顺地区，这使我非常兴奋，虽然因为忙于施工不能随时回家。

艰苦的国防施工记忆使得我的内心充满了英雄主义的悲壮情怀，虽然并不是现实的厮杀，但同样是金戈铁马，攻城拔寨，这使我日后不自觉地将创业的艰辛与战争等同起来。我多次以讴歌将士的方式称赞华为市场部的员工们："没有他们含辛茹苦地艰难奋战，没有他们的'一把炒面，一把雪'，没有他们在云南的大山里、在西北的荒漠里、在大兴安岭风雪里的艰苦奋斗；没有他们远离家人在祖国各地，在欧洲、非洲的艰苦奋斗；没有他们在灯红酒绿的大城市，面对花花世界而埋头苦心钻研，出污泥而不染，就不会有今天的华为。吃水不忘挖井人，我们永远不要忘记他们。"

因为没有荒废自己，在动荡中坚持刻苦学习，我在部队中迅速表现出了良好的科技素养，有多项技术发明创造，两次填补国家空白，得到了领导和战友的一致认可。部队在艰苦的环境里开展工程建设，陆续完成了包括总装厂、飞机洞库、试验场地在内的几十个建设项目，这些项目分布在贵州省安顺地区公路两侧的山沟里，绵延400多千米。1970年"011"自行研制生产的第一架飞机试飞成功，中国航空工业增添了新的成员，逐步发展成为今天的贵州航空工业集团。

我在部队时努力工作，有很多技术创新和发明，只是因为父亲的"政治原因"，使得我多年与应得的表彰无缘，也不被批准入党。即使是我所领导的战士们每年都大批立功受奖，我这个领导者也从未受到过嘉奖。在《我的父亲母亲》一文中我总结说："我已习惯了我不应得奖的平静生活，这也培养了我今天不争荣誉的心理素质。"

客观地说，我也并非一次奖励都没得过，那就是安慰性的"学习毛主席著作标兵"。除了文化知识的学习之外，我也非常注重政治学习，把马克思的《资本论》等著作熟读多遍，而研读最深的还是"文革"时四卷本的《毛泽东选集》。

1998年，我以对《华为基本法》的阐述为核心内容，写下了《华为的红旗究竟能打多久》，人们很自然地将此与毛泽东在井冈山时期的那篇著名文章联系到一起。同年，在华为举行的"产品研发反幼稚大会"上，我以《希望寄托在你们身上》为题发表讲话，用毛泽东20世纪50年代访问苏联对中国留学生所讲的这句名言，鼓励华为的年轻研发人员对未来充满信心，相信华为经过努力一定能够发展壮大，成为与国际巨头比肩的企业。

我对毛泽东的理解和传承并不仅仅是形式上的模仿，从毛泽东身上更多吸收到的是哲学思想方面的传承，其中最核心的就是辩证思维和自我否定的意识。有人说，毛泽东军事思想是专门为弱者提供的战胜强者的思想武器。民营企业不仅与家门口的跨国公司无法比拟，即使与国有企业相比，艰难的程度也不一样。中国向市场经济转化开始阶段，很少有人懂得经营企业，也没有现代企业知识，人们自然会

毛泽东

把自己所熟知的成功模式引进企业经营中去。

华为初创时由于民营身份和进入的行业领域，所处境地尤其艰险，可谓是弱者中的弱者，这种情况与当年弱小的中国共产党所处的环境何其相似。我因为熟悉毛泽东军事思想，自然会采用毛泽东的战略战术和发展模式，研究怎样以弱胜强战胜大企业，怎样逐步将企业壮大，怎样激励自己和员工。

我前 44 年的生活和华为 20 年的发展，实际上就是一幕惊心动魄的弱者转变为强者、以弱胜强的传奇历史剧。华为创业的阶段谈不上有公认的企业文化，毛泽东思想就是公司的思想。作为昔日的"学毛标兵"，我喜欢读《毛泽东选集》，经常琢磨毛泽东理论怎样为华为的市场攻略、客户政策、竞争策略以及内部运作服务，华为的成长就是一部中国民营企业在特殊历史时期和生存环境下的战略战术指南。"从来就没有什么救世主，也不靠神仙皇帝，全靠我们自己。"

现代企业经营组织是向军事组织学习，毛泽东军事理论中的基本战术在华为都有广泛的运用。"敌进我退、敌驻我扰、敌疲我打、敌退我追"的游击战原则体现为"农村包围城市，逐步占领城市"的市场策略，在与外商的"战斗"中，华为自身无论是技术还是资金都处于劣势，因此在"敌人"最薄弱的农村和落后省份建立根据地，把主要竞争对手的"兵力"引向其薄弱地区，拉长战线，然后再采取"人海战术"逐个击破。

很多企业都采用以农村包围城市的战略，但是只有华为成功了，主要是因为有效激励方法和团队精神，采用的是爱国主义、分享企业成果、高工资、全员学习等激励手段，这与很多现代大企业兴起时的情景很相似。

毛泽东一生中最成功的经验就是游击战、人的意志力能打倒一切和与人斗其乐无穷。他在《战略问题》中，对他的军事思想、军事原则做过这样的阐述："我们的战略是'以一当十'，我们的战术是'以十当一'，这是我们战胜敌人根本法则之一。"毛泽东"大步进退、诱敌深入、集中兵力、各个击破"的运动战原则在华为则体现为著名的"压强原则"：在成功的关键因素和选定的战略生长点上，以超过主要竞争对手的强度配置资源，要么不做，要做就极大地集中人力、物力和财力以价格战狙击对手，实现重点突破。

群众路线思想是中国共产党长期在敌我力量悬殊的艰难环境里进行活动的历史经验的总结，根本思想在于走群众路线，我将其运用于华为的管理当中。其核心含义是，把群众的意见集中起来化为系统的意见，又到群众中坚持下去，在群众的行动中考验这些意见是否正确。如此循环往复，使领导的认识更正确、更生动、更丰富。从"市场部集体辞职""华为基本法"的大学习，"产品开发反幼稚"的大讨论，高层发起、自上而下、层层推进式的群众运动成了华为变革的招牌模式。"运动"一般以一篇讲话为中心点，接着就是全员的学习和讨论，以及正面人物的宣传，反面人物的警示等。

　　这种群众运动确实起到了神奇的功效。员工明白，声势浩大的运动背后，领导讲话的字里行间，都可能预示着某种变化。只有认真学习、深刻领会，并在行动上有所表现，才能跟上形势，顺应公司发展的要求。运动激发了组织活力，对于刚步入社会的年轻人来讲作用非常明显。但运动一多弊端也逐渐暴露出来，效果大打折扣。领导在上面吆喝，下面紧跟着附和，表面文章也就多了起来。轰轰烈烈的背后却没有明确的评价标准来配合变革，很多在变革中利益受影响的人由此产生怨言，甚至一些人把运动看成了高层的权力游戏。

　　我们这一代人因为特殊的时代背景，身上烙上了毛泽东时代的深深印记，对理想、抱负狂热追求，充满激情而又不乏理性，似乎人生的目的就是通过不断的奋斗、拼搏来达到一种自己向往的理想状态，过程比结果更重要。在市场经济的今天，这种意识表现在外就是坚韧不拔的毅力、不屈不挠的奋进、挑战困难的激情，以及渗入骨髓的忧患意识。我们这一代人是天生的苦行僧，率先垂范，吃苦在前，享乐在后。

　　对华为来说，个人力量、英雄主义、号召力、凝聚力或许比公司的股权约束、董事会民主决策等手段更有效。因为大多数公司客观上仍然信奉个人能力，这种惯性思维远远大于公司高管和员工对民主程序的把握。■

（本文选编自张力升《军人总裁任正非》）

（摄影：赵卫民）

马蔚华

Ma Weihua

BOOKS THAT HAVE MOST SHAPED MY LIFE

《金融之王》/ 利雅卡特·艾哈迈德

第一次世界大战后，欧洲和美国的政府和中央银行如何根据
巴黎和会的安排，重建金融体系，并由此引发了 20 世纪 30
年代那场世界性的"大萧条"。

马蔚华，银行家，高级经济师，吉林大学董事
会董事，中国金融学会常务理事，中国企业家
协会副会长，深圳市质量强市促进会会长。曾
任招商银行董事、行长。

作者：[美]利雅卡特·艾哈迈德
出版社：中国人民大学出版社
译者：巴曙松　李胜利
出版时间：2011年5月

利雅卡特·艾哈迈德　《金融之王》

本书讲述了第一次世界大战后，欧洲和美国的
政府和中央银行如何根据巴黎和会的安排，重
建金融体系，并由此引发了20世纪30年代那
场世界性的"大萧条"的故事。全书围绕英、
美、德、法四个主要发达国家的中央银行行长
展开，他们手握重权，力图重塑世界繁华；又
个性鲜明，不少人盲目自信，最终饮恨沙场，
把世界推入金融危机的深渊。

从读书看见金融发展的未来

马蔚华

1992 年，我去海南时曾经背了一个小军挎包，里面都是书，让王巍陪着在岛上转了大半天。那个书包里装的什么书，我现在一本也记不起来了，那已经是 20 多年前的事情了。我当时在央行当咨询司司长，现在叫货币政策司司长。当时海南的政策比较混乱，我任人民银行海南分行行长，想利用海南大特区的背景条件建设中国的离岸中心，加强在海南特区的金融建设。我估计背包里的书都是这方面的，都是怎么研究离岸中心、海南的发展。

我到商业银行以后，读的第一本书叫《花旗帝国》，因为我很崇拜花旗银行的森迪韦尔，在他手里花旗银行真正成为一个花旗帝国，成为美国历史上第一个混业经营的银行。花旗银行在发展的过程中有很多创新之举，有很多是花旗独有的，包括第一个银行的 ATM 机。当时我感觉，银行要想与别人不同，就得创新，突破现有制度的障碍，就得大胆，就有风险。

读书，一直给我对金融发展的看法带来全新的领悟。

《大而不倒》和《金融之王》：从倒下去和再起来中吸取经验

我觉得这几本书是给我们写的，是我有内心感受的。巴曙松翻译的《大而不倒》也好，《金融之王》也好，写了很多在金融发展历史上失败的银行家。作为一个失败家，他们的错误决策导致了银行的倒闭，给很多的老百姓和存款者带来了巨大的损失，给世界经济也带来了损失，这一点他们是应该受到谴责的。

《大而不倒》

另一方面我们应该看到，华尔街几百年的历史，就是不断地倒下、不断地站起来。华尔街不倒，华尔街不死，就是从这些倒下去的银行家身上不断地吸取教训，然后继续创新。我觉得从这一点来说，他们倒是留下了宝贵的经验，包括雷曼。所以，我觉得创新的步伐不能因为某些银行家出了事倒下去而受到影响。华尔街之所以到今天仍然活力充沛，就是因为它倒下去再起来。

我不久前看新闻里广播了摩根大通集团出了 20 多亿美元的风险。实际上，15 天前我们俩在纽约聊了一个小时。杰米·戴蒙是我的好朋友，你们读过《花旗帝国》，他和森迪韦尔有一段非常有趣的故事，后来他离开了森迪韦尔。在金融危机里，的确杰米·戴蒙发挥了他银行家的智慧，他是最早把 CDO（担保债务凭证，Collateralized Debt Oldigation，简称 CDO）卖出去的，他没有受损失。后来他又收购了贝尔斯登，他用十几亿美金得到了 3000 多亿美金的存款和银行。在纽约他每一次收购成功的时候，我正好都在那，他跟我分享收购的喜悦。在我眼里，他基本上是一个非常完美的银行家，也是我的好朋友。他到中国来只有一天的时间，中午还跟我吃一顿午饭。他的几个孩子都很喜欢中国。我不久前还在他的办公室谈论他们一季度的业绩，非常好，60 亿美元，谁能想到他出了这么大的风险。而且在这之前，因为他成功，所以他批评美联储、批评政府的语调是最高的，他反对沃克，尽量让美联储延缓执行"沃克法则"。他说沃克不懂什么金融，沃克是格林斯潘的前任，现在是奥巴马的经济顾问。现在很多人批评他，我觉得他也是应该被批评的，但是我觉得没有一个人能够不犯错误，特别是在市场跌宕起伏的情况下。作为杰米·戴蒙要吸取教训。

《世界是平的》：以创新性和前瞻性满足客户需求

我推荐一本书，这本书叫《世界是平的》，主要讲 10 台推土机推平了这个世界。招商银行在过去十几年创造了零售银行的优势，现在其他银行也看到了这一点，大家都在追赶。的确，我们跟其他银行的差距越来越小。

我刚才也说到，做零售业务是费劲的，要千锤百炼，要千家万户，点点滴滴。一旦这个非凡造就了以后，还是有它的优势。招行的优势就是体系的优势。它既有一个渠道体系，如物理网点，又有网络、电话，也有产品体系，如信用卡、私人银行和理财。它还有一大批成熟的客户经理和客户，比如年轻人和城市白领。这样一个体系，我认为留住客户的前提是：服务不仅要满足他们的要求，而且要与时俱进。因为我们在十几年零售客户的实践中，发现客户的需求是不断变化的。最早的时候客户是什么需求？给他一张笑脸就行了。那时候你给他牛奶，他就很高兴了。后来他要求个体化，网络要满足他。现在他需要理财产品，需要私人银行，需要跨国金融，你都要满足他。只要做到这一点，他干吗要离开你。所以你要想保住你的优势，就要不断地因民而变，不断地满足客户的需求。要满足客户的需求，你就要不断地创新产品。

有人问我怎样才能基业长青？我们的战略是早一点、快一点、好一点。别人没有想的时候我们先想，笨鸟先飞。当然我们也不太笨，要提前一点，别人没想到的事要先开始弄，等别人想到的时候你已经成了气候，再想下一个。总之，要对社会经济发展产生的金融需求有一个前瞻性。

另外，每一个银行有自己的长处，也有弱势。我们一个很重要的使命，就是要向所有的银行学习他们先进的东西。我认为银行不要同质化，每个银行都要有自己一点拿手的好戏，我们的金融市场才能丰富多彩。

《从优秀到卓越》：优秀是卓越的大敌

这本书的名字是那种很容易淹没在泛泛的管理类书籍中的类型。不过由于作者柯林斯前一本书《基业长青》的巨大成功，《从优秀到卓越》还是很快就被大家注意到了。

柯林斯和 21 人的研究团队进行了一项规模巨大的研究，对 1965 年以来《财富》杂志历年五百强排名中的公司（共 1400 多家）逐一分析。研究结果是：只有 11 家公司实现了从优秀业绩到卓越业绩的跨越，包括吉列、金佰利 - 克拉克、富国银行、菲利普·莫里斯等。在 15 年的时间里，这些公司的平均累积股票收益是大盘股指的 6.9 倍。换句话说，如果你在 1965 年向它们中的一家投资 1 美元，到 2000 年这只股票的收益将增长 471 倍。柯林斯分析了实现这一跨越的内在机制。

《从优秀到卓越》中有提到：

优秀是卓越的大敌。

这就是为什么鲜有优秀者实现卓越的主要原因。我们没有卓越的学校，主要是因为我们有优秀的学校。我们没有卓越的政府，大抵是因为我们有优秀的政府。很少有人能过上美满的生活，基本原因是过上好生活很容易。绝大多数公司始终未能成为卓越的公司，全是因为它们绝大多数都是优秀的公司——而这正是它们的主要问题。

1996 年，这一想法在我头脑中已经变得相当清晰明确。当时，我正与思想界的一群领袖一道进餐，讨论组织业绩问题。麦肯锡公司旧金山办事处的总经理比尔·米汉探过身来，漫不经心地向我吐露："喂，吉姆，我们都很喜欢《基业长青》这本书。你和另一位作者在调研和著书方面都干得非常出色。但遗憾的是，这本书毫无用处。"我很好奇，请他解释一下。"你所写的大部分公司自始至终都非常卓越，"他说，"它们不必将自己从优秀公司变为卓越公司。这些公司有像大卫·帕卡德和乔治·默克那样的创始人，从一开始就塑造了公司的卓越气质。但是大多数公司都是中途觉醒，发现自己只是优秀公司而非卓越公司。它们该怎么办呢？"回想当时的情景，我感到米汉做出"毫无用处"的评价的确有些夸张，但他的观察是正确的——大部分真正卓越的公司由始至终都是卓越的。而大多数公司却一如既往始终未能成为卓越公司。米汉的评价的确是千金难买。他的那个问题犹如播下的一粒种子成长为这本书的根基，那就是："优秀公司能否转变为卓越公司，如果可以，怎样才能做到？"或者换句话说，"安于现状"的顽疾是否真的无药可治？在 5 年后的今天，我们可以很肯定地说，优秀公司变为卓越公司的案例确实存在，而且我们已经掌握了促成这种转变的潜在因素。受到米汉的启发，我和我的研究小组开始了一项历时 5 年的研究工作，力图探索从优秀公司成长为卓越公司的内在机制。

在中国，前有联想从柳传志开始推行全员学习《基业常青》，后听说纳斯达克中国区的高管最爱的一本书就是《从优秀到卓越》。不知道还有多少企业把柯林斯的著作奉为管理圣经。

《从优秀到卓越》描绘了优秀公司实现向卓越公司跨越的宏伟蓝图。

作者的前一部著作《基业长青》揭示了公司保持卓越的秘诀，但书中提到的公司自始至终都出类拔萃。对于那些业绩平平的公司，如何才能实现从优秀到卓越的跨越呢？是不是卓越的企业都有所谓的特殊"卓越气质"？发展的瓶颈是不是真的难以突破？

针对这一问题，柯林斯和他的研究小组历时 5 年，阅读并系统整理了 6000 篇文章，记录了 2000 多页的专访内容，创建了 3.84 亿字节的电脑数据，收集了 28 家公司过去 50 年，甚至更早的所有文章，进行了大范围的定性和定量分析，得出了如何使公司从优秀到卓越的令人惊异而振奋的答案。

柯林斯发现，公司从优秀到卓越，跟从事的行业是否在潮流之中没有关系。事实上，即使是一个从事传统行业的企业，即使它最初默默无闻，它也可能卓越。柯林斯提出了一整套观点，"只要采纳并认真贯彻，几乎所有的公司都能极大改善自己的经营状况，甚至可能成为卓越公司"。■

（本文选编自"马蔚华谈读书与金融"采访稿）

马化腾

Ma Huateng

BOOKS THAT HAVE MOST SHAPED MY LIFE

《认知盈余》/ 克莱·舍基

随着在线工具的普及促进了更多的协作，人们该怎样学会更加建设性地利用自由时间也即闲暇，来从事创造性活动而不仅仅是消费。

马化腾，企业家。腾讯公司主要创办人之一，现担任腾讯公司控股董事会主席兼首席执行官、全国青联副主席。2015 年入选 "2014 中国互联网年度人物" 活动获奖名单，位列 2015 年《财富》"中国最具影响力的 50 位商界领袖" 第 2 位、《2015 信中利·胡润 IT 富豪榜》第 2 位、福布斯中国富豪榜第 3 位。

作者：[美] 克莱·舍基
出版社：中国人民大学出版社
译者：胡泳　哈丽丝
出版时间：2011 年 12 月

克莱·舍基 《认知盈余》

本书可以说是《未来是湿的》一书的续篇。
《未来是湿的》关注的是社会化媒体的影响，
而《认知盈余》的核心主题是，随着在线工具
的普及促进了更多的协作，人们该怎样学会更
加建设性地利用自由时间也即闲暇，来从事创
造性活动而不仅仅是消费。

互联网新时代的晨光

马化腾

　　最近有幸读了两本克莱·舍基的书。第一本是《未来是湿的》，相信大家都知道。《认知盈余》是第二本。克莱·舍基不愧为"互联网革命最伟大的思考者"，他对互联网给人类所带来的行为举止以及文化的变迁洞若观火。这两本著作一脉相承，它们所探讨的是这样几个问题：

　　随着全球用户接触互联网的门槛变得越来越低，互联网用户数量变得更加庞大，它们将形成什么样的社会形态？我们又该如何顺应这种变化？而作为互联网的从业者们，该如何从中寻找自己的机会？

　　克莱·舍基应该是一个坚定的"分享主义"倡导者。如果说，《未来是湿的》告诉我们世界正在进入一个分享的世界，人人都在享受分享所带来的"红利"，那么《认知盈余》便是在进一步阐述，我们得以分享的资源禀赋。

　　任何时候，人们都不缺乏分享的欲望，为什么克莱·舍基会把它作为一个重点问题来研究？这得益于互联网所带来

《未来是湿的》

的技术革命，用通俗的话来说，就是"天时、地利、人和"。

首先是天时。互联网的高速运算、处理能力，让每个从业者得以高效、快速地完成自己的工作。这意味着，每个人可以享受更多工作之外的时间。

其次是地利。通信成本的下降、带宽的增加，让用户接触互联网的成本变得更加低廉。网络不再是少数精英群体的专利，它像水和电一样，成了生活的必需品。

最后是人和。接触成本的降低，不可避免地使得互联网用户呈现爆发式增长，网民和现实生活中的人群，二者的边界变得越来越模糊。正如克莱·舍基所言，"对网络的传统看法认为它是一个独立的空间，一个有别于现实世界的虚拟空间……而现在，越来越多的人使用电脑和智能手机，虚拟信息空间的整个概念都在退化"。

网络世界越来越接近现实世界，意味着基于这个概念建立起来的互联网商业模式将要重新架构。

我曾经说过，不管已经出现了多少大公司，人类依然处于互联网时代的黎明时分，微微的晨光还照不亮太远的路。在这个行当里，不管一家公司的赢利状况有多么喜人，也随时面临被甩出发展潮流的风险。

发展潮流的漩涡正在席卷我们，网络正在发生演变。过去，我们可以把网络解读为一种精英享用的新兴工具，它向用户提供的是接触传统精英文化一个更加便捷的通道，也就是说互联网是内容的传递者而不是生产者；现在则不同，每个人都可以成为内容的生产者。互联网作为一个社会形态的元素，正在为社会源源不断地输出新的内容、制造新的话题。

"认知盈余"是新时代网民赋予互联网从业者最大的红利之一。什么是"认知盈余"，克莱·舍基给出的定义很简单，就是受过教育、并拥有自由支配时间的人。他们有丰富的知识背景，同时有强烈的分享欲望。可以说，Facebook、Twitter以及维基百科的成功，都是"认知盈余"的功劳。在中国，微博的兴起，同样有赖于它。

参与分享的网民数量越来越多，力量越来越强大，互联网产业也随之迎来"核聚变"，原来我们所熟知的商业模式，随时可能成为泡影。每一个从业者必须认识到，如果你不能学会主动迎接，不对这种网民自由参与分享的精神保持敬畏之心，你就会被炸得粉碎。

一个新的互联网时代即将到来。这将是一个鼓励分享、平台崛起的时代。靠单一产品赢得用户的时代已经过去，渠道为王的传统思维不再吃香。在新的时代，如果还背着这些包袱，那就等于给波音787装了一个拖拉机的马达，想飞也飞不起来。如何铸造一个供更多合作伙伴共同创造、供用户自由选择的平台，才是互联网新时代从业者需要思考的问题。这个新时代，不再信奉传统的弱肉强食般的"丛林法则"，它更崇尚的是"天空法则"。所谓"天高任鸟飞"，所有的人在同一天空下，但生存的维度并不完全重合，麻雀有麻雀的天空，老鹰也有老鹰的天空。决定能否成功、有多大成功的，是自己发现需求、主动创造分享平台的能力。

在这个平台上，用户将是内容的主导者、分享的提供者。每个用户的知识贡献、内容分享，是这个平台赖以成功、赖以繁荣的重要保障。"少数人使用廉价的工具，投入很少的时间和金钱，就能在社会中开拓出足够的集体善意，创造出五年前没人能够想象的资源。"任何有意打破这种保障的行为，都将受到市场的惩罚。

从很早之前，我就一直在思考，如何将腾讯打造成一个供更多合作伙伴自由创业、供更多用户自由分享的开放平台。这是一个"摸着石头过河"的过程，它需要腾讯内外都改变心态，用更加开放的大脑去迎接变革。这段时间来，我们已经拥有了一些经验，也总结了很多教训。无论如何，我相信，这是一条正确的道路。我也相信，坚持走下去，互联网新时代的晨光就在不远的前方。

当前，中国互联网经过这么多年发展已初具规模，成为中国经济创新发展的驱动力量之一，这也是改革开放 30 多年来取得的一项丰硕成果。广东省已成为互联网产业大省和强省，为我国互联网产业的发展创新做出了自己的贡献。这些成绩的取得，首先得益于国家良好的政策环境，同时也与广东省及深圳市历任领导的关心和支持密不可分。

创新是互联网发展的生命线，2016 年的政府工作报告提出了互联网促进我国经济社会发展的多个着力点，并进一步指出，过去一年，是中国互联网与各行各业加快融合创新、激发新潜能的一年，我们也看到互联网金融逐渐走向了规范和健康发展的道路。这对我们互联网行业从业者来说，既是鼓励更是动力，我们需要进一步增强创新发展的能力，从而更有效地实现互联网与传统产业和民生事业的融合发展，更好地推动产业转型升级、促进社会民生事业发展。

目前，我国智能手机用户数已跃居全球首位，互联网应用规模、创新融合取得长足进展，不断创造出新的经济业态和商业模式，正在成为经济发展的新引擎。在不久前召开的广东省科技创新大会上，胡春华书记、朱小丹省长都在讲话中重点强调创新驱动发展战略，并提出制订实施"互联网＋"行动计划，推进工业化与信息化深度融合。在"互联网＋"金融领域，我们在前海发起成立微众银行，作为首批民营银行，利用大数据和互联网平台服务广大中小微企业，全力为大众创业、万众创新提供支持。此外，在"互联网＋"民生服务方面，以微信"城市服务"为例，它聚合医疗挂号、公安户政、出入境、缴费、公积金等多项民生服务功能于一体。一个"城市服务"入口就相当于一部手机上的政府服务大厅，这有力地推动了我国服务型政府以及"智慧城市"建设。目前，这一功能已率先在广州、深圳、佛山三地正式开放使用。这些创新，在便利百姓生活的同时，也为政府探索社会治理新模式起到了试点和示范作用。

作为新时代的晨光，互联网也急需与其他产业融合发展。政府部门在互联网产业融合的发展进程中，也应扮演不可替代的重要角色。一是加快制定"互联网＋"全面发展的国家战略及具体指导意见，鼓励和促进互联网与各产业的融合创新，推动"互联网＋交通""互联网＋医疗"等新业态以及

"互联网＋政务民生"的快速发展。二是研究制定我国公共数据开放战略，将政府公共信息与数据向全社会开放，打破行业信息孤岛，确保社会公众能及时获取与使用公共信息；同时，逐步建立数据安全保护体系和数据开发利用的标准，确保数据的有效使用和相关方权益。三是重视互联网快速发展中出现的违法犯罪问题，依法规范网络行为、打击网络犯罪，同时保护正当合法的网络行为，促进互联网快速、健康、有序发展，让互联网更好地服务经济、社会的各个领域。习近平总书记曾讲到，没有网络安全就没有国家安全，网络安全和信息化对一个国家很多领域都是牵一发而动全身的。因此，我建议在政府工作报告中，除了要重视物理空间的安全以外，还要加强对网络安全的关注，增强全民网络安全意识。

最后想说的一点感慨是：互联网真是个神奇的东西。最近在一部科幻小说中，看到了一段对于"四维世界"的描写。仅仅在熟知的三维世界上叠加了一个维度，整个宇宙立即变得无比寥廓、无比美妙。克莱·舍基的每一次发现，其实都是在提示我们未来人类世界的一个全新的发展维度。在互联网的推动下，整个人类社会都变成了一个妙趣无穷的实验室。我们这一代人，每个人都是这个伟大试验的设计师和参与者。这个试验，值得我们屏气凝神、心怀敬畏、全情投入。■

（摄影：王凡）

王传福

Wang Chuanfu

《难以忽视的真相》/ 阿尔·戈尔

以极具思考深度和令人注目的方式，向大家展示了大量全球气候变暖给人类带来的巨大危害。

王传福，企业家。1995 年辞职，创办比亚迪公司，短短几年时间，发展成为中国第一、全球第二的充电电池制造商，2003 年进入汽车行业，现为比亚迪股份有限公司董事局主席兼总裁、比亚迪电子（国际）有限公司主席。2015 年，入选"十三五"国家发展规划专家委员会成员。

作者：[美] 阿尔·戈尔
出版社：湖南科学技术出版社
译者：环保志愿者
出版时间：2007 年 4 月

阿尔·戈尔 《难以忽视的真相》

本书是美国前副总统戈尔为全球变暖写的书。在本书中，戈尔站在"非政治"的立场，从保护环境的角度，以极具思考深度和令人注目的方式，向大家展示了大量全球气候变暖给人类带来的巨大危害。书里并没有教条般的说教和政治性的演讲，只是以幽默而客观的态度列出了种种事实，让读者自己得出结论，文字和图片都有很强的感染力。他不断提醒人类，只有 10 年的时间挽救全球变暖现象。

在还来得及的时候

王传福

11 月是"深圳读书月",一件全民阅读的文化盛事。据说这些日子深圳的书城、图书馆繁华得像菜市场。比亚迪也有自己的图书馆,我看到不少员工在借书、读书,这是一件非常好的事。

我真正可用来阅读的时间并不多,但这并不妨碍我对于读书、读好书重要性的评判——虽然每个人对好书的评价标准不同。作为企业家,因为肩上担负更多社会责任,因此,我个人对书好与否的判断更多聚焦于这本书是否能帮助人们更清晰地判断事物发展规律,更好地认识这个世界。对于企业家,可以更好地用好企业资源,为社会做有益的事情。

真正的灾难在于,对灾难没有正确的态度和认知

读过的书不少,对我个人、对我投身于比亚迪事业影响是至深的,是美国前副总统戈尔写的一本书——《难以忽视

的真相》。这本书并没有什么优美的故事，却与每个人的生活息息相关。难能可贵的是，作为美国一名志向远大的政治家，戈尔站在"非政治"的立场，书中列出系列客观事实，以图文并茂的形式，向读者展示了关于全球气候变暖的诸多问题。我之所以说它好，不是说它

阿尔·戈尔

的形式有多新颖，图片有多么吸引人，而是它通过科学的手段，向读者揭示了一个个可能被忽视的真相。

"真相"到底是什么？这本书里有很多触目惊心的科研数据：碳排放高到爆表、气温升高、冰川融化、旱灾、洪涝、风暴、一部分生物从地球上消失……一句话总结，即：全球气候变暖问题越来越严重，人类面临的灾难越来越多，人类只剩 10 年时间去解决这些危机。

这本书出版时间是 2006 年，当时很多人对书中揭示的"真相"嗤之以鼻，不以为然。因为那时候——相比当下——人们感觉环境还不错。我个人对此深有体会：2005 年，比亚迪研发出一款纯电动车 F3E，零排放。我在参加机构、社团的座谈会时都会跟听众讲绿色环保车理念，讲过度尾气排放可能带来的危害性，但是确实没有多少人在意。当时国内汽车业发展呈井喷势头，只要四个轮子加两排椅子就有人要。那时石油既充足又便宜，商家注意力都集中在赚钱上，燃油车供不应求，谁会关注新能源车？但是，时间证明了比亚迪绿色环保车事业的前瞻的正确。戈尔当时说灾难留给人类只有 10 年，10 年之后，"真相"究竟怎样？

2014 年，主要温室气体二氧化碳约占过去 10 年长寿命温室气体总增加量的 83%，全球年平均二氧化碳浓度再创新纪录，达到了百万分之 397.7（ppm），这个数是工业化前水平的 143%。而且，它每年还在涨。这意味着全球温度越来越

高，极端事件越来越多，比如热浪和洪水、融冰、海平面上升以及海洋酸性加大等。如果按这个势头发展而不加控制，世界人口继续增加、气候变暖却限制农作物产量提升能力……到 2050 年，地球上可能连粮食都不能充足供应——意味着到那个时候，人类手里再有钱，也可能会被活活饿死。

这正是《难以忽略的真相》书中反复呈现给读者的灾难！然而，真正的、根本性的灾难，却是我们对即将到来的灾难并没有正确的认知与态度。越来越多的雾霾、台风、旱灾、洪涝等灾难发生，大家习惯性地将其认知为自然灾害，人类对其无能为力，却看不到二氧化碳、温室气体等排放，化石能源燃烧以及过度排放，透支资源等诸多人类活动与"自然灾难"之间的关联。这便是"被忽略的真相"，反映出人类普遍认知上的重大缺失。

做一道证明题：技术改变世界

近年来，越来越多的企业进军新能源产业领域，汽车行业较为突出，在中国，感觉一夜之间，新能源汽车项目遍地开花。表面上一片繁荣，好像大家开始行动，环境改良也日见希望。

在进入汽车行业之前，比亚迪在电池行业已经做到全球数一数二，几乎触到"天花板"，也迫切地需要开拓新业务。当时企业选择很多，但我们希望进入一个门槛比较高的实业界，为社会做点实事。

2000 年，国家"鼓励轿车进入家庭"首次写进"十五"计划纲要，这是中共中央和全国人大以决议方式首次正式公布。说实话，搞电池出身的，当时并不了解汽车，但我们一算账，2002 年国内人口 12.8 亿人左右，中国 4 亿多个家庭，结合当时中国 GDP9 个点以上的稳定增速，轿车进入家庭是迟早的事，市场广阔。2002 年，中国轿车产量从 2001 年的 70 万增加到 110 万辆，增长 53%，呈现出井喷状态。然而我们对这种市场的"井喷"深感疑惑，也并不认为这种井喷能持续太长时间，因为汽车越多，意味着石油消耗越多，尾气排放越多，这里面包含着油从哪里来、尾气排到哪里去的核心问题。所以，从能源安全和环境思考，汽车发展到一定阶段，必然走向新能源，而电动化是最好的选择。虽然比亚迪不会造车，但核心动力（电池技术）却始终是我们的优势。2002 年，比亚迪成立专门的团队开始做动力电池。2003 年收购西安秦川汽车厂，真正进军汽车业，主攻新能源汽车，致力于推动汽车电动化、交通电动化。当然，当时满怀激情绘制的新蓝图，并没有太多人相信。

但是，比亚迪相信自己，因为方向是正确的。我想做一道证明题——技术可以改变世界。用电池技术加汽车技术，打造出电动车技术，把目前所有用油的点改为用电，把基于我们先进的电池、电控无污染技术的电动化进行到底：用太阳能发电，用储能电站把太阳能发的电和不用的市电存储起来，供电动车使用，供房子使用，最终缓解能源安全问题、环境恶化问题，把地球变得更蓝，来实现人类的绿色梦想。因此，比亚迪（BYD）的名字叫做"Build Your Dreams"，新能源汽车，是我们坚持的高贵的梦想。

2015 年，中国汽车保有量 1.6 亿辆，石油对外依存度高达 60%，其中 60% 的油用于汽车交通运输。我们计算过，如果每个家庭 1 辆轿车，到 4 亿辆轿车时，中国石油缺口将高达 2 亿吨，而尾气、二氧化碳、大量的温室气体排放亦将成为越来越多的雾霾、洪涝、风暴之源……交通电动化已迫在眉睫——这就是真相，我们认识到了，所以为之付出努力，更多的努力，这就是我所说的认知之后，我们选择对社会有益的态度。

为了 "每个妇女每个儿童"，在还来得及的时候

《难以忽视的真相》书中有这样一个故事：20 世纪 30 年代，一场风暴席卷了整个欧洲。40 年代，英国首相丘吉尔曾警告英国人民，说这样的风暴是一种不好的信号，提醒大家做好准备，很多人却并不在意。直至 1952 年，伦敦发生的毒雾事件：5 天时间，死亡 5000 人。这是 20 世纪十大环境公害事件之一。

伦敦的毒雾，正是我们今天许多人为之做噩梦的雾霾。2013 年 1 月，中国多达 25 个省市共约 6 亿人，陷入同一次大雾霾；同年数据，全国 27 个城市都出现了急诊人数的爆发性增长。2014 年，雾霾之祸剧增。而雾霾的来源几乎全部都和人类生产生活有关：60% 来自对化学能源的燃烧（燃煤和燃油），机动车尾气排放对雾霾的贡献占比高达 30% ~ 60%。在这些雾霾中，至少含有 15 种一级致癌物，其中包括世界上最强的致癌物。它们影响人的呼吸系统，造成肺癌；影响心血管系统、降低心脏供血能力；甚至引发心肌梗塞以及各种过早死亡。空气污染对人群的危害已经降临到我们的下一代。

2015 年 9 月，比亚迪受联合国邀请，参加了一个叫 "每个妇女每个儿童（Every Woman Every Child）" 全球战略会

议，出席的多数是各国的元首、政府官员，企业非常少，比亚迪是唯——个被邀请参加并发言的中国企业。在这个会上，我了解到：全球每90秒就有1名女性和16名5岁以下儿童，因医疗环境或者健康等问题得不到改善而死去。即使是医疗条件非常先进的美国，新生儿每1分钟就有8人在出生当天夭折；而全球每8名死亡案例中，就有1名死于空气污染，而空气污染对于孕妇及新生儿而言，造成的危害更大。

这就是真相！时至今日，当年容易被大家忽视的真相，现在已成切肤之痛。但是，从现在开始，只要全社会都认识起来，参与进来，行动起来，破除壁垒和障碍，我相信还来得及！

《难以忽视的真相》一书及同名电影在2006年已经轰动全球。而早在此书面世之前，戈尔还写过一本《濒危的地球》。我关注到深圳每年"读书月"期间，与环保主题相关的书的质与量都在攀升。在真诚阅读、切肤认知之后自上而下的环保行动，给了公众一个可期的未来——在还来得及的时候。■

《难以忽视的真相》

尹昌龙

Yin Changlong

《胡适文存》/ 胡适

从大学者梁实秋、钱锺书，到著名作家张爱玲，直到当代的李敖，都把《胡适文存》列为对自己影响最大的书。

尹昌龙，现任深圳出版发行集团党委书记、总经理，深圳读书月组委会办公室主任，深圳市阅读联合会会长，深圳市政协委员，罗湖区人大代表，深圳大学客座教授。曾任深圳市文化局特区文化研究中心主任，深圳市文体旅游局（新闻出版局）副局长。积极策划、组织、承办"深圳读书月"活动，先后担任读书月组委会副秘书长、常务秘书长，读书月组委会办公室主任等职务，打造了"深圳书城晚八点""深圳书城选书""深圳书城讲书会"等活动品牌。

作者：胡适
出版社：首都经济贸易大学出版社
出版时间：2013 年 3 月

胡适 《胡适文存》

本书是新文化运动的领军人物胡适最重要的著
作，是胡适思想的精华，在近代史上产生过广
泛的影响。从大学者梁实秋、钱钟书，到著名
作家张爱玲，直到当代的李敖，都把本书列为
对自己影响最大的书。1927 年散文家陈源推
选新文学的十部杰作，本书名列榜首。本书集
中体现了胡适先生的哲学思想、学术主张、文
学理论、白话文思考，以及新文化运动的探
索，可以说涵盖了其一生的成就。

一座城市的文化自觉

尹昌龙

我创造了一个"唯一":在我之前,北大中文系的文学博士没有一个到深圳来,在我之后也没有,可能我与深圳这座城市有非常奇特的关系。起初,深圳对我来说是个奇怪的"他者",一个没有文化的地方。20年后的现在,它是联合国教科文组织授予的"全球全民阅读典范城市",当中很重要的因素就是"深圳读书月"。在深圳,无人不知读书月,作为读书月的组织者之一,这令我心安。

市场大潮下,我选择了深圳

20世纪80年代末至90年代初,是个有点厌学的年代。市场大潮汹涌澎湃,连我读博的北京大学也开始搞市场经济。燕园本是用围墙围着的,为了面向中关村开发商业地产,南墙被推倒了。记得我的一位同学当时说:"北大向市场露出了讨好的小屁股。"

　　贾平凹的《废都》在我们那个年代特别有象征意义。男主角庄之蝶最后死在火车站。火车站在电影中是个奇特的场景。一个人往远方走是有梦想，回家是有归宿，如果他既没有远方的梦想，也没有回家的归宿，那他只有在火车站呆着。火车站表明了一个年代的尴尬，我觉得庄之蝶的死是那个年代的预言，表明知识分子当时的困境。

　　我那时也有一些迷惘，继续读博本是为了改变命运、过上更好的生活，但作为知识分子又有一定的理想主义情怀。毕业时，大家都关心工作问题。深圳文化局到北大要人，我问："深圳有什么条件，可以吸引我们？"当时深圳特区文化研究中心主任杨宏海说："有，深圳有房子分。""工资呢？""工资没法跟你说，但是肯定比北京高。"到物质生活丰富的地方去，这对当时的我非常有吸引力。

读书月，将文化狂欢留下

　　我是黄昏时分到了深圳的。

　　那是 1995 年 8 月份，天气不是特别热，刚下飞机，海风吹来格外凉快。说来奇怪，来深圳前，深圳对我来说只是个模糊的概念、遥远的地方，但一到此地，我对这里没有任何隔阂感，还带着那种年轻时出门远行的兴奋。

　　兴奋感退却之后，我就开始思念北京。深圳的生活和文化气息与北京差距太大，那时的我觉得老文化局院子旁的巴登街是全世界最混沌、最五花八门的街道。深圳是耗子和蟑螂密度最大的地方。雨后走在街上，耗子窜来窜去，一点也不怕人。卖耗子药的摊子旁，摊主成天播放一首叫《九月九的酒》的歌。这是一首感伤的歌曲，讲述异乡的年轻人过节时的思乡情结。但每天上百遍地播，思乡曲就变成了噪音。

我想念北大，想念北京。伏在那个白天是办公桌、晚上是饭桌的油腻腻的桌上给我的导师写信，对北京的思念如潮水般涌来。

后来，《深圳商报》办了一个叫《文化广场》的栏目，我才发觉深圳有一群真正把读书视为乐趣的人。我常给时任主编胡洪侠写稿，与王绍培等一帮人以文会友，聚在一起探讨深圳这座年轻城市的文化未来，那个场面颇有些挥斥方遒的意味。

但这些散居在深圳的文化人，只在某些时刻聚集在一起，这种存在还不够突出。因此，在罗湖这样商潮涌动的地方突然出现了一座深圳书城，一下子给我们带来很大的惊喜。当时有一个说法是"在风中亮出了自己的旗帜"，它是一个强烈的、符号化的存在，让你马上感受到深圳的文化气质。

1996 年 11 月，深圳书城开业暨第七届全国书市在深圳举办，创下了购书量最多、订数最大等 7 项全国纪录。人们突然发现，这个年轻城市蕴含着巨大的读书热情，全国书业界、出版界为之震撼，这在历史上是有标志性意义的。也是从这时起，深圳的文化人开始考虑，如何将全国书市引发的读书热情维持下来，留住一年一度的文化狂欢。大家在《文化广场》上发声，倡议创立读书节。

时任深圳市文化局副局长的王京生当时分管新闻出版处，就让新闻出版处的工作人员研究是否有在深圳办读书节的可能。正好有个政协委员叫刘楚材，好读书，两人商议，能否通过政协提案的方式设立读书节。1997 年，提案提出，石沉大海。第二年，刘楚材又提，还是未见回应。

等到了 2000 年，王京生当了文化局局长，让局里给市委宣传部打了份报告，说希望创办一个读书月。叫"月"不叫"节"，是因为"节"需要人大立法，程序复杂，且"节"只是数日狂欢，还是"月"好。同年 11 月，第一届"读书月"就这么办了起来，时任深圳市委副书记李统书、政协副主席周长瑚和老领导李灏、厉有为等都参加了读书月启动仪式。

筹备第一届读书月的时候，我在特区文化研究中心工作，参与了一些前期讨论，读书月开幕前后我正在梅州参加一场诗歌研讨会。局里打电话来说，领导要在读书月致辞，让我代拟个稿。

我一下从读书生发出千古浩叹来，在文稿末尾引用宋代大儒张载的"为天地立心，为生民立命，为往圣继绝学，为万世开太平"一句，希望通过读书接续民族的千年传统，完成历代士大夫的抱负。

李统书在读书月启动仪式上致辞，将这句话念了出来。他认可它，还打听致辞稿是谁写的。第一届读书月，我的贡献就在这：领导引用了这几句话。我后来觉得，这几句话有点写大了，一个小小的城市能有这么大的抱负吗？把千年传统都承载了。但现在想想，读书作为中华民族千年的人文传统，应该一开始就志存高远。所以办读书月是一种"高贵的

金庸

二月河

坚持"，因为读书是高尚的事业，长久的抱负。

名家汇聚，带动城市风雅

读书月刚办，我们需要不断扩大品牌影响力。但创办初期，连请名家都有些困难。我曾远赴外地邀请一位老学者，谁知对方一口回绝："谈文化，深圳有什么文化？"

但那些年头有个好处，讲座、论坛不如今日普及，大家名家也不如今日忙碌，他们虽不了解深圳读书月，却都挺能理解这个城市的读书热情。

从2001年第二届读书月开始，我们每年举办读书论坛。国学大师饶宗颐、中国工程院院士牛憨笨、中科院院士何祚庥、文化学者余秋雨、著名作家王蒙、武侠泰斗金庸等大师级人物轮番出现在历届读书论坛上。

2004年，我们邀请到金庸先生。先生长年居于香港。过去，在许多香港人眼中，深圳不过是个北上游玩、只有货车司机才会出入的地方。但先生在当年就非常看好深圳，觉得一个城市如果能够这么欣欣向学，就一定充满希望。深圳有一批金庸迷，论坛结束后，他们里三层外三层围住金庸先生的车子。一位女读者为了让他签名，趁先生车窗开着，嗖地一下就钻了进去，只能将她从车窗里拽出来。

已是深圳市委常委、宣传部部长的王京生设宴为金庸先生接风。席间，金庸先生偶然提及《孙子兵法》中的一句，没想到京生部长马上把上下文全背了出来。先生当时非常惊讶，当场痛快答应担任读书月"特别顾问"。

次年，我们至河南南阳邀请二月河先生。先生说身体不太好，要不就不去了。我们想了想，告诉他："金庸先生很关注你，你们俩做个对话可不可以？"他答复："如果金庸先生来，我一定来。"我们就跟金庸先生这么说："我们准备请二月河先生。"金庸先生回："如果二月河来，我一定来。"

这么一凑，两位高手就在深圳读书月进行了一场令人难忘的高水准对话。文坛"南北二侠"的深圳对话成为当年中国文化界的一个事件。正是这次会晤，深圳读书月读书论坛有了新的突破——"在历史的天空下"特别对话节目横空出世，这为每年的读书月带来了新的期待。

当然，并非所有名家的邀请都那么顺利。邀请龙应台时，由于工作失误，读书月活动筹备小组尚未获得她的最终确认，媒体便将她要来的消息公之于众，她有些不高兴。后来我们读书月组委会办公室的同志专门去拜见，以"应台"的谐音准备了一个"砚台"献上。她挺开心，也是有感于我们那份真诚，答应来开讲座。龙应台的口才特别好，早些年，她所著的《野火集》在海峡两岸引起巨大反响。她的文章剑拔弩张，但她说话又是非常优雅。讲座结束，大家对她所讲的内容感兴趣，对她这个人更感兴趣。现场有女生问她："怎么才能变得优雅、宠辱不惊呢？"在那个瞬间，我觉得文化把我们内心的东西打通了，是彼此沟通的最好桥梁。

我主持过许多读书月的活动，发现深圳的听众特别争气，他们常常提出许多充满挑战的、让人不太好回答的问题。2007 年，我们邀请于丹教授参加论坛，她特别能说，语言很抒情，也很流利。但听众问她："孔子博大精深，你这样讲是不是讲浅了？"曾有学者对于丹提出批评，认为《于丹〈论语〉心得》有把《论语》肤浅化倾向，但在深圳，很早的时候，读者就与她有过这样的对话。在这里，深圳的听众与名家之间有非常平等的交流。

第一等好事只是读书

关于读书月，大家常说一个笑话：首届读书月举办前夕，夜里风大，将"读书月"中"读"字的言字旁刮掉了，变成了"深圳卖书月"。这虽被大家当笑话调侃，但读书月与卖书人之间的关系，恰好暴露了读书月运作机制的秘密——企业承办给读书月带来巨大活力。

如果仅仅依靠读书的热忱，读书月可能不会坚持这么久。对企业而言，读书月办得好、人来得多、书卖得好，企业才有效益，因此，他们积极性高涨，会想方设法吸引读者。与此同时，他们与出版社有联系，出版社又与作者有联系，有利于打通我们与名家联系的重要渠道，并及时掌握图书信息。

　　读书月这些年能够坚持下来，媒体也很重要。我们把"年度十大好书评选""经典诗文朗诵会"等活动直接交由媒体承办。在这个过程中，媒体绝不仅仅是一个被动的记录者，而是如法国作家雷蒙·阿隆所言的"介入的旁观者"。它们的介入，使读书月被广而告之。且媒体人天生敏感，善于设置议题，让你去跟进，使读书成为公共事件。

　　从第一届读书月创办至今，有两个问题不断被问起。一是，读书是个人的私事，政府掺和什么？二是，难道每年只有 11 月读书么？其他时间也要读书，那其他时间是不是也应该办读书活动？

　　为什么个人读书需要政府倡导？因为这是一种好的风气。政府是做什么的？政府就是在市场失灵的时候发挥作用。我念书时，社会商潮涌动，厌学风气严重，不少人都不愿读书，觉得过于清贫寂寞。但如果一个社会这么急功近利，就会很浮躁、短视，所以政府要倡导读书的价值。

　　至于第二个问题，胡洪侠有个比喻，说读书月是文化闹钟，每年到了 11 月，闹钟响了，提醒你该读书了。京生部长有另一比喻，将我们平日的阅读比作钱塘江水，非常平缓，但每年大潮来临时，这些默默流淌的江水就会汇聚成巨大能量。读书月的重要意义在于，我们每年在这个月集中地释放读书的热情，把闹钟闹响，把潮水激荡，把读者吸引过来。

城市因热爱读书而受人尊重

2015 年"深圳读书月"要举办第 16 届了，历届举办的活动总数 4000 多项，15 年间直接和间接参与的人数总计有 1.06 亿人次。也许可以这么讲，前 5 届是培育期，第 5 届至第 15 届是成长期，经历过七年之痒，而每年的创新活动又使它常办常新，这正是中国的文化精神所在，它是常新的，是有蓬勃生命力的。现在，读书月慢慢步入了新常态：一切都有规矩可循，从内部运行机制、资源积累到品牌认知度，都越加成熟。

我从读书月第一届开始就与它分不开了，参与活动策划与组织，无论职位和工作如何变迁，从未与读书月脱离关系。一件巧合的事情是，从第 1 届到第 15 届，办读书月的都是这一帮人。他们一直在坚守，直到今天，一些核心成员还在策划组织活动。15 年过去，从某种程度而言，读书月变成了我们自己的事业与寄托，与其说是我们在策划、举办这个活动，不如说是我们与活动一起成长。

现在，读书月已经成了深圳这座城市重要的文化品牌，它的影响力深深扎根于此。"深圳十大观念"中有两条来自读书月，一条是"实现市民文化权利"，另一条是"让城市因热爱读书而受人尊重"，这十大观念影响了一代甚至几代深圳人。

我至今仍记得 20 世纪 90 年代刚到深圳时，最苦闷的就是常常找不到想找的书，满大街都是英语、炒股和计算机类书籍，人文类书籍极少见。如今，书城内书籍的品种与规模都已远超当年。一帮喜爱读书的人聚在一起，谈读书、谈哲学，读书俨然成为周末的休闲方式。可见读书这件事情对这个城市的性格影响很大。当然，即便没有读书月，生活也会继续往前走，但这座城市的风景是完全不同的。可以说，读书月培养了一个城市的读书自觉、文化自觉。

这一点对深圳至关重要。深圳无资源优势，且房价奇贵，深圳靠什么？就靠这么一批批热爱知识和有创意的人。他们是这座城市最宝贵的无形的文化资产，像个火车头推动着这座城市向前发展。

有句话我听了特别有成就感：每年快到 11 月的时候，连幼儿园的小朋友都知道读书月到了。这意味着，我们所做的事情被人记住了，被坚持下来了，有那么多人成功地分享了读书的快乐。我老家安徽的徽商们有言："几百年人家无非积善，第一等好事只是读书。"所以说，我们做的是好事。■

2015 年 9 月

傅　盛

Fu Sheng

《人类简史》/ 尤瓦尔·赫拉利

我们从哪里来？我们走过怎样的路？我们的归宿将在何方？

傅盛，企业家。2003 年加入 3721 公司。2005
年加入奇虎 360，带领团队打造了安全类软件
360 安全卫士。2008 年加入经纬中国任副总裁。
2009 年出任可牛影像 CEO 兼董事长。2010 年
出任金山网络 CEO。2014 年 3 月 25 日，金山
网络更名猎豹移动公司，傅盛出任猎豹移动公
司 CEO。2011 年，傅盛在"第七届 CEO 年会"
中荣膺"2011 IT 新锐人物奖"。

作者：[以色列] 尤瓦尔·赫拉利

出版社：中信出版社

译者：林俊宏

出版时间：2014 年 11 月

尤瓦尔·赫拉利 《人类简史》

本书通过 100 多幅图片演绎历史，图文并茂，相得益彰，给读者以读图时代的享受，在享受快乐阅读的同时思索人类自身。我们从哪里来？我们走过怎样的路？我们的归宿将在何方？

认知是人类前进的唯一武器

傅　盛

　　《人类简史》的作者是个名叫尤瓦尔·赫拉利的以色列年轻人。最近我一直在读。它的视角和结论，非常有趣。不像我们所熟知的国家史、年代史或人物史，有点偏哲学和思想层面。

　　作者认为，现存一切，都是人类利用文字虚构出来的现实。有像河流山川这样客观的现实，也有像神、国家、企业这种想象中的现实。

　　信用、法律、权利、公司，甚至包括国家，都是人类虚构出来的现实，即人们共同想象的一种认知。因为人们相信它们存在，它们才因此存在。

　　也因为人们有了这样的相信和认知，才使得大批互不相识的人有效合作。从而迅速完成几千万、几十亿人的群体协作，乃至今天超大规模的全球性连接。

　　简单说，我认为，《人类简史》就是一部人类认知的演化史。无论是最早的由八卦开启第一波认知革命，还是农业

尤瓦尔·赫拉利

革命以后，进一步产生了金钱、帝国、宗教，再到科学革命，本质上都是一种认知。

这种认知表现在人类社会发展史上，我总结为：一种新的认知，颠覆一种旧的认知；抑或是，两种认知，相互矛盾并存而行。

这里，我着重谈下读完这本书之后，我对"认知"的三个理解：

科学就是承认自己不知道

科学革命发展之前，人类认为自己什么都已经知道。黄金时代属于过去。如果听从老祖宗的智慧，或许还能再换回些美好时光。如果发挥人类社会的力量，你只能勉强改善一点点。

人类已经习惯从过去先贤那里寻找问题的答案。

先贤是谁呢？先贤是释迦牟尼、耶稣、穆罕默德，甚至是叫亚里士多德这样的人。他们解决不了的问题，我们怎么能解决？我们所有的医学发展，不如一本《黄帝内经》。我们要知道先贤是怎么样想的。先贤没有不知道的东西，所有问题他们都解决过。所以，我们只要按照他的方式去做好就够了。

1500 年之前，几乎全人类都在这么想。所以没有人真的投资在研发上，连火药的发明都是一场意外。其真相就是天天炼丹给皇帝吃，炼着炼着就爆炸了，火药发明了。

试想宋朝当年，以当时国力之强盛，搞个研发中心天天搞火药，没准大炮就被生产出来了。但，从来没有人想过把火药运用到战争。

原因就在于：人类不相信科技能够解决问题，不相信武器的进步可以带来巨大的收益。人类只相信，所有的答案都在过去。他们从意识上就切断了探索未知世界的动力源头。

比如说，郑和下西洋，为什么就没能给中国带来巨大的改变？

郑和七次下西洋，不但时间早于欧洲，规模也有过之而无不及。规模最大的一次，舰队将近 300 艘船，成员近 3 万人。而哥伦布仅仅带了 3 条小船，120 个水手。

虽然我们老说郑和下西洋，如果当时再往西走点，就能发现美洲大陆了。但即使郑和下西洋发现了美洲大陆，无非就是带几只羊驼回来。仅此而已。

他不会使当时的人类社会产生任何有意义的进步。就当时的科技状态，并不是说中国落后多少，而是这种不断希望探索和征服的野心、欲望，以及对未来的坚信程度，逊色了。

还有一个神奇的例子是阿兹特克帝国和印加帝国的灭亡。

阿兹特克和印加，两个帝国离得很近，但彼此并不知道对方的存在。然而，西班牙人是知道的。所以，西班牙灭了阿兹特克帝国后，并未停下征服和探索的脚步。它不但发现了邻国印加帝国，还在不久之后把它也灭了。

如果当时印加人对于周遭的世界多一点好奇，知道自己的邻居，知道西班牙人把自己邻居怎么了，就有可能更积极地抵御入侵。

但这样巨大的帝国却认为他们知道了一切。他们不需要知道，也不想知道，不愿意知道。以致大敌来临时，他们完全不知该如何反应，连这些穿着奇怪的人是什么都无法确定。

这不就是一种无知吗？

而西班牙人不同。他们有过去征服入侵他国的经验，知道如何去应付未知情况。这些征服者如同当时的科学家一样充满了兴奋，他们一上去就知道怎么做。几个月，几百个人，就让这个帝国灭亡了。

这并不是说欧洲人有什么独特基因，核心点都在于他们有的一种共同心态：承认无知。他们都会说"我不知道那里有什么"。于是，他们都觉得有走出去、寻找新发现的必要。而且，"他们都希望这样取得的新知识，能够让他们成为世界的主人"。

其实，我们认为的殖民者，这些邪恶的殖民者，行为背后都有着对未知世界的探索。如果说，此前所有的入侵者，都是以掠夺为目标，那么此后，各种以科学勘测为目标的探索，又反过来使得整个人类社会大踏步往前走。

这样的科学探索带来了什么？改变了什么？建立了什么认知呢？就是相信技术，相信科技，相信自己不知道。

这是突破了以前人类思维障碍的。

所以，只有全球人民都建立起这种认知——相信科技，相信未来更美好，我们整个现代经济体系、现代科研才有可能构建在这种认知之上。

正是因为这样的认知，我们才有可能花未来的钱，才会有真正的银行，才会有风险投资，才使得创业者大批涌现。

科学就是承认"知"比"行"更重要

以前我们一直强调"知易行难"，但事实上是"知难行易"。"知行合一"是很难的。但是，如果你解决好了"知"，就能极大程度地解决好"行"的问题。

过去，我们强调实干和勤奋，但今天你会发现，本质上，认知才是最大的壁垒。不单是自己的壁垒，也是别人的壁垒，当然也是我们最大的武器。

鸦片战争以后，中国人花了100年，可能才真正理解西方社会，或者还没有真正理解西方社会怎么运行，整个科技体系怎么运行。如果你都没有真正理解，何谈借鉴和超越呢？只有真正理解，才有机会迎头赶上。

从这个意义上讲，"知"比"行"要重要得多。

如果我们不去相信这一点，不去理解这一点，就会把这两者弄颠倒。这本书也是激发了我对"知行"的一次思考。我们应该花更多时间去思考，真正让自己认知事物的本质。

再比如说，马克思从没接触过一个士兵，就写了一本资本论和共产主义，极大改变了全球的面貌。这就是认知的力量。

比如Uber。因为他们相信共享这件事，才能在没有一辆汽车的情况下，改变了全球出租车产业。互联网也是在没有任何壁垒的情况下，因为认知的不同，改变了全行业。

比如猎豹国际化。不就是因为有了移动让世界变平的认知，相信了全球化是很大的浪潮，才有了今天的一点成绩吗？

在我不是很懂英语、整个团队没有任何海外经历的情况下，我们敢于开展国际化，不就是因为我在美国看到了日本汽车、韩国电视、Google Play，以及由此看到的中国公司在移动工具上的赶超机会吗？

真的是你的执行力很强，你的公司没有任何问题吗？不是的。而是你比别人更早地想清楚了全球化这么一件事，然后在这个方向上全力以赴。

这不是拍脑袋，而是知先于行。

互联网真正的革命在于极大缩短大家统一认知的时间

印刷时代，可能一本书在全球传播要几百年，而进入电子、报纸、电视时代，可能只需要几年时间。移动互联网时代，让全球人的认知开始变得统一，变成了一个全球智人大脑的头脑风暴。我们的认知迅速统一并且迅速向前。

我认为，人类社会通过 20 年的互联网革命，进一步解决了认知问题。可能下一步生产力大爆发必然会到来。我可以毫不犹豫地驳斥一位教授的话——没有蒸汽机思维，为什么就不能有互联网思维呢？

蒸汽机的出现，使得资本主义开始加大对科技和生产的投入。它改变的不是动力问题，而是人类的思维以及对科技的认知。当然有蒸汽机思维，只是没这个词。

有了蒸汽机后，你才可能相信贸易，相信有限责任公司，相信投资可以挣到很多钱等。这也是互联网革命统一整个人类认知之后，带来的巨大机会。千万不要被那些"没有传统行业，互联网就什么都不是"这样的言论所左右。

回到这本书。

我认为，本质上它都在讲认知革命的不断升级：第一个认知革命是 150 人协作；第二个是农业革命之后带来的金钱、帝国和宗教，三者都是一种认知；第三个是科学革命，这更是一场永无休止的认知。承认和发现自己的无知，再不断探索和建立对世界的新的认知。

认知才是人类前进的唯一武器。这是我唯一想说的。■

肆

Part 4

（摄影：吴忠平）

邓一光

Deng Yiguang

《物种起源》/ 达尔文

本书是进化论奠基人达尔文的第一部巨著，他使用自己在环球科学考察中积累的资料，试图证明物种的演化是通过自然选择（天择）和人工选择（人择）的方式实现的。

邓一光，作家，现居深圳。现为武汉文联专业作家，湖北省作家协会副主席、武汉市文联副主席、武汉市文学院院长。20 世纪 80 年代开始文学创作，主要从事小说的写作。著有长篇小说 7 部，中篇小说 30 余部，短篇小说 30 余部；电视剧剧本 3 部。出版有《邓一光文集》（四卷本），各类文学专著 20 余部。作品多次被选载、译介到海外。

作者：[英]达尔文
出版社：陕西师范大学出版社
译者：赵娜
出版时间：2010 年 7 月

达尔文 《物种起源》

本书是达尔文论述生物进化的重要著作，它第一次把生物学建立在完全科学的基础上，确定了物种的变异性和承续性，以全新的生物进化思想推翻了"神创论"和"物种不变论"。全书分为十五编。

魔鬼的圣经

邓一光

我阅读不大理性，通常抓住什么读什么，也不在意作者是谁，书是否有指导意义，只要有趣，就会一气看完，无趣的书，管别人说得天花乱坠，作者名气大到天上，床角一掷，去他腿的。

说到有趣的书，我觉得《一个自然科学家在贝格尔舰上的环球旅行记》算一部。它最早叫《贝格尔号皇家军舰在舰长菲兹罗伊率领之下的环球航行期间所访问的各国自然史和地质学考察日记》，作者是英国人达尔文。长书名在图书史上不稀奇，几十个字上百个字书名的大有所在，据说一位印度作者写了一本演员丹尼尔·拉德克里夫的传记，书名由 1022 个单词 4805 个字母组成，光看书名，就得泡上一杯茶坐下耐心地看。

达尔文和亚伯拉罕·林肯在同一天出生。那两年出生的还有雨果、费尔巴哈、布朗基、马志尼、加里波第、果戈理和蒲鲁东。那个时代牛人井喷似的往外冒，活跃着别林斯基、路易·勃朗、狄更斯、赫尔岑、巴枯宁、马克思、魏德迈、恩格斯、裴多菲、赫胥黎、车尔尼雪夫斯基、易卜生、列夫·托尔斯泰、门捷列夫、马克·吐温、维多利亚、柴可夫斯基、左拉、尼采、爱迪生、巴甫洛夫、莫泊桑、拿破仑、马蒂、考茨基、米丘林、普列汉诺夫、萧伯纳、契诃夫等人，只需看看名单上的这些人，你就会感叹自己错过了一个难得的盛大 party。

达尔文少小并无过人天资，要说与其他同龄人有什么不同，就是喜欢摆弄昆虫和植物，因此身上总是带着一股怪味，被人戏谑为"气体"。达尔文读书时成绩平平，老师认为他的智力在普通人之下。为此，他深受打击，从爱丁堡大学医学院辍学，让名医世家出身的父亲勃然大怒，斥责他"不务正业，游手好闲，日后会丢家族的脸"。事实上，自从母亲苏珊娜去世后，父亲就并不怎么喜欢达尔文，达尔文的初恋女友也因为他的某些怪癖抛弃了他。

命运的改变出现在达尔文 22 岁那一年。那一年，他从剑桥大学神学院毕业，因为不想当神父，和父亲产生了矛盾，正是在这个时候，命运向他伸出了橄榄枝。为控制刚刚脱离西班牙属地的阿根廷等国的贸易，扩张海上商路，英国政府派出皇家海军"贝格尔号"等数艘间谍船前往南美洲进行勘察，由于这件事情的政治目的过于强烈，所以政府对外宣称是"一次科学考察"。"贝格尔号"的舰长是 27 岁的罗伯特·菲兹·罗伊，出身贵族家族，创建了海洋气象统计预报学。他此行的任务是检测最新制造的导航用精密时钟，并且绘制南美洲东西海岸海陆图。在漫长而危险的海上生活中，水手发疯的事情经常发生，菲兹·罗伊打算聘用一位旅行中的聊天者，经老师约翰·史蒂文斯·亨斯洛的举荐，达尔文顶替另一位人选拿到了上船的文件，匆匆收拾了两件波莱罗式亚麻短衫，带着几箱玻璃器皿逃上了"贝格尔号"。这一逃，不但使他逃出了父亲不满的批评，也使他从一个正统的基督徒变成了一个无神论者。

"贝格尔号"于 1831 年 12 月 27 日从普里茅斯港启航，前往南美洲东西海岸的巴西、阿根廷等地考察，然后进入大洋洲继续考察，继而越过印度洋到达南非，最后绕过好望角返回英格兰。达尔文在"贝格尔号"上不是重要角色，甚至不是额定乘员，他的身份只是舰长菲兹·罗伊的陪聊，兼任非正式的博物学者，这一角色通常由船上的医生担任。沮丧的达尔文给家人写信抱怨，"我的主要工作是登上这条船，尽可能表现得像一名水手。不过，还没有证据证明我被男人、女人或者孩子接受"。这个处境相当尴尬，让他无地自容，他的外祖父韦奇伍德曾经提出过英国废奴运动中最著名的口号——"难道我不是你的人类兄弟吗？"现在他却不得不和一名不怎么待见他的下级军官，以及一根潮湿的桅杆同住一间不到 10 平方米的船舱。

在整个航行中，达尔文都严重晕船，像一只毫无出息的钱鼠，呕吐一直伴随他到 5 年后"贝格尔号"返回英格兰。但达尔文并不是一点收获也没有。很快，他不再满足于陪着脾气暴躁的舰长鞭笞失职的水手、帮助绘图员辨认地质构造、为插画师辨认动物和植物样本，以及协助测量师检查时钟。在佛得角群岛的圣杰戈浅海中，他实施了他的第一次工作，把一条在黑暗中发光的章鱼装进罐子里，这意味着一场最终令世界发生倾斜的事件发生了。当天晚上他在日记里宣布："南美洲的甲虫要倒霉了。"

达尔文有 5 年的生日是在海上度过的，25 岁那一年，作为每天早晨陪舰长喝咖啡、绅士般地谈论迈克尔·法拉第刚刚发现的电磁感应的奖赏，菲兹·罗伊送给达尔文一份牛哄哄的礼物——用他的名字来命名火地岛海拔 2488 米的主峰。这并非达尔文得到的唯一礼物，接下来，在南极洲、塔斯马尼亚岛和加利福尼亚州，达尔文拥有了好几座以其冠名的山峰，更重要的是，他开始大量采集植物、动物和地质标本，并且源源不断地托过往船只把这些标本转送回英国。

达尔文

人类有过无数次改变自我和世界的旅行，达尔文的环球旅行足以与 138 年后由美国人尼尔·阿姆斯特朗和巴兹·奥尔德林的登月之旅媲美。只不过，后者面对的是满目荒凉的火山坑和静海，以及死一般寂寥的外层空间，而达尔文却像一只高度进化的猴子——按照他日后的推演——在变化万千的大自然中一边呕吐一边快乐地打滚。在智利的奥索尔诺山，他遭遇了地震、火山爆发和海啸。"震动让我眼花缭乱"，他心惊胆战地记录下那个场面。有关这一类记载，在《一个自然科学家在贝格尔舰上的环球旅行记》中比比皆是。

众多与"贝格尔号"有关的著作，证明了达尔文在博物勘探、标本采集和研究中是一个地地道道的实证主义者，而且，比起其他以正统法国菜和俄国菜为食谱的学者，他的实证勇气令人瞩目。根据达尔文自己的描绘，他是一个超级吃货，在剑桥大学时期他就是"美食俱乐部"的成员，和同好们一起吃过鹰肉、麻鸦肉和猫头鹰，而1831年的那次旅行直接把他送进了吃货的天堂。在长达5年的环球考察中，他大吃特吃，美洲狮、鬣蜥、巨龟、犰狳和刺豚鼠，无一不入他的食谱。据他自己说，美洲狮的味道像小牛肉，刺豚鼠肉则是最美味的大型啮齿动物肉。听上去，这份菜单怎么都会让人起鸡皮疙瘩。达尔文作为吃货最著名的例子是在巴塔哥尼亚，当他发现自己吃的一只大鸟正是自己四处寻找的美洲鸵鸟时，急忙停下咀嚼，把剩下的一半烤熟的鸟肉打包带回英格兰。从那以后，伦敦动物学会才有机会宣布一种新物种的发现，它被命名为 Rhea Darwinii。

我从来没有对达尔文的菜单表示过羡慕。我感到纳闷的是，在谈到自己反感学医的理由时，达尔文抱怨解剖尸体是一场噩梦，截肢手术非常恐怖。可当他大量制作血淋淋的动物标本，并且把那些面目怪异的家伙煮进铜锅，然后再塞进嘴里的时候，反感却转化为压抑不住的快乐。难道说，这是进化论的本能投射？

在历时5年的考察中，年轻的达尔文并非只是一个吃货。他在日记中记录下自己的博物考察经历和研究、所经之地的新奇事物、土著人的生活和风俗，以及对奴隶制度的见解，并于考察结束3年后，出版了《一个自然科学家在贝格尔舰上的环球旅行记》。书中关于猛犸牙齿、萤火虫、群岛、山脉、奴隶和牛仔的生动描述，让人们感到十分新奇。在这部书中，达尔文还没有提出以自然选择为基础的进化学说，但生命的全部奥秘都能用自然法则来解释这一主张已经初见端倪。他试图印证物种不是被独立创造出来的，而是自然选择的产物。变异和环境，即生活条件的选择决定了事物的进化，这一机制正是生物多样性的来源。

1839 年以后的时间，达尔文靠着父亲老达尔文提供的家族股份和 400 英镑津贴，躲在施鲁斯伯里乡下的芒特宅家中继续写作，并且连续出版了《贝格尔号地质学》《贝格尔号动物学》《动物和植物在家养下的变异》《人和动物的表情》《人类的由来》《人类起源及性的选择》等著作。然后，时间到了 1859 年，他出版了《物种起源》。他把自己的实证经验变成了认知体系，宣告进化论思想和自然选择理论基本形成，而这一学说和细胞学说、能量守恒和转化定律，被认为是 19 世纪自然科学的三大发现。

我是在上初中的时候读到《一个自然科学家在贝格尔舰上的环球旅行记》的。书中有一幅作者的炭条画，表明他是一位相貌清秀的青年，有着高高的发际线和近似女性的嘴唇，以及一双与其说深邃，莫如说深情的眼睛。在以后读到的另一些著作中，他变成了一位留着雪白胡须满脸严肃的老男人，并且因为替换狄更斯被印上十元英镑纸币而给雕版工带来无尽的麻烦。不过那个时候，我已经不再对他和他的进化论有强烈兴趣了。

《一个自然科学家在贝格尔舰上的环球旅行记》

我成长的年代是中国大陆泛神论汹涌的年代，那是一个缺乏宗教信仰的年代。在那个年代，别说忤逆，连自我主宰的本体都不存在。而在《一个自然科学家在贝格尔舰上的环球旅行记》中，我不得不面对变化莫测的世界，接受这样一个观点：生物和事物的发展并没有一个绝对的中心，大自然是在变异中完成了现在的样子，生物与环境在变异中确立彼此的关系，由此变异不止，进化不息。它的规律建立在一切皆有可能上，未知大于已知上。

对达尔文主义和由此引出的旷日持久的争论，我是后来才有所涉猎，但达尔文的实证经验至少给了少年时代的我两种启示，一是假定的多种形式，一是用事物细节的发生和发展来佐证一切假定。这样的阅读，对我无疑是一次巨大冲击。正如斯蒂芬·杰·古尔德所说，没有哪一种观点比认为心灵只不过是大脑的产物更能动摇人类思想中最深刻的传统，我早期成长史中那些不甚结实的生命观，或者说对既定真理的盲从认知，在读过《一个自然科学家在贝格尔舰上的环球旅行记》后，顷刻之间坍塌了。

我读到《物种起源》时已经进入青年，我曾有过一个愿望，希望自己生活在 19 世纪，能够目睹《物种起源》带给世界的巨大冲击。我猜那个年代曾经因为有达尔文和进化论的存在产生过巨大的恐慌。那种恐慌绝非人们所说，仅仅是进化论将人类野兽化，"辱及门楣"（达尔文语），使人类对自己的存在感到羞耻和无地自容。

生物是进化的产物，这个现象并非达尔文最早发现和提出，万物相互转化和演变的自然观也不是达尔文创建。早在战国时期，中国的先哲就把自然界还原为天、地、雷、风、水、火、山、泽 8 种基本现象，用"阴阳"和"八卦"来解释物质世界复杂变化的规律。发明了日晷和世界地图的古希腊人阿那克西曼德认为，生命是从海底淤泥中产生的，原始水生生物经过蜕变生成了陆地生物，在他的"阿派朗"论说中，进化论已经初具胚芽。15 世纪后半叶，文艺复兴促使近代自然科学形成和发展，到了 18 世纪，法国的布丰具体提出了生物进化的过程。他认为生物因为生存条件的改变，尤其是经过人类的驯养和栽培而发生改变。18 世纪下半叶，康德的天体学说击碎了不变论的第一道豁口，转变论的自然观开始在自然科学领域中逐渐形成。达尔文出生的那一年，法国人拉马克出版了他的《动物学的哲学》，详细阐述了生物转变论的观点，说明生物的变异现象。罗蒙诺索夫、卡维兹聂夫、赫尔岑、郭良尼诺夫、路里那等人也纷纷著书立说，支持和宣扬进化论。值得一提的是，在长达 5 年孤独和寂寞的环球航行中，达尔文读得最多的，是英国律师查尔斯·赖尔写的《地质学原理》。正是这本书改变了达尔文对外部世界的审视方式，学会了在现实中检验自然的方法，在接下来的 5 年环球考察中，他一直在用赖尔的实证方式对大自然进行观察和研究，最终提出了进化理论。

　　实际上，即使在家族中，达尔文也并非先知。他的祖父伊拉兹马斯·达尔文就是一名进化论的主张者。只是因为碍于家族的面子，以及受独自抚养两个孩子所困，这位英国历史上重要的废奴运动领袖和著名的诗人才没有走上离经叛道的反神创论之路。但毫无疑问，达尔文是进化论的集大成者。他攀上众多前人的肩膀，总结和发展了进化学说，建立

《物种起源》

起全新的生物学理论，完成了体系与理论的超越。

19世纪的显著特点，是工业革命促动了自然科学的高速发展，影响到各学科的重塑，大量新的学科门类纷纷诞生。但实际上，直到19世纪中叶，神创论和不变论仍然是哲学和科学领域占统治地位的观点。《物种起源》出版之初，进化论遭到一些主流科学家、艺术家、哲学家和神学家的严厉声讨和谴责，他们认为进化论使道德失去了意义，使美德失去了解释，人类的神圣感与尊严受到了前所未有的挑战。牛顿和林奈等人用科学规律加以表述，证明地球是由第一推动力运转起来，以后就永远不变地运动下去，生物原来是这样，现在和将来也是这样。在著名的牛津论战中，韦伯弗思主教甚至刻薄地对进化论最重量级的辩护士赫胥黎说出了这样一段话："要是有什么人乐意在追溯自己的血统时，把某一只猿猴作为自己的祖父，那么，他是否乐意在追溯自己的血统时，在他的祖母方面也考虑同样的事情呢？"进化论的对立面中，不乏伟大的科学家和重要的学者。他们认为，无论是生物学还是古生物化石学，都不能提供证据来支持达尔文关于"一切动植物都是从某一个原始祖型传下来的"这一观点，进化论从基础上缺乏事实依据。而达尔文派的诸如赫胥黎、辛普森、迈尔等人并非真理在手，所向披靡。他们的确没有找到经得起检验的进化论证据，经常陷入自相矛盾的认知解释中。反而是20世纪到来以后，社会主义国家普遍对达尔文主义报以强烈好感，并且由此产生了米丘林学说等重要理论。

没有资料显示达尔文是否预料到了进化论对人类的彻底羞辱所导致的巨大震动。但我相信，有两位反对者的出现让他非常难过。在牛津论战中，"贝格尔号"舰长菲兹·罗伊高举一本书冲进会场，愤怒地指责达尔文背叛了上帝和自己，他手中的那本书并非《物种起源》，而是《圣经》。达尔文的老师塞吉维克也加入了对进化论的批评，他指责自己的学生在殚精竭虑地破坏生物科学建立起的物质与道理的联系体系，其结果"会使人类野兽化，会使人类陷入一种更低级的退化状态，比人类有成文记录向我们报告历史以来人类所曾陷入的任何状态都更低的状态"。实际上，达尔文本人的立场也令人费解。《物种起源》出版后，他在进化论与神创论、设计论之间时有摇摆。"无论如何，我也不愿将这个美妙的宇宙，尤其是我们人类的本性，甚而将万事万物都视为野蛮的非理性力量的产物"。他说，"假如我一直给予充分信任的人类意识，竟然是从最低等动物的知觉发展而来的，那么当这种意识得出辉煌的结论时，我们还能对它予以信赖吗？"

进化论遭到的质疑和攻击猛烈而持久，20 世纪以后，随着现代遗传学、全息生物学和生物化学的建立，对进化论的全面质疑不是小了，而是更大，化石学不断的新发现，甚至从根本上动摇了进化论的存在——布尔吉斯页岩化石群、埃迪卡拉化石群、澄江帽天山化石群的发现，都证明了"寒武纪生命大爆炸"中地球生命存在形式从单样性到多样性的突然飞跃。有趣的是，将"寒武纪"观点引进地质文献的也是一位英国人。伦敦地质学会主席 A·塞奇威克，他提出"寒武纪"概念的那一年，正是达尔文在太平洋浅海的礁群中气喘吁吁往船上搬运珊瑚虫骨骼标本的时候。

常见世人把进化论归纳为优胜劣汰、弱肉强食、适者生存之道，这显得十分幼稚，事实上，"适者生存"的观点不是达尔文提出的，而是进化论先驱赫伯特·斯宾塞提出的，只是，达尔文在《物种起源》的第五部分引用了它。达氏的名句是"自然之中没有飞跃"。他的另一句话也相当有名，他曾经自嘲说，进化论是"魔鬼的圣经"。若干年后，我在读保罗·卡鲁斯的《魔鬼史》时想起他的话，不由会心一笑。人类到底经历了怎样的发生和发展史，现有的一切科学解释都无法给出令人完全信服的答案，人类并未走出对自身认知的迷津。也许有一天，人们会发现，进化论不过是人类历史上一次了不起的假定学说，但这丝毫不会削弱我对《一个自然科学家在贝格尔舰上的环球旅行记》有趣的看法——卡鲁斯说得意味深长，魔鬼是统一体的对立面，没有这个对立面，不要说环境的构成，就连我们的生命都是可疑的。

1836年10月2日，"贝格尔号"回到英国，在送走最后一批标本之后，达尔文疲惫不堪地走下船，乘坐一辆双轮敞篷马车回到施鲁斯伯里镇，此时天色已晚，他不想家人把他当成游魂，在乡村旅馆里合衣睡了一夜。第二天早晨，当推开家门时，老达尔文吃惊地问身边的女儿们，"他的脑袋怎么了，怎么变得那么大？"达尔文紧张极了，站在那儿半天没有说出话。从那以后，他再也没有踏上任何一条船的甲板，甚至没有离开过英格兰，在那栋坐落在塞文河畔悬崖峭壁上著名的红色房子中，这位曾经不被家人和老师看好的"气味"小子开始了震惊人类的革命。

至于"贝格尔号"，它似乎是一艘不祥之船。它的首任舰长在首航途中精神失控，"这个人的灵魂死了"，他在航海日志中这样写道，然后饮弹自尽。次任舰长菲兹·罗伊好歹完成了测量精密时钟和绘制海图的使命，并且因为雇用了"魔鬼圣经"的作者而获得了英国皇家地理学会颁发的奖章，但他没有熬到《圣经》战胜《物种起源》的那一天，最终因为精神错乱而切喉自杀。

在结束环球航行后不久，"贝格尔号"被移交给海关，作为监视船，用于在艾塞克斯斯海岸察缉走私船只。1870年，它被卖给一名废品商，从此下落不明。

　　正如人类的任何一次思想史的发端都不是结局，"贝格尔"的消失也不是结局。在它消失 131 年后，英国人再次派出了以它的名字命名的"贝尔格 2 号"。不同的是，继任者不是一艘老式的双桅帆船，而是一架太空探测器，目的地也不是南美洲，而是外太空。"贝尔格 2 号"向地球传回的第一个信号是 Blur 乐队特别为它的太空航行谱写的音乐。那支受到英格兰人狂热追捧的摇滚乐队希望它像它的前任那样幸运，能够在火星上寻找到生命迹象。Blur 乐队没有想到，"贝尔格 2 号"升空后的第 6 天却离奇地失踪了，直到 12 年后的 2015 年 1 月 16 日，英国航天局才宣布，失联 12 年的"贝尔格 2 号"找到了，它安静地待在火星表面，看上去，它不打算再回到地球上了。■

2016 年 2 月 2 日

贝格尔号军舰

（摄影：吴忠平）

刘申宁

Liu Shenning

《孙子兵法》/ 孙武

是中国现存最早的兵书，也是世界上最早的军事著作，被誉为"兵学圣典"。

刘申宁，中共深圳市委党校原副校长，香港凤凰卫视时事评论员。多年从事中国军事思想史、中国近代史研究，在中国近代史史料学、版本目录学、古器物学等方面有一定造诣。曾多次应邀赴台湾"中央研究院"、香港科技大学、中央党校、国内部分高校讲学。

作者：[春秋]孙武
出版社：中华书局
校注：陈曦
出版时间：2011年9月

孙武 《孙子兵法》

《孙子兵法》又称《孙武兵法》《吴孙子兵法》
《孙子兵书》《孙武兵书》等，是中国现存最早
的兵书，也是世界上最早的军事著作，被誉为
"兵学圣典"。处处表现了道家与兵家的哲学。
共有6000字左右，一共13篇。

我如何读《孙子兵法》

刘申宁

按照古人的讲法，"经典"就是指十三经，甚至就是指四书五经。按照今天的讲法，"经典"就是从中国传统文化中找出几个最有代表性的原本。

我同意李零的看法，《论语》《老子》《孙子兵法》《易经》四本书是基本的经典，反映了那个时代的文化，而且是两千多年前中国人的理念和认识，它们贯穿在中国人的血液之中，成为影响人们是非判断的基准点，是类似于源头的文化基因。从这个角度，重归经典，有利于重新认识我们民族的文化。当然，中国文化体系庞大，过去古人排出"十三经"，还有《国语》《左传》《公羊传》《谷梁传》《春秋》《尚书》《诗经》等，但最能代表中国传统文化的，这四本书绕不过去。

在此基础上，你可以多读一点。传统经典之中，有些是叙事的，如《左传》，讲历史，没有多少理念的东西，你可以不去读。并不是说这些书不重要，而是希望人们读经典，能从一些比较浅显的，又有思想性的、代表性的先秦典籍入手。

我认为，这四本书是一个"起码"的标准，是源头，是基础。尽管这四本书都集中在思想方面，但如果把文学和历史都纳入"经典"范围，用这么大范围去要求普通人，你不觉得标准提高了吗？

一、《论语》是理想国，《孙子兵法》就是方法论——"孙子兵法的可贵之处，就在于这是一个聪明绝顶的人"

《孙子兵法》是一部兵书，但不是一般的兵书，而是有战略高度、带哲学色彩、侧重于运用之妙的兵书，在兵书中地位最高，是经典中的经典。《四库全书总目》说，它是"百代谈兵之祖"，一点不错。

《孙子兵法》还是一部讲智慧、讲生存哲学的书。它告诉我们，什么叫智慧，一个人考虑问题的聪明程度能穷尽到哪一步。1984 年，李泽厚先生写了篇文章，叫《孙老韩合说》。他说，从孙子到老子到韩非子，"由兵家到道家到法家再到道法家，是一根很有意思的思想线索"。中国思想，从《孙子兵法》的军事辩证法发展为《老子》的哲学思想，从《老子》的哲学思想发展为《韩非子》的帝王术，最后到《韩非子》，才"益人神智"。在他看来，中国智慧是孙子的遗产。

《论语》主要是解决"内圣外亡"，修身齐家治国平天下，是一个不断内省的过程，当整个社会都被培养成圣人，孔子大同社会的理念也就实现了。这实际上是古人的理想国，他们用自己聪慧的大脑勾画了这么一个理想国，提出了人类社会的各种理念、规则。

孙武

《孙子兵法》不是这样，它是方法论。孙子拿战争来说事儿，正面打不行就迂回，直接较量损失太大，就保持一个猛虎在山之势，兵不血刃，"不战而屈人之兵"。这是方法，如今全球保持核威慑力量的核战略，实际上都源于《孙子兵法》，"攻心为上，攻城为下"。事实上，《孙子兵法》是借战争的"壳"，阐述了一系列考虑问题、处理实际问题的办法。

孔子、老子，多半讲的是目的，虽然偶尔也讲讲"方法"，但都是为了托出信仰和原则，比如《道德经》说"治大国若烹小鲜"，"方法"究竟是什么，他不讲，只有孙子告诉你方法，这很重要。所以，《孙子兵法》的"方法"如今已为社会各阶层所应用，商场如战场，政界如战场，情场如战场……孙子的可贵之处，就在于这是一个聪明绝顶的人，他把打仗这件事琢磨透了。他既是大军事家，也是大思想家，更是辩证法大家。可惜，在他所生活的年代，在吴国做军师的吴孙子，却因时代和各种现实条件所限，始终未能用自己掌握的这些"方法"成就一番大业。

二、"全胜"思想和"势"的理论最珍贵——"把它当作一部和平宪章，或传授阴谋诡计的书，那就错了"

《孙子兵法》有两个思想很珍贵。一是"全胜"思想。他认为，彻底征服对方既包括军事的征服，经济的征服，也包括心理的征服；"全胜"不是某一个战术阶段的胜利，而是战略意义上的胜利。怎样实现"全胜"？《孙子兵法》说，不要打，就要制服对方，这实际上是以实力为基础的威慑战略。现在全世界都在研究《孙子兵法》的"全胜"战略，它已经很大程度用在了商业经营上，成为许多跨国公司的经济战略，从统筹角度可持续地考虑问题。

二是"势"的理论。《孙子兵法》里多处提到"势"的运用，其实"势"是一种模糊、无形的东西。风大的时候有风势，水多的时候就有水势，历史发展的车轮推动着时代的趋势，人多的时候就有气势，声音很大的时候就有声势，火烧得越来越旺的时候就有火势。"势"的力量很大，无法阻挡。石头放在山顶上有势，放得越高，势能就越大。而人们借用势的方法大致有"借势""蓄势""造势"三种。"势"的理论，是古人对事物内在形成的巨大规律性的朦胧认识。

这是一个速朽的时代，大家都图快，生吞活剥，囫囵吞枣，你摘我抄，对于经典、文本、原著，基本上也是不求甚解，这种浮躁的状况在学界已经存在很久。我连续参加了四届孙子兵法国际研讨会，研讨会上老面孔不多，新面孔不少。这些年来，地方院校的许多学者加入研究《孙子兵法》的行列，对《孙子兵法》的解读却越来越偏。比如就有人说，《孙子兵法》是中国最伟大的一部和平宪章，还有人把"三十六计"这样的糟粕都当作《孙子兵法》了。

历史上，《孙子兵法》的读者主要是军人。现在的读者，圈子比以前大，军人以外的读者，数量激增。现在虽然不打仗了，但他们比军人还爱用《孙子兵法》。《孙子兵法》普及了，大家都来读，这当然是好事，但糟糕的是，它被滥用。大家放着原典不读，光讲实用。大家都是带着问题学，急用先学，活学活用，立竿见影。商场如战场，这是大家挂在嘴边的话。用《孙子兵法》做买卖、管员工，现下很是时髦。1984 年，李世俊、杨先举、覃家瑞合编了一本书，《〈孙子兵法〉与企业管理》，广西人民出版社出版。据说，用《孙子兵法》讲企业管理，这在中国是第一部。但在日本，这类学问早有，20 世纪 50 年代就有了。但如果我们把《孙子兵法》当作一部和平宪章，或传授阴谋诡计的书，那就错了。

三、怎么读？还是要从原典入手——"第三遍阅读可能会进入一个比较困难的境界"

现在市面上关于《孙子兵法》的书太多了，导读、注释、译文，各种版本都能找到。我建议，能读懂原典的人，读原典最好；读不懂原典的人，从读译文来入手也可以，要求不必太高。

专业研究《孙子兵法》的学者，一般是从两个方面来看这部书。一是文本研究，《孙子兵法》6000多字，哪些是宋以后加进去的，哪些是原本，丢了多少，某一个字什么意思，什么时候出现的，孙子用在这里是什么含义等等，这是从版本目录学和考据学的角度来研究。二是研究义理，比如"势""全胜""计"和"用间"的问题等。

第一遍读《孙子兵法》，先读译文，先知道《孙子兵法》都讲了些什么内容；第二遍读《孙子兵法》，了解孙子所处的时代，比如《孙子传》等与《孙子兵法》有关的周边书；第三遍读《孙子兵法》，就要读原典，涉及一些字词的理解，可以读些注释，且是不同版本的不同注释。

对于普通读者而言，第三遍的阅读可能会进入一个比较困难的境界。然而，我们说真正的重归经典，就是要回到这里。市面上有很多这样的书可供读者选择，《孙子集注》《孙子注释》《十一家注孙子》《孙子集校》……既有注释，也有原文，各有各的注法。找几本来读一读，比照下来，慢慢就有自己的想法了。

四、国际《孙子兵法》研究仍方兴未艾——"如今全世界都在研究'战略学'，它的鼻祖就是《孙子兵法》"

20世纪80年代，我师从顾廷龙先生研究目录学，花了10年时间，跑了220个图书馆，编了一本联合目录《中国兵书总目》，把中国现存的兵书大致搜罗齐全，并注明馆藏。直到现在，对于研究军事思想、研究兵学的学者来说，这本书还是不可或缺的工具书。目前，联合目录在中国只有 4 种，最早是顾廷龙先生编的《中国丛书综录》，联合了国内 20 余家大型图书馆；第二部是朱士嘉先生编的《中国地方志综录》；第三部是周恩来总理主持编的《中国善本书总目》，全国各大图书馆联合编辑。我这部《中国兵书总目》，收集了宋代以后、"文革"以前各种名目的《孙子兵法》版本，共 238 种。

在它的基础上，1991 年，我编了一部《孙子集成》，从 238 种书中删掉一大半抄袭之作，留下了最有价值的 83 种著作，把它们全部影印出版，共 24 册。这部《孙子集成》成为所有《孙子兵法》研究者的必读书。

早在唐代，《孙子兵法》就传到了日本。《孙子兵法》传入欧洲，年代比较晚，是 18 世纪，拿破仑战争前。《孙子兵法》的影响力在国外不可小视。如果说《论语》在文化层面代表"中国"，《孙子兵法》就在使用层面、工具层面告诉西方，什么是中国人的智慧。国外的书店，汉籍之中，译本最多，要数《老子》《周易》和《孙子兵法》。《论语》翻译最早，但外国读者寥寥，反而排在这三本书的后面。

如今全世界都在研究"战略学"，它的鼻祖就是《孙子兵法》。实际上，国际《孙子兵法》研究是一种比较研究，走在前列的依然是中国和日本。美国的《孙子兵法》研究重在应用。日本的《孙子兵法》研究则比较全面，也比较深入，版本、义理齐头并进。国内在《孙子兵法》文本、考据方面的研究条件得天独厚，这些年有些进展，但成效不大。比较而言，日本对于《孙子兵法》义理的研究相对领先。他们把西方克劳塞维茨的军事理论、现代日本民族的理念与中国的《孙子兵法》进行比较研究。无论如何，现在全世界的《孙子兵法》研究仍然方兴未艾。所以《孙子兵法》既面临普及的问题，也面临对其研究提高的要求。■

（摄影：吴忠平）

邓康延

Deng Kangyan

《蔡元培日记》/ 蔡元培

这本《日记》基本上是蔡元培先生三十多年经历的原始记录，对于了解认识蔡元培先生在留学德国及参加辛亥革命活动、执掌北京大学与投身五四运动等各时期的思想态度、工作情形及生活状况等，具有重要的学术参考价值。

邓康延，作家、纪录片制作人。历任《深圳青年》编辑部主任、策划总监，香港《凤凰周刊》主编。出版有各类著作及电视作品。代表作曾入全国畅销书排行榜。现为深圳越众影视公司董事长，主要从事纪录片制作。

作者：蔡元培
出版社：北京大学出版社
出版时间：2010 年 9 月

蔡元培 《蔡元培日记》

蔡元培先生经历的原始记录的日记，始自 1894
年，止于 1940 年。在这 47 年之中，实际记有
日记的仅有 31 个年份。本书对于了解认识蔡元
培先生在清廷翰林院、绍兴中西学堂等机构和
留学德国的经历及参加辛亥革命活动、执掌北
京大学与投身五四爱国运动以及主持中央研究
院工作等各时期的思想态度、工作情形及生活
状况等，具有重要的学术参考价值。

我与老课本

邓康延

我认为民国是"最近的春秋"。两千多年前，诸子百家争鸣的春秋战国，形成了中华文化的很多奠基之作、文化传统。而民国，在那个兵荒马乱、战火纷飞的年代，也曾有过黄金十年的文化和教育，如同春秋般迷人。

后来因为抗战，又因为内战，再经历运动、革命，这段日子被淹没甚至扭曲。当我们寻求文化立市、立国的时候，发现原来不远处，那一段人文精神在闪光。

2004 年起我去腾冲拍《寻找少校》和《发现少校》远征军纪录片，寻找故人遗址，看那些九死一生的老兵叙述战争的惨烈，还有之后多年不亚于战争的那种惨烈，心情沉重。那天黄昏，大家趁休息间隙去腾冲的老玉市场，我偶然得到一箱民国旧书，随手先翻出几本薄的教科书，写着学生名字姜兆信。那个黄昏，腾冲的小旅舍，一抹斜阳伴我看完两册，我长叹了一口气，没想到当年是这样的小学课本。我突然觉得不管是远征军还是民国，他们在我拍纪录片拍得很苦的时候，突然给我一个温暖馈赠，给我一个使命。

泛黄的纸页上，站着童年的民国，栩栩如生，气息亲和。这些被 20 世纪早年的学生摸过的老课本，体温不散，因为一个个汉字凝聚的魂魄。

刚好有几家报刊向我约稿写专栏，我随口对深圳商报《文化广场》编辑说："'老课本新阅读'要不要？"他们问是什么，我说我也说不清，但可能是个大东西。我将那插图的课文当作图画，配以解读或引申的文字，报纸连载了一个月后，《读者》《读库》两个气质完全不同的杂志作转载或邀稿，随之全国十几家报刊转载。最后内地《读者》简体版和港台《天地》正体字版分别结集成书，多次再印。老课本就像一艘沉船，突然被大家打捞出来。

这是我的机缘，但若无我，迟早也有他人会做，因为好的东西无法永久沉没。2011 年底《新周刊》和江苏电视台向我颁发一个新锐榜评委会大奖"邓康延和他的老课本"。走过红地毯，有三分钟的演讲词，我用三段课文致辞："竹几上有针有线有尺有剪刀，我母亲坐几前取针穿线为我缝衣。"干净的白描，"慈母手中线"的意境跃然纸上。另一课取自叶圣陶编、丰子恺画的开明读本："三只牛吃草，一只羊也吃草，一只羊不吃草，它看着花。"最后一句出乎意料，这是一只艺术的羊、哲学的羊。第三课是："开学了，我们选级长，谁得的票最多，谁就当选。"这是公民教育。我用三分钟说了这三段课文，一个亲情的白描，一个美育的情趣，一个公民的权利。台下共鸣。

即便军阀混战，民不聊生，黄河泛滥，东北告急，那时的大学者依然能够沉稳编小课本，可以为"来来来，来上学"还是"去去去，去上学"一字争执，能够蹲下来看着孩子的眼睛说话。在一个百废待兴的年代，最重要的是教育，教育最重要的是小学教育，小学教育最重要的是课本。

从 1927 年到 1937 年，民国有过一个黄金十年，经济、文化、社会长足迈进。

日本人都担心再不动手以后就打不过中国了。我在南京大学开讲座时说，最近三十年南京百千楼宇拔地而起，可我认为最耐看耐用的还是民国所建的金陵大学和现在的第二档案馆那些建筑，敦厚、巍峨，容纳东西、传承新老。包括那时的书籍装帧，服装神态，照片模样，有的是大方端庄。现在那些有神韵、贴人性的东西哪去了？

民间蓬勃，社会就相对健康。当年为什么那么多教科书编得好？因为有商务、中华、世界、开明等民营出版机构以及政府主导的国立编译馆相互竞争，即使官办的也不能垄断，垄断不住。自由竞逐，能出好思想，好商业。

先看这一课《蚂蚁巢》："徐儿挖红薯，挖出了蚂蚁窝，他嘟囔说蚂蚁这么辛劳，我何忍毁之，把土复原。""文革"时我上小学一年级，正讲金木水火土的老师换成了最高指示，全国很快批斗自杀成一团。那时我们小男孩挖出个蚂蚁窝，一泡尿就冲了。陈丹青看了我的书，发来短信："民国教育好善良。"我觉得这句话抓住了民国教育的本质。我的新阅读是："悲悯之心比丈夫气概更丈夫。徐儿俯望群蚁，上苍俯望徐儿，浩瀚的注视。"

1940 年上海沦陷区的课本，第一课是《春风》，由汪伪教育部所编。国难当头，还在春风，令人悲愤。可翻到里面，我发现一篇少年岳飞抗金的故事，才知事情远非非白即黑。在日伪政权高压统治和新闻管制下，课文也会夹枪带棒。

《荷》，大家闭眼想想如果你要去写这个荷，怎样形容。"池中种荷，夏日开花，或红或白。荷梗直立，荷叶形圆，茎横泥中，其名曰藕。藕有节，中有孔，断之有丝。"38 字一口气说尽荷之一生，好功力，编撰者好功力，我母语汉字仓颉好功力。华夏之荷，非我华夏族难晓其味，断之有丝，断之有思。

我们再来看《母羊求救》："童子出游，有母羊向之悲鸣，既前走，又屡顾。童子怪之，随其后。至一池旁。见小羊堕水中，哀号方急。童子乃握其角，提置岸上。母羊偕小羊欢跃而去。"这里面有方法步骤，还带着小传奇。我觉得母羊与孩子就是天地间的诗心。我对纪录片编导说，这就是一个小脚本，最后一个镜头没说孩子，但是你从孩子背后把镜头拉长，就能看到羊母子欢跃而去，母羊应有个回头，孩子就在那站着看着。那种天地自然万物的喜悦，就是唐诗。"孤帆远影碧空尽，唯见长江天际流。"我每次读它，就看见孟浩然的帆船远了，李白还在岸上站着。这就是用汉字熏陶的土地，吃着东方粮食的汉字音韵，马悦然翻译不出来的。

教育的最高境界是使人对生命敏感。一本当代西方杂志上有一则相似的感悟："物换星移不及一个小孩在谷仓一角沉思麻雀之死那样动人。"

《不拾遗》："王华行池畔，见地有遗金，华置金于水边，守其旁，待遗金者至，指还之。"他不是把金给老师，去换个荣誉，或给父母，得一笔外财。他守着不走，并把金转放河边，怕人冒领。夜不闭户，路不拾遗，是俗世温度计上的一个温暖时刻。不以黄金为最贵的年代，就是黄金年代。

这课《信实》，深刻着我们传统文化。俩哥们约好了第二年相见，那天一人备了席，嘟囔着"道路远，风雨多，恐难如期"。话音未落，朋友掀开门帘。这就是信实，一诺千金。做生意最重要的就是信实。一经商朋友说，生意人十之中有七八会骗。我说你算哪个？他说有时七八，有时二三。我说，文化圈里可能也好不太多了。所以说道路远，风雨多，这片土地上的信仰儿女能不能回应历史之约、规律之约，如期而至？

《老梅树》别有温情或乡愁："小窗外，有梅树，方开花，我欲折之，干大枝高，手攀不及。母谓我曰：'此树乃十余年前汝父所种，比汝大数岁，故甚高也。'"母子对话，父亲不在。家园有树，人心有根。想想当今几十年拆来建去，家园不复，山河大变。我过去说话有些结巴，但说陕西话就不结巴。友问为何？我答，又有谁能在故乡迷路呢？他们觉得精彩。但后来我说老家话也结巴了。那是我的亲历情境，母校西安南关小学，原来一溜子平房带大操场，现在一座几十层的农行大厦，一屁股把操场坐掉了一半，另一半盖了教师宿舍。我们童年整天在操场里奔跑，让我现在身体还凑合，能干地质登山，能拍纪录片赴远。现在的孩子都圈养了。

《糊纸窗》，我觉得最能代表民国气质："农家小儿，揩拭窗格，糊以白纸，涂以桐油，纸能透明，且不易碎。彼告我曰：'我家无钱买玻璃，故以此代之。'"我能读出淡淡的忧伤，但这孩子有种，家穷用桐油纸替代玻璃也挺好。穷困洁净，依然高贵。有句诗说：贫困，但能听见风声也是好的。这课文要教富孩子不张扬，穷孩子不气短。独善其身的人多，兼济天下的人也会多。上苍眷顾自爱并爱人的人。除了星星，苍穹一贫如洗。

民国教育还荟萃许多优秀作文，我从八九百篇里面选出

26篇，编入《老课本新阅读》中。有一篇论述中国的教育之弊端，我评介是：教育得孩子能批教育，不负教育。

那时也有为先生编写的讲义辅助课本，比如课文《天地日月》，告诫各地执教的先生，要带一年级的孩子夜晚去看天，寻找日常习见之物，断不可引证天文地理之说，致儿童难以领悟。什么叫循序渐进、不拔苗助长？这就是了。

当我收集了那么多课本后，突然想到是否可用比较来见证变化？发现手头各年代的第四册多一些，就把每十年各个年代的8岁孩子读的第四册第一课做比较，不言自明。所以我到处找第四册，不论在美国、法国、缅甸的唐人街还是港台的旧书店。《老课本新阅读》写了两年，一年多在搜集第四册。对比"百年第四册"，即能发现哪个时代正气、哪个时代浑浊。

说个插曲。书刚出版，河北卫视《文化密码》邀我去做节目，我犹豫着去了，因是孔庆东主持。上场不久就有些争执了，他是主人，我学民国，双方止乎于礼。冲突的是一个观点，我说一个时代的教科书一定与其政局和政府脑袋相关联，如果政府弱势，民间文化还能占主导，就会好得多，反之则很糟。秀气的女孩主持人支持我，他没正面反对我，倒把那女孩训了一顿。

看看1951年的第四册第一课，"星期六下午，大家都在玩耍，突然卫生股长吹起哨子，要检查卫生了。检查完了，卫生股长说：'今天有五个人手和脖子很脏，四个人指甲长，两个人鼻涕留在嘴边还懒得擦，这是很不好的，应当赶快改。再不改，下次就说出名字了。'"我觉得他是班上的伟大领袖，在做讲话。再看民国事关卫生的课文，母亲会说指甲不剪，里面会藏污纳垢，会引发疾病，头发也要经常洗。她娓娓道来，善良慈爱，孩子甘于接受。

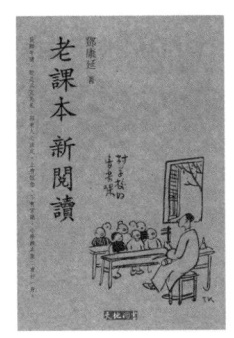

《老课本新阅读》

我查几十年的教育资料，课本从 1905 年转到 1912 年，没有太大的变化，还都是传统的文化，一脉相承。到 20 世纪二三十年代则加进国际社会新理念，民主科学自由博爱。经历抗战、内战格局未大变。而 1949 年是一个大坎子，像《蚂蚁巢》这种腔调，就会删了。读教育史发现，新中国成立初领袖们商定了教材内容以解放区为主、国统区为辅，后来就不辅了。所以 1950 年，原本看不出政治的语文，一半像政治了。对比民国课本拿杆子搅蛛网放生蜻蜓，新课文多了拿枪杆子的阶级斗争，诸如王二小、刘文学等勇于对敌牺牲的孩子成了榜样。

最不同的还是公民课本。比如这一课《权力和能力》："一个国家，好比一辆汽车，行政官吏是开车的车夫，全国人民是坐车的主人。车夫有的是能力，主人有的是权力。"啥都不用说了。

拍完民国教育家和学者的纪录片《先生》，我们延伸了一个"先生回来"展，除了滚动播放十位先生片子，还附带展示实物民国小学课本和民国书报刊。那些报刊、课本封面，手绘制作，大家的手笔文字，有一种拙朴、气度、美。它们是有体温的，流淌着爱和真。

阎锡山曾为山西课本撰写前言："公道为社会精神，国家元气，故主张公道为国民之天职，桀骜不驯为野蛮人之特性。真血性男子，脑筋中有国家两字。欲自立，先从不依赖人起；欲自由，先从不妨碍人自由起。能忠于职务者才是真正爱国。"阎兴学办教育，山西的小学上学率据称已到了 80%。他家乡的小学、中学都是他自掏腰包。我搜集到的老课本有很多山西版。可惜后来出名的只是"农业学大寨"。

再讲个课外故事。民国南京城边有位小学校长，不同意统一校服，理由是学校多穷孩子，不愿增加他们家庭负担。我又看到 20 世纪 90 年代东京银座的学校，规定所有孩子上学都穿校服，因为那些富贵子弟总攀比五花八门的名牌。俩校长仁心互见，殊途同归。而大约四年前，佛山教育局局长为吃校服回扣，把一百多位校长拉下了水。一二十万的白鸡蛋就被一个黑大鳖覆盖了。

教育家孙云晓先生参观"先生回来"展中的老课本时说，二十多年前他写过一篇《夏令营中的较量》，比较中日孩子，全国反思。现在情形比那时候更糟，甚至不如70年前陶行知先生的"生活教育"。孩子的成长须三要素：饮食，活动，睡眠，现在中国可能哪一项都排在世界末端。如果政治和金钱，两边挤撞这个民族和这个民族的教育，民族也就到紧要关头了。

有一册老课本最后一课是《四时读书乐》："欲知读书乐，试听读书歌。万事书中有，一一各分科。师长善教导，同学相切磋。春秋气候好，寒暑假期多。四时各相宜，光阴莫错过。儿时不读书，老来唤奈何。"我的新阅读用了我给读书月写的两句歌词："长空雁过天有字，是谁伫立读出秋。"读书是读前人，前人读更前人的书加实践感悟成了老书，后人读前人的书加实践感悟成了新书，所以书绵延，知识和体验的种子历代发芽开花结果。读书无禁区，思想无国界，智慧跨时代，好文化的覆盖没有例外。

有一本教育书籍用几个孩子的奔跑剪影作封底，我郑重题字：

每一代童年，都在无言的天地里咿呀成长，一辈辈人呼啸而去，天地依然无言。净之，静之，敬之。■

（摄影：吴忠平）

梁二平

Liang Erping

《圣经》

本书关于犹太民族自埃及奴隶时期经历黄金时代终至成为巴比伦之囚的民族历史，是一部犹太民族传记，是犹太教和基督教的宗教经典。

梁二平，资深媒体人，专栏作家。曾获中国新闻奖、中国晚报新闻奖、深圳青年文学奖等多个奖项。20世纪80年代中期开始，从事旅行写作。2000年起，研究古代海上交往史，参与制作"大航海系列"报道、"海洋三部曲"系列电视专题片。著有散文集《肢体的游戏》《身体的迷雾》等。

出版社：中国基督教协会
译者：中国基督教协会
出版时间：1996 年

《圣经》

本书是犹太教和基督教的宗教经典，是一部耶
和华神应许和拯救其选民以色列人的故事，是
关乎神的传记。本书关乎犹太民族自埃及奴隶
时期经历黄金时代终至成为巴比伦之囚的民族
历史，是一部犹太民族传记。本书是由君王、
农夫、政治家、渔夫等不同身份的人在不同时
期传承、编撰的作品。该经典由希伯来语写成
《旧约》和希腊语写成《新约》而组成。

西文善本的中国传奇

梁二平

　　忘了那年是忙个什么闲事，就把去首届香港国际古书展的事错过了。但还记得老友胡河北从香港观展归来，回答我"怎么没买两本"的是"那我得把房子卖了"！

　　2007 年首届古书展的记录网上还能查到：一页正反两面印刷的古腾堡《圣经》，标价 45 万港币。哇——以前只知宋刻本是按页论价的，每页与金箔价格差不多，甚至还高。对西文善本，还真是知之不多。

　　上一届没赶上，这次提早关注、届时赴会——香港展览中心展览馆——但不明白主办方为何把开幕式选在下午 5 点，几乎是在黑夜里让我开眼——拜见了传说中的西文善本。

利玛窦，西学东来的引路人

　　进入展厅直奔那部 4 开的英文《圣经》。

　　它的来历可不简单，当年亨利八世为与老婆离婚迎

古腾堡《圣经》

娶第三者为妻，毅然与罗马教廷翻脸。再后来，独立的英国颁布政令，用自己的语言诵读《圣经》。而这里展出的即1611年英格兰"钦定版"的英语《圣经》。从某种意义上讲，它就是最早的雅思教材，英格兰语文就是从这本英国的"书经"起步的，它对英语的普及与规范功高至伟。英国历史学家格林宣称："英国人是一本书的民族，这本书就是《圣经》。"英国文学史家圣茨伯里则说，只熟读一部《圣经》就能成为文学家——这本标价155万港币的古书，"古"得真不一般。

书展会上还有一半展品是中国的善本书，这些书有很多来自海外。有人把这些本子的流动解说为"中西文化交流"。但我提请大家注意的是：中国善本多是被殖民者以各种手段从我国以"文物"的目标掠走的（比如《敦煌经卷》），那是流血一样的流失。而中国现有的西文善本则是当年西方殖民者以文化和科技输出方式带入中国的，这种文明养料，味道复杂。

借此展览，我很想说一下中国的西文善本。

西学入华的历史，依我粗浅的划分，大体是两块：汉唐一脉为首次西学东来，此"西"多集中于印度与西亚；明清一脉为第二次西学东来，这一次的"西"则涉及整个欧洲。由于西方金属活字印刷诞生于1450年左右，所以印刷品意义上的西文善本只能产生于第二次西学东来。西文善本于明代进入中国，具体讲是万历年间，自此我们就有了今天被称

钦定版《圣经》

之为"西文善本"的宝贝。

利玛窦 1583 年来华，翻开了西学东来划时代的一页。其中最伟大的成果当是引入《几何原本》。这部在西方世界影响仅次于《圣经》的科学巨著，在 1482 年有了第一个印刷版本后得到了更加广泛地传播。利玛窦在印刷版本诞生百年之后，为中国带来的是其 1574 年的印刷版本，此书经过了利玛窦的老师克拉维乌斯的翻译整理。恰好是香港举办首届国际古书展之日（2007 年 11 月上旬），利玛窦的后裔利奇先生和徐光启、熊三拔（非直系后代）的后裔在上海相聚，纪念徐光启、利玛窦合译（熊三拔也参与了其中部分问题的研讨）《几何原本》400 周年——当年，正是利玛窦"科技开路，曲线传教"的思想和后来的那本《利玛窦中国札记》，在欧洲产生的巨大影响，才引发了又一个中西文化交流史上（今天来看也是西文善本史）的重大事件。

金尼阁，西文善本的领航员

似有冥冥中的承继关系，利玛窦在北京病逝的这一年（1610 年），又一位传教士在澳门登陆，他就是比利时的金尼阁。5 年后，他在回国的船上用拉丁文翻译了利玛窦以意大利文写成的回忆录《基督教远征中国史》。1615 年他以《利玛窦中国札记》之名出版了这本书。此书的出版引起了欧洲传教士到中国传教的热潮。

1618 年的春天，金尼阁率领 20 余名新招募的传教士再次踏上来华旅途。海路遥遥，有七名传教士病死在路上，其中包括金尼阁的弟弟。同船来华的有邓玉函、罗雅谷、汤若望、傅泛际等学养深厚的传教士，他们都成了在中国传播西学的主力。

金尼阁二次来华负有一个重要使命，即为中国耶稣会建立一个图书馆。为此，他与同伴邓玉函从欧洲各地挑选了各个领域的经典著作，加上教皇所赠的 500 册书，共有 7000 册书装船运往中国。如此规模，在当时的欧洲也算是大型图书馆了。

明万历四十七年（1619 年），金尼阁携书抵达中国澳门。由于此前发生过"南京教案"，这批西书只好分批运进内地，并辗转被带到北京，但后来也只有部分运到耶稣会图书馆。耶稣会撤销后，这部分西书又进入北堂图书馆。

参观过首届香港国际古书展的人，有幸见到 1543 年德国首次出版的《天体运行论》，标价 150 万美金。而金尼阁带入中国的 7000 部西书中，恰好就有 1566 年的瑞士巴塞尔的第二版《天体运行论》。这部具有挑战性的科学巨著，在 1616 年曾被罗马教廷列为禁书，但它却能辗转进入中国，实在是万幸。不幸的是《天体运行论》没有像《几何原本》那样被翻译成中文，和那批东来的西书一样寂寞地躺在异乡，成为没人读过的好书。

事实上，金尼阁来华之初曾拟订庞大的翻译计划，并联系了艾儒略、徐光启、杨廷筠、李之藻、王徵、李天经等中外人士共同翻译出版这些书籍。但金尼阁在杭州早逝，最终除一小部分被李之藻和王徵等人翻译成中文外，绝大部分西文书籍不仅没发出华夏之声，而且不知所终，死不见尸了，只为后世留下一个凄凉的名字——"金氏遗书"。

"金氏遗书"，隐形的文化遗产

300多年过去，即使找不回"金氏遗书"，人们也想知道，金尼阁带来的7000部西书都是些什么书。我曾请教过一位正在英国攻读博士的小姐，请她查一查欧洲是否有这7000部古书的书目。她没能找到这方面的资料，西方没有这些西书的答案。唯一能透露出一点"金氏遗书"信息的，只有那个著名的编目——《北堂书目》。它以书目的形式显示："金氏遗书"曾经"存在"，今且"活着"。

所谓北堂，其"堂"即教堂，北京当时有东、西、南、北四大教堂，北堂即后来的西什库教堂，坐落在旧北京图书馆的斜对面。所谓《北堂书目》，是北堂图书馆明清藏书的目录，是300多年西学东传的文献缩影，其中包括"金氏遗书"的部分遗存。

北堂藏书十分复杂，它有老北堂藏书和新北堂藏书之分。新北堂藏书是1860年英法联军进北京，天主教财产被归还以后，南堂藏书与北堂藏书正式合流以后的北堂藏书。由于老北堂藏书并没有一个明确的书目，所以，"金氏遗书"的书，就这样混入新北堂的书中，想从《北堂书目》中分辨出来，实在不易。

《北堂书目》

中国是一个书国，即使是看不懂的西书，知识界也高看一眼。《北堂书目》编订工程就是应北京知识阶层的请求，于1939年启动的。此工程经燕京大学校长司徒雷登等人介绍，得到美国洛氏基金的支持，由辅仁大学负责编辑。1944年北堂藏书的第一部书目出版，即法文部分书目；1948年第二部和第三部拉丁文书目和其他各国文书目出版；1949年《北堂书目》交由教会出版社正式出版。

虽然《北堂书目》中难辨"金氏遗书"，但它却是目录意义上的"西文善本大全"。

《北堂书目》，西文善本全记录

找不到也摸不到"金氏遗书"的中国文献学家，只好把研究西文善本的热情投入到研究《北堂书目》的工作中，是他们的精细统计使我们得以知道：当年的北堂收藏了法文、拉丁文、意大利文、葡萄牙文、西班牙文、德文、希腊文、荷兰文、英文、希伯来文、斯拉夫文和波兰文等几乎所有欧洲语言的古书。其中数量最多的是拉丁文古书，而后是法文古书。

"北堂遗书"名声极大，但绝大部分来自南堂所藏，大约1300种；而东堂、西堂和北堂三堂的藏书加起来，才300余种。此外，还有镇江、济南、杭州、南京、上海、正定、武昌、开封等住堂的藏书，和几位主教的私人藏书近千种，加上来源不详的图书2000余种，共4101种5133册。但"四堂"总藏书量，仍不及金尼阁的"七千遗书"。

如果不做统计，人们很容易认为传教士带来的书都是宗教书。其实不然，《北堂书目》中的宗教类图书，仅占所藏的三分之一，计有圣经、教父学、神学教义及伦理学、辩证神学及神秘主义、教规法及民法、布道及教义问答、祷告书、禁欲主义等，共 2000 余种。北堂藏书的三分之二，是自然与社会科学类，计有历史、自然史、哲学、文学、几何学及水文学、数学、天文学及日晷测时学、物理学及化学、机械学及工艺学、医药学、语言学、传记、杂类等，共 3000 余种。

不能不叹惜：当年若把"金氏遗书"或"北堂藏书"全部翻译过来，我们的大明、大清将呈现出什么样的文化面貌。但历史不是游戏，历史是你不得不接受那个结局：明清一脉，中国人依然热考"四书五经"，不问科学，遑论民主。

大善存焉，仰望"高阁"

"金氏遗书"显然是见不到"全尸"了，但还有北堂藏书。这么多身世复杂、价值连城的西文善本，而今，都在哪个"高阁"里"高就"？

据说，《北堂书目》及北堂所藏的西文善本，现存于国家图书馆古籍善本部，其中，至少有四种（五册）1450—1500 年出版的珍贵"摇篮本"，其次才是这里所说的那些西文善本，这些古书有的在西方已经失传。

据说，有人见过第二版的《天体运行论》，它静静地躺在国家图书馆善本特藏部里，蓝布函套，犊皮封面，扉页上有与金尼阁同船来华的传教士罗雅谷的拉丁文名字。

两年前，我曾拜访过国图善本部，原打算走"后门"拜见善本，结果是"没门"。不久前，见到科学史博士江晓原先生，与他说起此事。他说，当年为做毕业论文也曾找过"北堂遗书"，结果也是见不到。他告诉我：此中说法颇多。

公开的信息称，国图善本目录中收录了 1953 种西文和日文书籍。但北堂藏书不包括在此目录之内。由于"种种原因"吧，北堂藏书还不能对内或对外开放，"金氏遗书"的最终面目，仍无从揭晓。

我只能祝愿这些西文善本——大善存焉。

见仁见智，西文善本的标准

香港国际古书展上的西文善本中，什么年代的古书都有。有人问，到底什么样的西方古书才算西文善本呢？虽然，人们以内容为依据提出不少标准，但在实际的善本鉴定中，出版年代还是一个极重要的因素，而具体以哪个年代划界，各国不一，各地不一，甚至各馆不一。

我曾参观过美国国会图书馆，这个不足300年的国家，将本国1801年出版的书都算作善本，1850年以前在密西西比以西地区出版的书籍，亦为善本。将其他国家1501年以前的所有书籍，以及1641年以前的在英国出版的书籍，皆视为善本。

据说英国国家图书馆是将1915年以前不列颠和爱尔兰出版的书，和1851年以前西欧其他地区出版的书，均视为善本。

我们的国家图书馆，则以1800年为界，此前西书皆为西文善本。

综合国内外善本标准，多以19世纪为界（当然，善本还有它的重要性、稀有性等别的标准），也就是说，如果我们看到200年前的书，那就是见到文物了。

虽然，我流着讶异的口水，看完了香港国际古书展，反反复复地说着善本的天价，但最后还要说：真正的文化结晶体是无价的，因为其本质是无法复制的——那就是善本之善吧。∎

（摄影：吴忠平）

南兆旭

Nan Zhaoxu

《瓦尔登湖》/ 梭罗

该书崇尚简朴生活，热爱大自然的风光，内容丰厚，意义深远，语言生动，意境深邃。

南兆旭，出版人，纪录片监制。历任工人、大学教师。20世纪90年代中期开始进行生态观察和记录，发现和分享深圳的自然生态之美。著有《深圳记忆》《解密深圳档案》《深圳自然笔记》，纪录片《迁徙》《深圳民间记忆》《岁月山河深圳人》。

作者：[美] 梭罗
出版社：上海译文出版社
译者：徐迟
出版时间：2006 年 8 月

梭罗 《瓦尔登湖》

本书是美国作家梭罗独居瓦尔登湖畔的记录，
描绘了他两年多时间里的所见、所闻和所思。
大至四季交替造成的景色变化，小到两只蚂蚁
的争斗，无不栩栩如生地再现于梭罗的生花妙
笔之下，而且描写也不流于表浅，而是有着博
物学家的精确。该书崇尚简朴生活，热爱大自
然的风光，内容丰厚，意义深远，语言生动，
意境深邃。

行走是另一种阅读

南兆旭

　　我自己是做出版生意的，每天都是和书打交道，从选题、组稿、编辑到印刷、上市销售，一年要出近 500 种书，2014年还拿了 5 个国家级出版奖项。我个人对书有点职业的麻木了，这就像你在问一个厨师他最喜欢的菜是什么？他天天做，真的是有些没感觉了。

　　平心而论，这 10 年对我影响最大的不是读书，而是行走。在深圳的山岭、海岸，包括岛屿、溪流、老村徒步，10年间有记录的 530 多次，如果允许矫情一点，如果你同意，这是不是也可以算作一种阅读？

　　这个行走不是一般意义上的开车过去，吃个农家饭，拍拍照就走了，而是每次都是徒步，有起点和终点，要一步一步走，沿途要做记录，影像的记录、观察的记录。有时还要在深圳近海潜水，了解海底生命。

　　十年行走的记录，写了一本《深圳自然笔记》，还在《晶报》开了《南寻深圳》的自然记录专栏。如果行走、发现、观察也能算是一种阅读的话，行走中对自然的观察是对我影

《深圳自然笔记》

响最大的阅读。

露营发现的星空之美

2006 年夏天，在大亚湾无人的海滩上露营，帐篷里比较热，睡不着，就把脑袋伸出来透口气，当时脸朝天躺着，突然发现满天的星星。我在深圳从来没有见过那么多星星，整天忙忙叨叨，再加上污染啊雾霾啊，实际上在深圳市中心是见不到星空的。可那天见到的星星特别亮，特别多，特别密。因为在海边，侧着脸就可以看到星空漫延漫延漫延，最后和海平线接在一起了，那些星星就好像落到海里去了，特别震撼。

我想：这些星星，千万年以来它们一直在那儿，它们见识了我们多少代人的生生死死，来来去去。可在我们的日常生活里，这些东西完全被遮蔽了，发现不了。但是你要看见还是感触挺多的，它会让人觉得自己的生命真是非常有限，有些事情该知足要知足，不能太较劲，太过分，太没有止境。

这个海滩叫长湾，以前开车是去不了的，你必须要徒步沿着海岸线一步一步走到这个地方。现在路修通了，开发了一个度假村，已经圈起来了，不是那里的客人就不能进去。这就是深圳的一种变化。这也是我行走中最大的困扰。

有一次在马峦山一个废弃的老村露营，那次条件比较好，在太阳晒了一天的屋顶上睡，屋顶特别暖和，把垫子铺上就可以睡，不用搭帐篷。有点像在北方的暖炕，凉风吹来，很舒服。早上四点多钟时，听到了白头翁的第一声叫，叫得特别好听。别人以为，鸟叫的时候天亮了。其实天还漆黑一片时鸟就开始叫了，你会听到几点钟什么鸟会叫，天空是在鸟儿此起彼伏的叫声中慢慢变亮的。

亲近自然是最好的治愈

做出版是一个挺苦的行业，压力非常大。后来在行走中慢慢发现，在大自然里，对精神的舒缓、心智的打开非常有效，有治愈力，我喜欢这句话：心有猛虎，细嗅蔷薇。

行走中，你可以抬起头来看大到没有边际的星空，你也可以在微距镜头下发现细微的东西，有时候你仔细观察一只昆虫身体的颜色、一片花瓣的纹路，会发现生命的奇妙真是难以言述。我在《深圳自然笔记》里写到深圳的微小之美：一片巴黎翠凤蝶的翅膀，放大了看，它的图案和结构也是一个星空。

有时，我听人说，他爬上了梧桐山，他登上了七娘山，他征服它们，就在心里嘀咕，你知道不知道，七娘山是一亿三千五百万年以前火山喷发形成的。如果你能活 100 岁，够长寿了吧，但你还得活 135 万次，才能活够七娘山的山龄，你去征服它什么呢？

山不是让你征服的，不是让你证明什么的，你要看，要发现，你看看七娘山上的火山口、火山锥，多壮观。你看看七娘山两边大鹏湾和大亚湾海面蒸发的水汽，怎样从七娘山两边汇聚升腾，真的像千军万马一样，慢慢升到了山顶，最后在天空汇聚成了一朵朵云，你要看这些。

在深圳一个小时的车程，就可以到这么丰富的地方，你真的不去看，不去发现，真是枉在深圳生活了。

笔触在常识和情感间平衡

我在写《深圳自然笔记》之前看过《昆虫记》这种非常专业的记录，也看过《瓦尔登湖》这样抒情的散文。我不是学自然生态的，但我觉得笔下应该有知识的严谨性，应该给大家讲清楚，它是什么蝶，什么花，这个岩石是什么年代形成的，海岸的礁石是海蚀柱还是海蚀洞，至少有基本的常识。

除了这些，还要把自然带给你的情感，给你带来的改变，对你心灵的安抚，你心里的一些感受，尽量写出来。

我写深圳岩石的时候，看了很多地质和岩石的书，也拍了很多岩石的片子，去七娘山地质博物馆也看了好多次。然后回来，写了一篇文字，用了海子的一句诗做标题：《时间的重量，让石头开花》，很有诗意。这篇文字里有一段话：一亿三千五百万年以前，太平洋板块的挤压导致地壳下面 8000 度高温的岩浆喷涌而出，赤热的岩浆和海水相遇以后，瞬间变成了今天大鹏半岛的模样。

文章写好后，我给地质博物馆的张崧博士审读，她给我讲，文章里有一个错误，岩浆喷出来后不能断定它和海水接触，大鹏半岛的形成不是瞬间的反应，而是经过漫长的地壳运动，多次火山的爆发，还有海水的冲刷造就而成。我赶紧

南兆旭在野外

就修改了。如果不抒情也写不出来"时间的重量，让石头开花"这样的文字。但是太恣意汪洋呢？没有专业的老师把关，也会有一些常识性的错误。所以一直在常识和情感里平衡。

其实，尽管上山下海，尽管想尽自己的能力把所阅读的大自然传递给大家，但事实上，大自然里那些最美的、最好的，你永远无法说出来，甚至也拍不出来。

回到身心的故乡

不管我们眼下在都市里活得如何衣冠楚楚，往上追三代，我们的祖先大都是在乡村、渔村里长大的，再往前追溯，几乎所有的人，都是在自然里生长的，人性中很多东西是掩藏的，回到自然里，实际上是一种回归，是回到了身心的故乡。

你在深圳找一个安静的地方不容易，我们习惯用隔音玻璃处理各种噪音，实际上真正的安静，你不用走太远，就在塘朗山，梅林后山。当你进了一个山谷里时，所有人制造的声音突然就没了。这个时候你就可以听见鸟叫虫鸣，能听见叶子从树上掉下来落在地上，发出咔嚓的声音，像按快门。还有风吹过树叶的声音，小虫子蜥蜴穿过草地的窸窸窣窣的声音，我觉得非常好。那个时候才知道真正的安静是什么样的，也只有在那个时候人才能真正安静下来。

大自然能把你心里美好的东西点亮复活。你整天在没完没了的心计、压力里面生存，最后会弄得像被什么东西罩住一样。对我来说，在自然里，可以把这个罩子丢掉，等你回到现实后，再罩上。

在深圳，我有一些研究鸟、研究植物、研究海洋生命的朋友，我发现他们特别快乐，特别安静，愉悦淡定。他们舒服，给别人的感觉也舒服，笑起来的样子表情和社会上的很多人是不一样的。他们不是这个城市里最有钱、最有身份的人，他们都有自己的职业，只是多了一份对博物的关注，人就会变得特别有神采。

我们对其他生命的态度

深圳有世界上最大的珠宝加工中心，但是深圳没有一本研究蜻蜓的书。蜻蜓被称为"会飞的珠宝"，因为它飞起来，翅膀和身体特别像珠宝。

英国人是 1842 年把香港划为它的领地的，1848 年就在香港成立了蜻蜓研究协会。它对蜻蜓的研究非常透彻，在香港本土已经发现了 120 多种蜻蜓，其中就有两种本土特有的蜻蜓。深圳和香港地理上是一致的，可以参照它们的来辨认。希望深圳有一天也可以出一本本土的关于蜻蜓、豆娘的书。

香港已经发现的蝴蝶有 200 多种，鸟类 400 多种，香港土地面积只占全中国的万分之一，但蝴蝶、蜻蜓、鸟的记录物种都超过 10%。这方面研究的书出了好多。深圳这方面是个空白。深圳物种不应该比香港少，香港面积只有深圳的一半，问题是我们没有心思研究自然。

我们为什么要关注其他生命，我们为什么要尽量让深圳一些物种活下来，这应该是对生命的一种态度。你对其他生命的态度实际上决定了你呼吸的空气、你喝的水的质量。如果态度摆不正的话，天天抱怨空气、水质不好，没有一点实际的意义。

有一天，深圳上上下下的人会都明白，如果我们能让和我们一起在这个城市里的自然万物都能过得好一些，我们深圳人自己也就真正过好了。■

伍

Part 5

景海峰

Jing Haifeng

《原儒》/ 熊十力

以儒家经典为依据，综合考辨与分析，论述孔子开派儒家政
治伦理思想的宗旨和内涵。

景海峰，现任深圳大学文学院院长、国学研究
所所长、哲学系教授，武汉大学哲学学院、山
东大学易学与中国古代哲学研究中心兼职教
授，香港中文大学中国哲学与文化研究中心通
讯研究员。历任香港中文大学新亚书院"明
裕"访问学人、美国哈佛大学"燕京"访问学
者、香港汉语基督教文化研究所访问研究员。

作者：熊十力
出版社：上海书店出版社
出版时间：2009 年 7 月

熊十力 《原儒》

本书是作者论述儒家思想的代表作，全书分上卷《原学统》《原外王》篇，下卷《原内圣》篇，以《周易》《春秋》《周官》等儒家经典为依据，综合考辨与分析，论述孔子开派儒家政治伦理思想的宗旨和内涵，责斥后世对孔子儒家正统思想的曲解和比附。

淘书的记忆

景海峰

对于今天的人来说，淘书已是陈年旧事。除了爱好古籍，操弄版本目录学的特殊人群而外，谁还会为找一本书而奔忙和烦恼？现在的阅读条件已经便利无比，就像需要喝口水、吃口饭那么简单和方便，一般读物唾手可得，珍本秘籍也飞入寻常百姓家。海量的出版品、天量的阅读资料和便捷的查阅工具，以及纸质书之外的更多样化的信息媒介，让人眼花缭乱、目不暇接，完全淹没在了文字流淌的缝隙之中，如果埋头下去，可能喘不过气来。过去常说的"徜徉在书籍的海洋中"，那只是少数人可能有的"待遇"，而对于绝大多数人来讲，这只不过是一个想象或者是修辞用语。到了今天，它却变成了现实，"海洋"就在每个人的面前，就看你跳不跳。无书可读的时代已经成为遥远的历史记忆，而读什么和怎样选择反倒成了最大的问题。在这种情况下，书还需要"淘"么？但在我关于书的记忆当中，还是有许多难忘的印迹，怎一个"淘"字了得。

首先勾起的回忆是饥渴症。我们这代人的童年记忆、少年青涩完全是在一片书荒当中度过的。我刚上小学不久，识了一些字，开始有点阅读能力，"文革"就爆发了；随之，还没有进入到读书的状态，就已经无书可读。所以那个时候的书是需要"讨"的，而不是"淘"，就是到处去寻找和挖潜，捡到萝卜就是菜，完全饥不择食。记得当时的书少得可怜，只有县城和中心镇子里才会有一间小小的新华书店。那时候在农村"赶集"，最大的渴望就是能去一趟书店。但那铺面实在是太小了，除了几个爱书人，一般人是不会去的，因为没有什么可买，常常门可罗雀。进得书店里，除了挂几张领袖像、宣传画之外，就是"红宝书"、简单的农技书和一些小册子，没有一本有吸引力的。记得有一次，我在东倒西歪的架子上看到了一本四野将领陈野萍写的小薄书，里面讲到了一些解放战争打仗的事，便觉得很好看。也记不清是从哪里七转八拐找到了一些书，有《红旗飘飘》《星火燎原》等，知道了很多土地革命战争和解放战争时期的故事，还有长征路上的事情。当时也有一些私下辗转流传的小说，大部分是描写抗日战争的，以华北平原为背景，记忆最深的是"青纱帐""滹沱河""白洋淀"这些词。还有写地下党的，像《清江壮歌》《红岩》等。有一本书，已经不记得叫什么名字了，里面写到教会办的医院，还

熊十力

有对南方景色的描写，只觉得意境很美，印象深刻。另外，还有一些旧小说，像《说唐》之类，甚至有一次看到《警世通言》，家长欲禁不便，有意翻到"王安石三难苏学士"一章，说这篇好，你看这个就行了。有一次，我得到一本民间故事集，如获至宝，读得如痴如醉，对那些仙怪想象的事，十分神往，梦里还在翻跟头。后来，大姐到了一个农村初中做代课教师，那里有一间小图书室，经常可以从里面借来一大摞书，都是薄薄的小册子，大部分是写"忆苦思甜"的，不外乎"不忘阶级苦，牢记血泪仇"和控诉万恶的旧社会之类的内容。后来，新出了像《艳阳天》一类的"文革"小说，也偶尔有几本像样的书，像海克尔的《宇宙之谜》、张恩慈的《认识与真理》等，还有些是属于"内部资料"的书。后来才知道这是中央"批陈整风"之后，上面有意要出版的一些东西，甚至还有翻译的一些外国资料，谈到了"绿色革命"之类，我想当时袁隆平也一定看过，是不是深受启发呢？说来真是惭愧，在我上高中以前，能够"淘"得到的书也就是这些了，乏善可陈，但饥渴之中的记忆却是深入骨髓的，今天也能常常想起。

20世纪70年代末，我从黄土高坡来到北京大学，带了一身荒原的饥渴，才真正走入书的世界里。但我们七八级入校时，尚值"文革"烈焰之余烬未消，"左"的一套还很盛行，教学秩序才刚刚恢复。尽管同学们的学习热情非常高，但所学内容多为"补课"性质，接触的也大多是"拨乱反正"之后才逐渐恢复起来的一些东西，有些还属于刚刚"解禁"的状态。譬如教材，《哲学原理》（辩证唯物主义、历史唯物主义）用的是艾思奇本，基本上是"文革"前非常僵化的那一套。记得当时李达的《大纲》本刚刚"解禁"重印，我们几个同学跑到海淀新华书店排了半天队才买到，如获至宝，还不敢在答卷时完全采用其中的观点，而只能在课下看看。中西哲学史基本上就是马哲的辅翼，尽管课程已经开了，但感觉是在原理丝丝入扣的指导下做着注脚。西哲史用的是"文革"后期编成的本子，还好赶上了正式出版。而中哲史就只能沿用教材科印刷的铅印本了，黄皮封面，简陋得不成样子。"装备"倒是其次，关键是教学的内容，陈词滥调，老旧不堪，几无新意。教师们刚从"严冬"走出，虽说精神上欢欣鼓舞，但骨子里尚有余悸，讲课不免索索然。有的还处在半解放的状态，不能搞教学，像冯友兰先生。正是在这种状况下，我们进校一年多，可以说在见识上大开了眼界，知道了很多过去不知道的东西，求知欲也有了一种喷发感，但总体上并没有摸到学术的大门，也不懂得真正的学问和高深的理境为何物。大概到了二年级的下学期，情况才逐渐改变，开了一些现代哲学的课，读物也丰富起来。我们接触了更多的老师，对哲学海洋的广阔无垠，尤其是它的丰厚性才找到了一点感觉。当然，这是后话了。

当时印象最深的就是课外的读书，可以说是无所不读，到了如饥似渴的地步。在哲学专业以外，举凡中外小说、新时期文学作品、历史著作、文学史和艺术史，还有各种期刊和文学杂志、科普读物等，没有不读的。借用当时李洪林一篇文章的题目，那真叫"读书无禁区"。从专业来讲，好像有点不务正业、越界太过，但实际上这是在"补课"，而且是"恶补"，总觉得自己所知甚少、所欠太多，就像刘姥姥进了大观园，一切都是那么的新鲜，目不暇接。另外，还要花很多时间学外语，每人一个十元耳塞收音机，边走路边听，打饭排队时，嘴里也念念有词。有的同学嫌课程无味，干脆躲到图书馆里"大快朵颐"。好在北大图书馆那时还是有不少可看的书，尽管借阅不便，常常递进去三张借书单会被退回两张，但也比听教科书宣讲强多了。就这样，在课程学习之外，阅读的世界渐渐地被打开了，购书的欲望也被点燃，一发难禁，不知不觉便加入到了淘书的大军之中，从此一发不可收拾。记得当时到海淀排队买"解禁"之书，成为同学们课外生活的一大乐趣。每有新书发售，书店门前便排起长龙。买到的人双手抚书，喜形于色，像是捡到了金元宝；而没有买到的则垂头丧气，久久不肯离去。

当然，那时的生活条件还是非常艰苦的，不可能常买新书，去书店也多半是挂个"眼科"、解解眼馋而已，除了整书包地从学校图书馆借书之外，自己并没有钱来购置图书。这样，淘书便渐渐地成了我收藏的主要方式。几年下来，节衣缩食，靠着淘旧书，还是积攒下来一些。当时的琉璃厂一带有很多古旧书店，西单、东单、新街口等处的中国书店，还有东风市场内的旧书售卖点，也常常有一些打折的书，各式各样，新旧参半。于是跑这些书摊就成了我课余生活最主要的"观光游览"活动。从北大骑自行车进城，来回也得一两个小时，买几本旧书往往也就省个块把钱。今天想来，那是多么的不"经济"。但淘书的趣味，往来搜寻，踏破铁鞋，遍翻书架，似曾相识，蓦然一惊，那份快乐也就尽在不言中了。更何况当时还在闹"书荒"，新出的书并不多，旧版书也难觅，能得到一本心仪的书，便不由欢喜万分。有一次在琉璃厂的博雅斋，发现一套熊十力的《原儒》，是 20 世纪 50 年代龙门书局的本子，售价 15 元，摩挲了半天，最后还是咬牙跺脚买下了，因为这点钱在当时是不能不用"咬牙"的方式才能够掏得出来的，那可是半个月的伙食费啊！回到学校，竟激动得半宿没有睡着。在对这些旧书摊点的巡游和扫荡中，也常能碰见一些老师和同学，甚至会偶尔遇到一两个名人。有一次，在西单的中国书店，正好见到王力先生进来溜达，和服务员交谈几句后离开。他走之后两个年岁大点的店员对北大的文科教授还品头论足了一番，可见这些人是常来的，与店员之间也极为熟悉。

　　1985 年南下深圳，我唯一的"家产"就是七八箱书。这些曾经在学生宿舍的床底下、角落里蜷曲了好些年的伙伴，总算有了一个伸胳膊蹬腿、舒展筋骨的机会。我从学校房产科借来了几个书架，把它们一字排开，所有的书籍整齐地摆放起来，狠过了一把检阅瘾。要知道，在很长一段时间内，我的最大愿望就是把这些"暗无天日"的书给解放出来，能够每天一睹它们的芳容。自从有了书架，就再也用不着时不时地爬到床底下灰头土脸地去翻捡了，可以站直了腰、随时随地触摸我的这些伙伴。到了深圳之后，不但我的书解放"晴了天"，我本人在经济上也慢慢地翻了身，可以随心所欲地大买特买起自己钟爱的书来，淘书方式渐渐地离开了生活。买书的钱袋子松开后，任意挥洒的那份惬意成了我来到深圳之后所得到的最大满足，有时甚至不无愚木地感觉到，购书条件的改善比其他生活条件的改善要来得更亲切些。和留在其他城市的同学相比，我从来没有感觉到身处特区的优越，但当时买书不必锱铢计较、掐日算月，我却很是自豪过。

这样任情挥霍地富裕了一段时间之后，彻底过足了购书的瘾，有时候竟然又回想怀念起无钱淘书的日子来。深圳这座年轻的城市，本来就没有什么旧书业，随着现代都市的发展，这些就更不可能有了。对此，我怅然若失，常常引为憾事。而北京的旧书店在数年之间变化巨大，也基本上都关门歇业，过去的景象已经慢慢地消失了。早先几年，还去过几次琉璃厂，见到中国书店门可罗雀的样子，已无"旧"书，只有"文物"书，便再懒得去了。倒是偶尔在海外还能见到几册折价而又想要的书，不免大喜过望。有一次，在马来西亚的槟城，逛华埠的一间小书店，见到一批台版旧译，包括德日进[1]的《人的现象》等，低至两折，便全数购下。1997年，在哈佛大学访学，闲来无事，最喜欢去的地方就是书店，尤其是学校周围的旧书店。剑桥一带大约有二三十家，其中经营旧书的超过大半，我差不多成了那里的常客。特别是Mcintyre and Moore Booksellers、Harvard University Press Display Room 等几家，几乎是每周必去，在那儿买到了不少折扣很低的好书。这也成了我客居异乡、自我消遣的最大乐趣。国外的大学，任课教师往往要给学生开一大堆参考书，要求学生阅读，特别是文科生，课外的阅读量特别大。为了课业的方便，有时学生不得不花钱买一些新书，用完之后弃之可惜，只好低价出售。正好低年级的同学或者其他专业的

1. 泰亚尔·德·夏尔丹（1881—1955），汉名德日进，生于法国多姆山省，哲学家、神学家、古生物学家，天主教耶稣会神父。

学生有用，于是便二手买进，用完之后再打折卖出。如此循环往复，一本书可能要更换好几个主人。因为有此需要，书商们便乐意为大家提供方便，来做东交易，这样就促成了旧书市场的繁荣，这也是大学周围旧书店特别多的原因之一。今天在台湾大学的周围，依稀还有这样的景象；而大陆高校，则难得一见矣。前些年，我到北欧参加一个国际学术讨论会，有机会顺访挪威的奥斯陆大学。那儿正值新学年开学，校园里和周边的街道两旁，满是交易旧书的摊点。更有不少的学生，包括外国留学生，席地而坐，面前摆上几本教材，待价而沽。人流如织，蔚为壮观。这种旧书交易的图景，引起了我的无边遐想，也让我记起了上学时为淘几本旧书而匆匆来又匆匆去的奔波情景。对于淘书的这份喜悦而言，可能是穷学生时代所特有的一种体验吧，这是在读物泛滥之时对饥荒年代的一点感慨，也许是生命恰需知识和书籍以作抚慰之时而难以得到的那份永恒的记忆。总之，这种怀恋淘书而刻骨铭心的感觉，在今天是越来越淡漠了。它可能不属于已经"富裕"的人，也不属于这个物质丰饶的时代。■

（摄影：吴忠平）

杨争光

Yang Zhengguang

《史记》/ 司马迁

《史记》被列为"二十四史"之首，对后世史学和文学的发展
都产生了深远影响。

杨争光，作家。长期从事诗歌、小说、影视剧
写作。现任深圳市文联专业作家，深圳市文联
副主席，深圳市作家协会副主席，影视家协会
副主席。著有《土声》《老旦是一棵树》《黑风
景》《棺材铺》《越活越明白》《从两个蛋开始》
《少年张冲六章》《公羊串门》等一系列优秀小
说，十卷本《杨争光文集》。担任《双旗镇刀
客》《杂嘴子》等多部电影编剧，电视连续剧
《水浒传》编剧，《激情燃烧的岁月》总策划。

作者：[西汉]司马迁
出版社：中华书局
出版时间：2013 年 8 月

司马迁 《史记》

本书是西汉著名史学家司马迁撰写的一部纪传体史书，是中国历史上第一部纪传体通史，被列为"二十四史"之首，记载了上至上古传说中的黄帝时代、下至汉武帝元狩元年间共 3000 多年的历史，与后来的《汉书》《后汉书》《三国志》合称"前四史"。本书还被认为是一部优秀的文学著作，被鲁迅誉为"史家之绝唱，无韵之《离骚》"。

"两本中国书"和"一个中国人"

杨争光

"文革"时期的阅读是无法选择的阅读

我 1964 年上小学，两年后就是长达十年之久的"文化大革命"。我最初的阅读就在这十年里。三年级开始看所谓的"大部头"小说，附近几个村庄的"民间藏书"差不多都看了，像《林海雪原》《红日》《苦菜花》《野火春风斗古城》《青春之歌》这样的书可以列出一长串，都是"禁书"。《高玉宝》《欧阳海之歌》不在被禁之列，《红岩》禁没禁不记得了。还有浩然的《艳阳天》《金光大道》。我父亲有一本《创业史》，柳青写的，我觉得比浩然的书写得好得多。读过的外国文学作品极其有限，有高尔基的《在人间》《母亲》，还有《钢铁是怎样炼成的》。高中时读过茅盾的《蚀》三部曲，从图书馆借出来的。后来一直很奇怪，这样的书怎么能借出来呢？它可能是茅盾写得最有才气的小说。

还有两种书印象比较深。一种是"文革"前的高中语文课本，文学和语言是分开的，我读的是"文学"，里边选有中外的名著名篇。许多古典文学作品就是在这里读到的。现在想起来，第一次阅读莫泊桑的《项链》，也是在这一套《文学》课本里。还有一种叫作《中华活页文选》，大都是中国古典文学的名篇。一期只有几页，"文革"后好像还出过，现在看不到了。

"文革"中的阅读是无法选择的阅读。最正当的阅读是"毛选"四卷语录本和红色书籍，还有马恩列斯的经典著作。高中时正逢全民学哲学，哲学被庸俗化了。农民也学哲学，学生当然更要学。于是，我就读了《哥达纲领批判》《反杜林论》，现在已没有印象了，因为读的时候没读懂。

读过《红楼梦》和《水浒传》。《红楼梦》要求用阶级观点阅读。读《水浒传》也是，那时候批"水浒"批投降。但《红楼梦》实在是一本好书，也很难用阶级观点去阅读。

我喜欢读书，让读的当然要读，不让读的偷偷借来偷着读，无书可借了就读第二遍第三遍。这样的阅读实在是太残缺不全了。上大学时，我连托尔斯泰是谁也不知道。在大学的阅读，首先就是"补课"了。

用莎士比亚挤开外国文学的大门

我 1978 年上大学，是恢复高考的第二年。我在农村的一位老师给我推荐了《歌德谈话录》。歌德在谈阅读绘画时说，要看一流画家的作品，一流画家的作品即使看不懂，却不会败坏你的胃口。他的意思是说，阅读一流的作品与培养鉴赏力有关。我很感谢这本书，它在我开始真正的阅读时起了作用。大学四年，我只去过一次阅览室。阅览室里的读物都是流行的报纸杂志。我把阅读的地点放在了图书馆，一周借还一摞书。应该说，大学四年最大的收获就是阅读。

那时候我喜欢读诗，能读到的差不多都读了：海涅、雪莱、拜伦、普希金、莱蒙托夫、彭斯、济慈、马雅可夫斯基等。我最喜欢的是惠特曼的《草叶集》。直到现在，我依然认为他是我知道的最伟大的抒情诗人。他的声音具有人类发现自我的思想和激情。自由、民主、博爱和独立精神是他一生抒写的主题。他的诗与20世纪80年代中国人正在经历的第二次思想启蒙和精神解放遥遥呼应，至今依然有阅读的意义。

外国小说里的人名太长了，记不住，很让我犯难。但必须阅读，必须走进去。那时正好放映电影《王子复仇记》，很好看。听说是根据《哈姆雷特》改编的，我就开始阅读莎士比亚的剧作。他的代表作几乎全读了，《李尔王》《奥赛罗》《罗密欧与朱丽叶》，还有《威尼斯商人》等。然后又读莫里哀的戏剧，然后读易卜生，然后读托尔斯泰的《复活》《安娜·卡列尼娜》，就这样挤进了外国文学的大门。

我喜欢托尔斯泰圣殿一样的肃穆与庄严；喜欢雨果的汪洋恣肆的激情和人性关怀；喜欢海明威的简洁和力度；还有契诃夫，他具有超人的写作智慧，他的短篇小说上承莫泊桑，给现代小说艺术以久远的影响。

思想启蒙与激情释放同在

20世纪80年代，是中国的又一次思想启蒙和激情释放的年代。那个时代的阅读是那一时代精神的组成部分。除了文学作品，许多人文学科的经典著作和流行的读物也在阅读之列。思想界在重谈人道主义和异化理论时，我读了《1844年经济学哲学手稿》。阅读恩格斯的《家庭、私有制和国家的起源》，给我留有深刻的印象。托夫勒的《第三次浪潮》在当时很流行。李泽厚的《美的历程》是当时发行量很大的一本书，文科大学生几乎都读过。丹纳的《艺术哲学》《罗丹艺术论》，卡西尔的《人论》，这些过去的、现在的思想、学术、美学书籍聚集在同一个时空，呈现出那个时代激情阅读的风景。

李泽厚的《美的历程》文笔很好，可以作为中国美学史的纲要来阅读，对每一个时代的美学思潮、审美趣味都有他独特的梳理和见解，让人耳目一新。后来，我还读过他的《中国近代思想史论》《批判哲学的批判》。前者叙写的人物，都是中国近代思想史上第一次启蒙时期前后的重量级人物，对处在20世纪80年代第二次启蒙时期的阅读者很有冲击力。他的"启蒙"与"救亡"说，对中国思想启蒙和精神解放的悲剧性命运的关注，至今仍具有顽强的生命力。在我看来，他可能是新中国成立后学术界少有的具有思想含量的学者。他的《批判哲学的批判》是评述康德哲学的一本专著。这本书使我走近了康德的哲学，可以看作我真正阅读哲学的入门书。看了这本书后，我又重读了一个俄国人写的《康德传》，让我又近一些认识了康德的思想。《康德传》也是我很喜欢的一本书。康德的哲学对李泽厚研究中国思想史有很大的影响。在李泽厚的中国思想史"三论"中，我更看重他的《中国近代思想史论》。

我大部分的阅读是"滞后性阅读"

我读李泽厚的《中国古代思想史论》是最近的事，也浏览了他的《中国现代思想史论》。这可能与我喜欢"滞后性阅读"有关。我觉得"滞后性阅读"更可靠，正在流行的未必是好的。前几年国学热不断升温，我却持怀疑态度，怀疑是又一次沉渣的泛起。我对主张少儿读经很反感。我对所谓的"新儒学"曾有所涉猎，印象不佳。我也涉猎过一点所谓"国学的经典"，并不认为依靠它们能给中国人带来美好的将来，更不相信 21 世纪是中国文化大行其道的世纪。但借着这股热气儿，就读了几本和国学有关的书，包括李泽厚的《中国古代思想史论》。读这类书，是为了校正和印证自己。阅读是我生活的组成部分，除了喜欢，还有一个自私的目的，那就是，不想被骗，也不想自骗。愿意"滞后阅读"，也有不想被流行和热闹所迷惑的私心。

还有，我的阅读经历告诉我，外国人的书比我们自己人的书更可靠，更耐读。比如费正清，20 世纪 90 年代初，我在一个小县城买到了他的《美国与中国》，读后印象很深。

一个外国人对中国文化的研究，其深入程度很少在中国人的著作里看到。他还主编了一套大部头的《剑桥中国史》，比我读到的中国人编写的中国史好得多，比如范文澜的《中国通史》。不久前写有关唐玄宗的电影剧本，我首先看的就是《剑桥中国史》的唐代部分。美籍华人黄仁宇的《万历十五年》也是一本好书，在我能买得起书送朋友以后，这本书就曾是我送朋友的礼品。他的自传《黄河青山》也是值得一看的好书。马克思·韦伯的《新教伦理与资本主义精神》、萨义德的《东方学》、罗素的《西方哲学史》都给我留下了美好的阅读印痕。

实用性阅读与"充电"

就阅读来说，我属于先天不足、发育不良的一类。参加工作以后，我的阅读逐渐和工作相关起来，带上了一定的实用性。我在政协做过文史资料工作。我很喜欢阅读全国政协编辑的《文史资料》。就因为这样的阅读，辛亥革命以后几十年的中国历史在我的印象里是鲜活的、立体的。这样的文史资料汇编，应该进入大众阅读的领域。

实用性更强的阅读是因为写作。比如要改编《水浒传》，就得细读原著；要写刘邦项羽，就必须细读《史记》中有关的篇章；要写唐玄宗，就得阅读和唐玄宗有关的历史和专著。实用的同时，也是一种补充。

当然，实用性阅读并不是我阅读生活的全部，我依然给经典阅读留有空间。我很怀念20世纪80年代我富有激情的经典阅读。那些经过时间过滤以后，能够常读常新的文字，是我思想、精神和情感的资源。

我的"两本中国书"和"一个中国人"

阅读是一种交谈。一个人一生中真正能够交谈、喜欢交谈，且能常"谈"常新的书，就像一生中真正的朋友一样，并不多的，有三五个就不错了。在中国作家作品里，我愿意选择司马迁的《史记》，曹雪芹的《红楼梦》，还有鲁迅的作品。

不管从历史，还是叙述文学的角度说，《史记》都是前无古人后无来者的"绝唱"。在它之前之后，中国都没有过如此宏大的叙事作品。没有人能像司马迁那样，把中国的历史叙写得如此庞杂丰富，且血肉饱满，精力充沛，气韵生动。它像中国历史著述和叙事文学长河中的怪胎、孤峰，前后没有呼应，没有承继。

曹雪芹的《红楼梦》是又一个怪胎、孤峰。它可以和我读到的任何一部外国叙事文学作品比肩媲美。单就其中金陵十二钗的凄美的生命故事，已足以让它之前之后的作家绝望。它和《史记》一样，已经成为中国文学和艺术创造的资源，还使许多研究者有了饭碗和浮名。

鲁迅也是一个孤独的存在，而且不仅在于文学的意义。他以他全部的作品创造了中国现代文学史、思想史、文化史上的奇观。他是孤独的反叛者，是绝望的战斗者，是现存秩序的对抗者，至死不回，至死不悔。他分清了奴隶和奴才。他希望自己的作品速朽。实际的情形是，把他所有的作品在当下发表几乎都像新作一样有力。就因为有鲁迅，中国现代文学史、思想史、文化史才有了它应该有的重量。我喜欢他的作品，他的书一直是我的床头书。

也正是《史记》《红楼梦》和鲁迅，我才更深切地感受到了不同时代的汉语富有的表现力和经久耐嚼的美感。■

（摄影：吴忠平）

胡野秋

Hu Yeqiu

《简·爱》/ 夏洛蒂·勃朗特

一位从小变成孤儿的英国女子在各种磨难中不断追求自由与
尊严，坚持自我，最终获得幸福的故事。

胡野秋，文化学者、作家。1983 年进入新闻界，供职于《中国青年
报》，曾数次获国家级新闻奖，包括"中国新闻奖""全国好新闻一等
奖""全国现场短新闻一等奖"等新闻界最高奖。1992 年末南下深圳，
供职于《深圳特区报》，并创办《影视双周刊》杂志，任副社长、总
编辑。后在深圳从事文化战略、文化产业及传媒研究，出版有《胡腔
野调》《冒犯文化》《作家曰》《佛国橄榄绿》等著作，并在多家媒体开
设个人专栏。

作者：[英] 夏洛蒂·勃朗特
出版社：上海文艺出版社
译者：宋兆霖
出版时间：2007 年 8 月

夏洛蒂·勃朗特 《简·爱》

本书是 19 世纪英国著名的女作家夏洛蒂·勃
朗特的代表作。它讲述一位从小变成孤儿的
英国女子在各种磨难中不断追求自由与尊严，
坚持自我，最终获得幸福的故事。小说引人
入胜地展示了男女主人公曲折起伏的爱情经
历，歌颂了为摆脱一切习俗和偏见的勇气，
成功塑造了一个敢于反抗、敢于争取自由和
平等地位的妇女形象。

《简·爱》与我的"乱读时代"

胡野秋

阅读始于"乱读"，环境越艰难欲望越强烈

我的读书生涯始于"乱读时代"。之所以"乱读"，是因为没有办法去有引导、有规律、有章法地读书，在当时甚至连读书本身都是一种罪恶。现在想来，社会的主流思潮如此公然仇视、排斥"读书"行为的，在中国历史上只有秦朝。

我读小学时赶上了"文革"的尾巴。1969 年，老人家提出"复课闹革命"的号召，我就在那时节背起书包上了小学。功课除了口号没任何实质性内容，不是背诵"老三篇"[1]，就是《毛主席语录》。随着认字进度的加快，我比同学超前了一步，开始阅读《毛泽东选集》，也就是"雄文四卷"。我对这四卷的情有独钟全在于文后的注释，读尾注读得津津有味。因为那时候"破四旧"很彻底，基本上找不到古书，而"毛选"里有很多成语典故的解释，我把它当故事读，倒也觉得有趣。尤其是没人逼着你读，你反倒格外认真，毫不做假。

很快，读书的效果就出来了。我在班上常常冷不丁炫耀几句成语，用今人的调侃叫"这丫还会说成语"，令同学乃至老师大为惊讶。历史知识也是那样片段式地累积起来的。这也许是读书给我精神上带来的"第一桶金"。

此后读书欲望不可遏止，因为书的资源奇缺，我转而对一切有字的纸张钟爱有加。最奇的是，因为父亲业余喜欢中医学，我从他的书架上拿过厚厚的《汤头歌诀四百首》就读。那是什么书？是中药的书，里面有很多药方，还教人如何熬药，但因为它用诗的形式进行描述，所以也成了我的猎物。上厕所时别人扔的一团纸，只要有字，趁没人时我都会悄悄地捡起来展开看看，说起来都有点恶心。

夏洛蒂·勃朗特

遇上《简·爱》，照亮了我荒芜的精神世界

就这么"乱读"着，直到遇上《简·爱》。那时刚上初中，读《简·爱》同样是无意的。因为第一次读她时，读的是"残书"，也就是没头没尾的书。读这种没头没尾的"残书"，可能是"文革"中我的同龄人共有的经验。这些书大多是造反派焚书时的漏网之鱼，没有封面封底，前边不知撕了多少页，后边往往也没有善终，但居然也读得进去。

《简·爱》对于小小少年的我，自然是本奇书。因为在读这本书之前，我已经有一些阅读小说的经验，比如《艳阳天》《三探红鱼洞》之类，那些书里会告诉我谁是好人谁是坏人。但《简·爱》里没有明显的好人和坏人。刚开始我挺讨厌罗切斯特，觉得这个人对简·爱太傲慢，而且迂腐十足。但看到后面，我逐渐觉得此人的坚强异于常人。而简·爱的独立、坚忍让我崇拜得一塌糊涂，毫不夸张地说，简·爱是我的第一个明确的偶像。简·爱和罗切斯特的一些经典对话，我至今都能脱口而出。比如简·爱在花园中的一棵七叶树前对罗切斯特说："你以为我穷，不好看，就没有感情吗？我也会有的。如果上帝赋予我财富和美貌，我一定要让你难以离开我，就像我现在难以离开你。上帝没有这样，我们的精神是平等的，就如同你跟我经过坟墓，将同样地站在上帝面前。"这些关于平等、博爱的句子，照亮了我荒芜的精神世界。

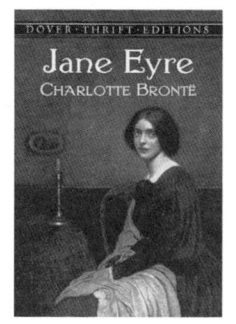

《简·爱》

迷恋简·爱很久以后，我才真正读到完整的《简·爱》，才知道书名，才弄清夏洛蒂·勃朗特的身世。类似这样从"残书"读到"善本"的书还有不少，比如《复活》，比如《牛虻》等。但更多的书至今都无法知道书名，更遑论作者了。这些书像一个个朋友一样活在我的记忆中，给我最初的阅读温暖，同时给我留下太多模糊而交叉的阅读悬疑，让我至今念念不忘。

所以现在我常想，文化萧条倒反而催生文化饥渴，文化丰富也许会导致文化厌食。眼下书籍多了，阅读欲望却没了。别说四处搜寻，摞在书桌上的书落满了灰尘，都懒得翻一下。人是一种奇怪的动物，没东西吃不行，东西多了又腻味。

现在我和我身边的人，仍然常常会互相打听："最近有什么好书？"有了推荐，也会买来，但未必都读。而且大家都依赖报纸书评版对图书的判断，就像女人根据时尚版去选择化妆品、服装、首饰一样。

但我想，我们仍然需要读书，需要以认真的态度读一点认真写出来的书。

读什么书？怎么读？

我读书一般没有计划，因为没有目的。前些天我在"深圳文化沙龙"上谈了个观点，深圳用十年时间集聚起了读书的空气，固然可喜，但现在要从"读不读"向"读什么"转化。从某种意义上，"读什么"比"读不读"更能体现一个城市的品位和品味。

我现在到处推销我的"读闲书论"，就是每人每年要读至少两本跟本职工作无关的闲书。因为我检点自己的读书生涯，最大的收益恰恰来自于那些不经意间读过的闲书。比如我过去做记者，从来不会得益于"采访学""编辑学"之类所谓的"业务书"。后来做文化研究，能够对我起作用的也是那些杂书。至于对于一生有影响的书，那更是非闲书莫属。

　　那么，什么是"闲书"呢？这当然没有定论。从类别上分大致就是跟社会、政治、功名等有点距离的书；从写法上分就是无一定之规、自由挥洒的书，包括小说、游记、名物、传记、花鸟虫鱼、饮食男女等；或者干脆用一句话概括，即"凡是应试教育下中学老师反对的书"。因为中学老师看见学生读小说就紧张，就觉得是浪费时光，而这扼杀了多少读书种子。

　　至于怎么读，就因人而异了。精读、细嚼、泛读、草读，我认为都可以。读闲书的好处就是没有压力和目的地读，可以根据彼时、彼地、彼人、彼书的瞬间状态，随时调整，无需给出"怎么读"的范式。"无范式"才是最合理的读书方式。

　　读书月极大地改变了深圳城市的格调，柔化了深圳的城市硬度。读书月最大的价值在于它贡献了一个新的价值观。过去，我们的城市曾经贡献过一个价值观——"时间就是金钱，效率就是生命"，这个价值观对于从计划经济到市场经济转换的中国有过特殊意义。但时至今日，这个价值观已经不能继续引领社会了，它只是初级的价值观。在物质化的社会，这样的价值观只有解释性，没有了引领性。所以读书月贡献了一个新的价值观——"阅读令人尊重""阅读是最美的季节"。这个价值观具有引领性，它让我们明确物质不是目的，精神和灵魂才至关重要。

　　读书使我们整个城市逐渐地安静下来，逐渐地从容起来，这是一个了不起的进步。当然，这一切都还刚刚起步。可以想见，五十年一百年地读下去，我们这个城市会越来越让人留恋，越来越有趣味的。一个有趣味的城市才最适合人居，完全不是什么"海景""山景"的豪宅所能替代的。只要阅读，虽居草庐，也拥有世界。■

（摄影：吴忠平）

王绍培

Wang Shaopei

《〈中庸〉洞见》/ 杜维明

可以看作是作者对《中庸》的"洞见"，也可以理解为作者对
《中庸》"洞见"的"洞见"。

王绍培，资深媒体人，知名时评专栏作者，后
院读书会创始人。历任中专教师、《青年论坛》
杂志编辑、《南山报》记者等。1994 年参与创
办《街道》杂志，1996 年参与新创刊的《深
圳风采周刊》，2003 年进入《深圳特区报》撰
写专栏评论。著有随笔集《性感的变奏》《用
梦想化妆》等。

作者：杜维明
出版社：人民出版社
出版时间：2008 年 7 月

杜维明 《〈中庸〉洞见》

本书是当代著名新儒家代表杜维明先生的一部诠释国学原典《中庸》深层义理的著作，紧紧围绕文本的三个核心概念，即"君子""政"和"诚"，对蕴含在《中庸》中的种种洞见做了高屋建瓴、鞭辟入里的解析和阐释，既可以看作作者对《中庸》的"洞见"，也可以理解为作者对《中庸》"洞见"的"洞见"。其思想之深邃、视野之开阔、气势之恢宏，在当代儒学研究中，是很少有能望其项背的。

书的书的书

王绍培

"文革"期间：无头无尾的开放阅读

我读过的第一本书是一部长篇小说，它无头无尾。无头，即来历不明；无尾，即不知所终。那是"文革"期间，很多小说都被定性为"黄色小说"，属于禁书之列。我 8 岁半才上小学一年级，彼时尚不足 10 岁，犹记得小说里有茫茫的科尔沁草原，有抗洪抢险、守护牧民粮仓的勇士……很多年后，我曾经想搞清楚这部小说的书名和作者，这自然不难，但我终究没有这样做。或许，并不是每一个未解之谜都需要一个答案。用一本残缺的书来开始一个人的阅读之旅，这样的经历兴许前无古人，更可能后无来者了。也就是说，我的阅读史很可能拥有空前绝后的独特性。

换一个角度，一本伤痕累累的书，宛如一个曾经沧海的人，沧桑的经历同时使它成为另一本书。而残缺又让这本书具有了"天然的"开放性：它诱人去想象故事缘起为何，故事又将终焉何处……阅读带来的开放性永远是阅读最重要的旨趣之一，而那些无头无尾的书用一种粗暴的方式直接呈现了这一点，这算得上是一种阅读的奇遇了。让我们设想一下，中国最著名的长篇小说《红楼梦》如果没有被人各种狗尾续貂，那无疑将会比现在所读到的更有魅力。

因为"文革"，我的阅读具有不可复制的独特性。仅仅从阅读的角度而言，"文革"可能不完全是一件坏事。书资源的严重匮乏，加上禁书的神秘属性，两者都极大地强化了阅读的快感。我还记得一本书到手时的那种狂喜，恐怕近乎阿德勒[1]所谓的"高峰体验"了。这样的兴奋在我毕生的阅读生涯中绝无仅有。

"文革"禁了很多书，但是，有一个人的书不仅没有被禁，反而大量出版。这个人便是鲁迅。无需推荐介绍，鲁迅的书便自然而然地出现在阅读的视野里。他的文章被公认是第一流的，这帮助我在潜移默化中建立起判断文字的标准，让我获益匪浅。鲁迅作品的大量出版，也向社会传递了现代文学史的信息，即便如今来看是片面的、狭隘的、误导的……但聊胜于无。

值得一提的是，"文革"后期出版了"四大名著"，我对古典小说的阅读便是在这个时期完成的。"四大名著"当中，我读过次数最多的是《西游记》，但从未从头到尾读毕全文。看到孙悟空被玉皇大帝降服，后面取经的故事大同小异，我就觉得兴味索然了；我读《红楼梦》也是重点式的，比如读林黛玉之死较多，家长里短的地方大致都略过；我对《水浒传》的兴趣超过《三国演义》，大概是我那时就觉得江湖比朝廷更有意思吧。"文革"结束之后，各种世界名著都重新出版，书店门口时常出现排队买书的盛况，甚至连包括哲学在内的理论书籍都十分畅销，这样的情形今时今日已难以想象。当然，如果没有"文革"，我童年、少年时期阅读的内容将会

1. 阿尔弗雷德·阿德勒，奥地利精神病学家。

完全不一样，我将会在我人生记忆力最好、求知欲最强、精力最旺盛的时候阅读更多的经典，我的知识结构和文化结构也将很不一样，这是毋庸置疑的。

大学时代：天地人和的书海畅游

1978 年秋天，我考进武汉大学哲学系。很快，我就发现上课是不必要的。大学提供了"自学成才"的最佳环境：那么多书，那么多时间，那么多可以一起讨论的人。我有很多时间泡在阅览室里翻阅杂志——几乎阅遍所有。我可能是同学中去图书馆借阅次数最多的人之一——隔三岔五就去借回一批书。那个时候我就翻到李宗吾的《厚黑学》，这本书后来重印出版，几乎成为畅销书。我对李宗吾不同凡响的思路感兴趣，认为他的见解似有道理，但并没有受他思想的影响。

大学期间，我对黑格尔情有独钟。《小逻辑》自是百读不厌，《精神现象学》也是拜读再三，其他著作大抵亦都读过——这兴许正是我理性主义思考习惯的来源。彼时我已对小说阅读兴趣寥寥，但仍有几本小说印象颇深，如钱锺书的《围城》、於梨华的《又见棕榈，又见棕榈》以及莱蒙托夫的《当代英雄》。这三部小说中的主人翁方鸿渐、牟天磊、毕巧林似乎有某种相似性，都像是各自时代的"多余人"，无力的时代反抗者，优柔寡断的自我边缘化。我对这样的人物有某种亲近感。

文学方面，袁可嘉主编的《外国现代派文学作品选》为我打开了一扇看世界的窗户，介绍了许许多多的现当代文学家。我对艾略特的了解好像也是始于这部选集。应该是从艾略特这里，我开始留意宗教跟西方文化的关系。从 1978 年开始，我的阅读的黄金时代一直延续到今天。我已从阅读中收获太多，即便身无长物，也已了无遗憾。看得出，我的碎片化阅

汉译世界学术名著丛书

小 逻 辑

〔德〕黑格尔 著

《小逻辑》

读开始得很早。我是一个杂食主义者，什么书都翻翻，没有目的，没有规划，兴之所至，蜻蜓点水，这当然不足为训。

诗歌和哲学：认识文化、历史、社会的窗口

　　书籍于我，大部分是有助于我认识文化、历史、社会的。在某种意义上说，它们是我的工具书。有两本书代表了我的阅读偏好，一本是艾略特的诗歌《四个四重奏》，另一本是杜维明的哲学《〈中庸〉洞见》。因其诗歌的思想性和历史感，艾略特大致算得上是我最喜欢的诗人。他的诗歌，一则有思想分量，二则有史诗的性质，而这两点正是中国诗歌较为缺乏的。离开"上帝之死"的背景，读不懂《荒原》；离开艾略特对"一个人哲学"的重视，读不懂《四个四重奏》。艾略特发扬光大了西方的史诗传统，但采取的是独特的戏剧性方式。戏剧是史诗的一种浓缩方式。杜维明的《〈中庸〉洞见》则用最简洁的语言诠释了作为宗教性的儒学，对一个人如何完善自己、服务社会并进入超越之境，都有重要的启示。《〈中庸〉洞见》对儒家思想中最精髓的部分——君子、信赖社群和道德形而上学——进行了深入而又晓畅的诠释，指出儒学并非世俗的"人文主义"，而是宗教的"人文主义"。如果没有宗教的向度，那么对君子的鉴赏将会是浅薄的，对儒家"政"的理解将误入歧途，对儒家"诚"的理解也将有所缺失。这本书是对儒家思想的一次提纯，阐明了儒学在当今社会的必要性。■

杜维明

（摄影：吴忠平）

严凌君

Yan Lingjun

《鲁迅全集》/ 鲁迅

鲁迅这些直面人生、向善求真的作品，在当下的社会语境中
依然不可或缺。

严凌君，深圳育才中学语文教师，他所创制的
"青春读书课"，致力于改善学生的读书方法和
审美意识，在全国语文教育界产生了积极的影
响。2004年，商务印书馆出版了严凌君编选
的《青春读书课》系列丛书，在图书市场上产
生了轰动效应。

作者：鲁迅
出版社：人民文学出版社
出版时间：2005 年 11 月

鲁迅 《鲁迅全集》

发轫于"五四"时期的中国新文学，无论是语言形式还是表现对象，都是中国文学史上一座新的高峰，而巅峰之上的领军者便是鲁迅。在经历了诸多变故后，他弃医从文，志在对国民予以根本的疗救。从 1907 年发表第一篇论文《人之历史》，至 1936 年逝世，他笔耕不辍，留下了大量著述，包括小说、散文、杂文、书信以及一些学术著作。毋庸置疑，鲁迅这些直面人生、向善求真的作品，在当下的社会语境中依然不可或缺。

书里生活相媚好

严凌君

饥饿的孩子

20 世纪 60 年代生人，都是饥饿的孩子。肚子的饥饿让我们这个历史悠久的美食王国的国民又发明了许多享誉世界的经典菜式：榆钱饭、槐叶窝头、清蒸观音土、生吃黑煤球……而脑子的饥饿可以把一个孩子变成白痴或者书痴。我就是一个那个年代饿出来的书痴。

在语文课上小和尚念经一般念了领袖语录之后，在历史课上奇怪了那么多农民起义之后，在政治课上将上个学期赞扬过的大好形势又批判了一遍之后，我们走在放学路上，滚铁环，抽陀螺，用弹弓打麻雀，手忙脚乱而脑袋空空，一路晕回家去。日复一日，我们在最需要精神养料的岁月，像无土栽培的植物，清水中抽条的豆芽，纯洁得苍白，空虚得通透。全中国的同龄人，能够清清楚楚看见彼此肚子里几行可怜的文字，像土匪的暗语一样流通着。

　　内心生活停在街角，街角的租书摊。饥饿的嗅觉让我发现了这个地方，我苍白的童年唯一花花绿绿的所在。连环画，巴掌大小一本，每页上图下字，时称"小人书"——大约纯文字的书是"大人书"。摊主为防孔乙己，将图书用铁丝绑在长方形的木板上，一板绑两本。普通图书一分钱看一本，两分钱一板。长篇看客多，如《水浒》《三国》《说唐》等价格翻倍，看完一套几十本常常要许多分钱。图书不能带走，看客围聚摊旁，坐小板凳或用报纸席地而坐，大人小孩济济一地。这里比学校幸福，是我放学后隐秘的欢乐之地。那时候，城市平民孩子的口袋里是没有零花钱的，能拥有一分钱，而且是每天拥有，这是巨大的幸福。我没有这样的幸福。我的父母是最早的"下岗工人"，"精简机构"运动把全家赶到农村数年，回城后自谋生路。父母摆地摊卖小吃，夏天沿街叫卖冰棒。我放学后帮忙叫卖冰棒，有时一天可以得到一分钱犒赏。但我被一套长篇小人书迷了魂，等不及第二天的到来。然后，我偷钱了，两角钱。这天半夜三更，父亲将我从床上揪起来，一阵拳脚，打了个"胡笳十八拍"，好梦出塞。当时卖一根冰棒能赚7厘钱，20分钱，要卖出多少根冰棒？ 29根！要声嘶力竭热汗淋漓叫半天，我当然该打。

　　人到少年，家无藏书，是真正的穷人家的孩子。我的中学时代，有两本藏书的同学就是精神贵族和明星，而我就是一个追星族，嗅到一点书的味道，必然软磨硬缠得手方罢。

在那个禁书的年代，稍微正常一点的书籍都是"毒草"，借书成为一种地下活动，是比早恋还要隐秘的事，要瞒着家长和老师。而读书的效率，要像间谍交换情报一样快捷。许多书只能课上翻阅，现借现还，阔气点的允许带回家过夜。如果有好书来不及细看，我的办法是连夜抄下来。我在中学时代就这样连夜抄过两本书，书名还记得：一本是秦牧先生的《艺海拾贝》，是我的文学入门书，里面讲了许多作家、艺术家的创作故事，读了以后有了向同学吹牛的材料，很是得意；一本是上海古籍出版社（我至今清晰地记得这个名字）出版的古典文学普及本《唐诗一百首》——那时候见不到《唐诗三百首》啊，否则我就更有学问了。这是孕育我古典书生梦幻的第一片土壤。至于在夏日油灯下沉迷半本《牛虻》，头发滋滋烧焦；冬天火盆旁陶醉一部《红楼梦》，棉鞋裂口喘热气，那可是少有的神仙日子。

鲁迅

前几年换书架，将所有藏书清理一遍，发现我自己掏钱购买现存至今的第一本书，居然是鲁迅先生的《野草》，1973年人民文学出版社出版，定价0.20元。那一年，我10岁。一个10岁的孩子怎么会去买一本鲁迅的《野草》呢？翻翻书，似乎没有留下仔细阅读过的痕迹。当时可能只想拥有一本属于自己的书，《野草》这本书价格又不太贵，而且文章那么短，跟课文差不多，似乎这是买的理由。那时候，"作家"还是个褒义词，而鲁迅是我当时知道的唯一在姓名前面冠上"伟大"一词的作家。

高尔基曾说："我看见一本好书，就像饥饿的人扑到面包上一样。"我的大脑和肚子都明白他的意思。20世纪60年代生人，是现在中学生的父辈们，大约也都有过同样的感应会意。

书里生活相媚好

上大学的时候，那个眼神忧郁的16岁少年站在古朴的图书馆门前，是个盯着宝藏的大盗，他已经获得了珍贵的咒语"芝麻，开门吧"。

大学的第一课是文艺理论，老师介绍文学起源的三种学说，顺口提到还有第四种说法，刊登在某期《北师大学报》上。下课铃一响，少年飞奔图书馆，借下那期学报，又奔回教室上课。这是借书证上有案可稽的第一本书。

此后的日子，图书馆替代了课堂。这位数学白痴这样计算：听一节课老师只能讲解10页书，如果自学，同样的时间可以看100页书，然后郑重决定逃课。大学4年，他老实上课的时间加起来不足半年，其余时间都泡在图书馆。考试过关不在话下，这更坚定了他自学的信心。图书馆的工作人员都认识这位身材单薄、眼镜沉重的少年。一位胖胖的阿姨对他格外开恩，每个学生借书的上限是 6 本，她对他悄悄撤销上限，允许他超量借书，令他想起当年漂母饭信。图书卡片箱被他翻遍，边翻边抄书目；每周一次新书上架，他总是抢先"拦路打劫"；隔三岔五就抱走一堆书，三天两头又抱回一堆书，像个忙碌的走私犯。有个暑假不回家，到图书馆义务打工，帮助整理图书，算是回馈那些可爱的人，并且亲近更多可爱的书。按照流行的人才学说，一个学者的知识结构呈金字塔型，一般知识是底座，逐级上升，专业知识为塔尖。底座要广博，塔尖要突出。于是，他一两个月浏览一门学科，做厚厚的笔记和小小的卡片，好像真个是要做学者的样子。少年的兴趣是诗歌，就是"塔尖"了。他的一个得意之作是，将馆藏全部外国诗歌译本翻了一遍，不知道这个记录现在是否有人打破。

偶然发现俄国生物学家柳比歇夫介绍的"生命计时法"：将一天所有活动分成有效和无效时间分别记录，每 5 分钟的活动都登记在册。这样，你能够清楚地看见自己每天的有效时间是多少。少年从此着魔，将自己打造成一个彻底的书痴。你能想象一个上洗手间都来去匆匆的呆瓜游走在大学的校园里是如何可笑，如同手握定时炸弹赶路的人，他居然这么跑了两三年。那么好的年华，本该去约会佳人，卿卿我我的，怎么会一头钻进书堆里白费青春呢？疯狂于迷死人的书海艳遇，带体味的恋爱却乏善可陈，那时候的大学生大约都是这么傻的。对于一个饥饿的孩子，没有比往肚子里拼命填充食物更急切的事了。

也曾风花雪月，半夜躲在蚊帐中拧亮手电筒写诗；也曾激扬文字，吆朋喝友自办诗刊《三原色》，差点成"地下刊物"，被系主任喊去训话、勒令停刊；也曾指点江山，在校园湖畔一圈圈散步，同行者有上帝、马克思、卡夫卡、少年和先贤后学数人。听孔夫子说"吾少也贱，多能鄙事"，晚生相视一笑；芥川龙之介插嘴："生活可由书本习得"，少年莫逆于心。

20年后，少年已然中年，被母校邀请回去开讲座。故地重游，往事历历，心中喃喃：大学，最令我怀念的还是图书馆。

人生是否可以像书本一样丰美？当年来深圳的理由之一就是——有钱买书。现在真可以坐拥书城了，这本身就是幸福。有可能将这种幸福传递出去，就是更大的幸福。在网上我使用一个古典的网名：白衣书生。一个平民知识分子，一个民间思想者，一个普通读者，一个爱书人，一个一品老百姓。总之，一名白衣书生而已。■

（摄影：吴忠平）

魏小河

Wei Xiaohe

BOOKS THAT HAVE MOST SHAPED MY LIFE

《哈利·波特》/ J.K. 罗琳

《哈利·波特》是英国作家 J.K. 罗琳于 1997—2007 年所著的魔幻文学系列小说，该系列小说被翻译成 73 种语言，名列世界上最畅销小说系列。

魏小河，90 后作家。2013 年创办"不止读书"微信公众号，发表原创书评，至今已获得 40 万人关注。2014 年开始，在北京、上海、深圳、广州、武汉、南京、成都、合肥、西安、郑州等城市发起"不止读书会"，让喜欢读书的人彼此相遇。已出版《独立日：用一间书房抵抗全世界》《失眠书：深夜里叫醒我们没有过够的青春》。

作者：[英] J.K. 罗琳
出版社：人民文学出版社
译者：马爱新等
出版时间：2000 年 9 月

J.K. 罗琳 《哈利·波特》

本系列是英国作家 J.K. 罗琳于 1997—2007 年
所著的魔幻文学系列小说，共 7 卷。其中前 6
部以霍格沃茨魔法学校为主要舞台，描写的是
主人公——年轻的巫师学生哈利·波特在霍格
沃茨前后 6 年的学习生活和冒险故事；第 7 本
描写的是哈利·波特在第二次巫界大战中在外
寻找魂器并消灭伏地魔的故事。

读书在我，是一场误入歧途

魏小河

一

我不是一开始就喜欢读书的。

事情要从很久以前说起。那是 20 世纪 60 年代初，安徽颍上县正遭遇严酷的饥荒，农村里的年轻人结伴出走外省，寻找新的家园。有人走到江西，在赣北深山的某处林场停留下来，伐木，种树，匆匆一生。

很多年后，他们的子女长大成人，进厂工作，结婚生子，展开新的生活。一场迁徙有了第二代，第三代，生命就这样延续下来。我就是那第三代中的一个。

我出生的时候，世界已经变了模样。树不砍了，反倒是工厂一间一间地开起来。我的父母不用再上山护林，他们成了工人。

然而，时代总是比人大。我刚上小学的那几年，"下岗"成为流行词，我认识的几乎所有父辈都面临人生中的巨变。

他们曾经向往的稳定生活从此覆灭，他们得学会寻找新的活路，去不熟悉的外地打工。有人因此发了财，受人羡慕；有人从此碌碌一生，辛苦却无所得。

像几乎所有和我一样大的孩子一样，我被送往外婆家、奶奶家。那些曾经长途跋涉的年轻人已经衰老，衰老到正好可以带养他们的孙儿。

现在，很多人已经与泥土不亲近了。我很幸运，小时候，我是挨着大地生活的。在外婆家，我就像一只石头中蹦出来的猴子，找到了自己的天地，撒野玩闹，快活无比。我的外婆不识字，但是她有各种本领：她会包粽子，她会用嫩竹扎成条把（扫帚），她会炕茶叶，她会用狗尾巴草编出一只小狗来，她还会在夏天的夜晚里讲上一个又一个鬼故事。

在乡下，书不是必需品，所有的事情都由经验解决。再者，也没有多少人看得懂。老一辈人大多不识字，年轻一辈全部外出打工，至于我们这些小屁孩，天天上学已经够讨厌的了，还要看书，那更是不可能的事。

整个小学生涯，我只看过两本书。一本是《舒克和贝塔》，郑渊洁的作品，这也是我后来才知道的。那时候谁知道郑渊洁是谁呢。不过是因为书的封面花花绿绿看着好奇，并且里面全都是图画，我才向同学借来看的。另外一本是《安徒生童话》还是《格林童话》，我也记不清了，因为那本书没有封面。

我记得清楚的，倒是学校后面的操场。操场连着一小片竹林，是细小的竹子，不是那种笔直的毛竹。体育课，我们经常会在竹林里穿梭，找一个好地方，垫上一些松毛，做成一个窝。有些人还会摘些野花野草，弄得像个门厅。要不然，走出竹林往外，就是山了。山上有很多坟墓，据说这学校本来就是在坟山上建起来的。我们不怕坟墓，反倒感到好奇。夏天里，山上最凉快了，很适合玩捉迷藏，或者一伙人一伙人建起帮派，试着用竹棍比武。总之是热热闹闹的。

读书是太安静的事情，我们都坐不住。对我来说，厚厚一本全是文字的书，看着就让人恐惧，无论如何是不能看完的。

二

我第一次完整地看完一本小说，是在初中二年级。

那时候，我从外婆家搬到奶奶家，从村庄搬到小镇，从泥土走向水泥，才发现原来的经验全部不管用了。在镇上，人们不关心小河、田野和大树；孩子们不上山，不下水，他们有随身听，有篮球场，有游戏机。他们谈论的话题也和我所熟悉的不一样：电影、音乐、明星，对此我一无所知。因无知而沉默，因沉默而自卑。

不可否认，我第一次试图读一本书，不是因为别的，而是为了抓住一点什么东西，让我和周围联系得更紧密一点。

那本书是《哈利·波特与密室》。我知道这本书，是因为一节政治课。上这门课的老师叫作淦清，卷头发，戴眼镜，年纪很轻。和其他老师不一样，他经常会在课堂上讲一些不相干的东西。有一节课，他突发奇想给我们讲了一个故事。故事是这么开始的：在这个世界上有两种人，一种人会魔法，另一种人不会，不会魔法的人被称为"麻瓜"……

他花了一堂课，给我们讲了一遍哈利·波特的故事，我当时并不知道这个故事从何而来，只觉得神奇：魔杖、咒语、可以飞行的扫帚、活在我们周围的巫师……

铃声一响，故事破碎，收拾抽屉的声音如同千军万马。几乎不到一分钟，从走廊到操场全是人流。我背着书包走在人群中，若有所失。然而很快，回到家里吃饭、睡觉，一天过去，又一天过去，这个故事慢慢地变成一个模糊的影子。

直到有一天，我再次碰到它。

那是一个中午，一个昏昏欲睡的中午，我早早地离开家去学校。小镇的街道上太阳毒辣，路上没有什么人。店铺里的老板要么躺在摇椅上，要么趴在柜台上，蝉鸣笼罩了整个世界。我莫名其妙走进了镇上唯一一家新华书店，爸爸曾在这家书店给我买过一本字帖，除此之外，我几乎没有来过。店里很凉快，老板和一个客人在柜台边聊天。我装作若无其事的样子四处打量，墙上挂着很多青春杂志，还有学英语的教辅书，有一个台面上摆着四大名著，旁边是一本绿色书皮的书，好像是被人不小心忘在那里的。我走过去把书拿起来，书名是《哈利·波特与密室》，正是我听说过的那个故事。这是一次激动人心的重逢，我必须买下这本书。

《哈利·波特与密室》

我小心拿起书，面向老板："这个多少钱？"

"11块。"他看了我一眼，又转回头继续和那人聊天。

我赶紧从口袋里把钱掏出来，抱着书跑了，生怕老板发现这本书的标价是 22 元。我把书装进书包里，跑到学校，对谁也没有说起这件事。

后来，我才知道，因为是旧书，老板是打折卖给我的，但这都是后话了。买完书的第二天早晨，我就开始看起来。那时候，父母把我托给奶奶带。奶奶不识字，但很严厉，每天早晨五点半准时把我叫起来读书。洗漱完毕，我搬一个小凳子坐到后院去。那里有一个鸡舍，里面十几只鸡已经醒了。往常，我一边看看鸡，一边看看天空，一边打瞌睡，一边读读书。可是这一天不一样，我把《哈利·波特与密室》藏在语文书里面，偷偷看起来。花了 4 个早晨，我就把这本书读完了。

读完了，然后就过去了。我并没有因此而成为一个热心的读者，那个阴森的书店我也很少去逛。我甚至没有和同学聊起这本书，它是我的一个秘密，和所有的秘密一样，只能默默地藏在心里。我仍然不知道怎么结交新朋友，我仍然和这水泥的世界，有着一层隔膜。

而真正让我打破这层隔膜的已经是上高中时候的事了。

三

高中，到县城。县城，对小时候的我来说几乎是最遥远的地方，而现在我每天都在这里生活。虽然被困在学校里，但是一切都发生了变化。世界变大了，太大了，而我知道的太少，太少。

学校里的同学来自全县各地，我喜欢这种状态：不再只有我一个人是陌生人，所有人都是陌生人，所有人都有来处，所有人都不在乎。我很快在这种状态里找到了朋友，并且开始疯狂地读起小说。

学校生活是很憋闷的。对于青春期的孩子们来说，未来很远，可是到底有多远；人生很长，可是到底有多长；爱情很美，可是到底有多美。一切都影影幢幢，不清晰，不确定；一切都是可疑的，一切都是飘忽的。

那时候，对于书没有成见，文学经典和青春文学一样都可以看得津津有味。和很多后来认识的爱读书的朋友不一样，我不是从四大名著、外国经典开始看起的。我的起点不是书房，而是闹哄哄的教室。

我坐在教室的最后一排，把课本堆在桌子上高高一摞，正好可以躲着看书。书都是从同学那里借来的，什么武侠、玄幻、言情、推理、恐怖，没有要求，一律通吃。

但是，我比较贪心，我试图发现更大的世界。这个世界是通过一个个名字慢慢拓展的，就像电子游戏里因为你的探索而一点点清晰的疆界。

那时候，学校门口时不时会来一个书贩，摆出一大片地摊，上面全是书，不是教辅书，而是各种盗版合集。流行的青春文学自是不一而足，不过，还有一些其他玩意儿，比如《尼采全集》《叔本华全集》《二十四史》，对于不熟悉的这一部分我产生了兴趣。尼采这个名字偶尔听过，但他是谁，干什么的，有什么了不起，一概不知。所以，我买了一本《尼采全集》，抱回了宿舍。

这本书现在还躺在我家里的书架上，我终究没有把它看完。虽然后来我知道了尼采是谁，但是那样莽撞的对于世界的好奇，却一点点消失了。也许是因为现在的网络让一切都触手可及，没有什么东西还葆有神秘。网络好像让我们有了一种错觉，以为自己真的拥有了知识。

在校门口不远处的一条隐蔽街道上，藏着两家网吧。许多深夜，班主任会突然袭击，冲进网吧提溜出几个人来。白天，在网吧的不远处，一家门牌上写着"希望书社"的店门会打开。一个中年女子坐在门口，面前是一台白色台式电脑，掌管着这家租书店。我的大部分读物，都是从这家书店得来的。书店不大，只有三面墙的书。一面全是言情小说，从琼瑶到亦舒到安妮宝贝，应有尽有；另一面全是武侠，从金庸古龙到黄易，从小椴沧月到九把刀；还有一面墙则复杂许多，书也没有被翻得那么烂。我从这面墙的高处发现了一本《海边的卡夫卡》，作者是村上春树，对于这个人我听过一点，但从未看过，所以借回去；又发现了一本巴金的《家》，课本里讲过，但是没有看过，所以借回去。

这鱼龙混杂之处，正是我嬉戏快活的地方。

《尼采全集》

四

所以说，读书在我，是一场误入歧途。如果不是书，可能还会有别的。只是正好，在你的生命中出现许多问题和困惑，当你需要答案而茫然不知所措的时候，书是一种流行的解药。我恰巧在那个环境里服用了它，并因此上瘾。

书治疗的是什么？是孤独感。

到一定年纪，我发现人是不可交流的。我们不可能真的让另外一个人完全理解自己，你也不可能完全地理解另外一个人。我们的语言非常贫乏，我们自身又常常没有自己想象的那么好。交流虽然可以宽慰寂寞，可是很难排遣孤独。

在十六七岁的年纪，我忽然发现了书的秘密并深陷其中，是因为，在小说中，在文字中，在别人的叙述中，你总能找到一些你曾经感受但不曾表达的东西。这种时候，心底会升起一股莫名的暖意，茫茫世界，原来你并不孤独。在一个又一个故事之间跋涉，在一个又一个人物之间游走，其实是想要对自己了解得更深，是为了发现自己，确认自己。

后来，我又发现了读书的另一种乐趣。如果说孤独感是向内的，那么还有一种动力是向外的，那就是好奇心。

在学校教育的规范之下，学习是一种必须，是一种要求，是一种先决条件。因为它是那么的天经地义，所以变得有点讨厌。可是，学习是有乐趣的，这种乐趣在于你了解了一件你之前不了解的东西。这有用吗？或许有，或许没有，但是这个学习过程本身，有满足感。我们似乎天生就带着对知识的饥渴，寻找知识就像寻找美食一样，永远充满乐趣。

不幸的是，很多人在离开学校之后，再也没有动力去学习，再也没有兴趣去钻研他所不知道的世界，而读书，可以培养并保持这一点好奇心。

书本不是一棵一棵孤绝的树，一本本书，连成了一片广阔的森林，树与树之间彼此交错。一本书提出的问题，也许答案藏在下一本书里。读书帮你解决一个问题的时候，可能会带给你十个新的问题。这是一个没有尽头的过程，在这一过程中，问题牵引出的是思考，而你一旦思考，就不会停止。有太多的问题还没有答案，有太多的世界你从未涉及，你永远是一个新人。而读书，会渐渐成为一种习惯。它是你了解这个世界的一种手段，它不是最直接的，也许也未必是最有效的，但是你已经不能离开它，因为是它陪你一起走过来的。

五

我开始养成读书的习惯，是在 20 岁的那个暑假。

那个暑假，我已经一步步从村庄到小镇到县城，继而进入城市，我已经适应了"水泥化"的生活，并想要在这种生活中获取自己的位置。

可是，第一次与这个世界短兵相接，我就失败了。一开始是一次实习，当每天不停的工作排山倒海地、永无止境地淹没我的时候，我就想逃走。我不喜欢没完没了的会议，不清楚自己所做的事情到底有何许价值，不明白忙忙碌碌所获取的除了一张实习证明外，还有什么别的东西。所以，我就真的逃走了。

接着，我再次试图冲向这个真实的世界，想要在一个炎热的暑假找一份工作。然而，我又一次逃走了。或许是我没有找到对的事情，或许是我没有寻到对的路，我误打误撞进入了一个销售队伍。当我看见那些比我大不了几岁的年轻人没完没了地重复打电话，说着那些奉承的话语以维护一段关系的时候，我逃走了。我学不会这个，至今也没有学会。不知道这是好事，还是坏事。

我逃到了书里，就像毛姆说的，读书是逃避这个世界最好的方法。那一个暑假，我住在省图书馆附近的一个城中村，和同学分租一间不到 5 平方米的单间。草席一张，吊扇一盏，没有什么别的东西，没有明确的未来，也没有灼灼的理想，只是像上班一样地每天去图书馆泡上一天。

那是一段静谧的日子，一段浮在空中的日子。再也不可能有那样的日子，因为再也不会有那样一段恍惚的时光。

在那段日子里，书的世界才真的打开了。当你走过那么多的书架，发现那么多的领域你一无所知，有那么多的书等着你去看的时候，有一种既兴奋又惆怅的感觉萦绕不去。兴奋是因为还有许多条路等着我去探索。惆怅则是因为，每一条路都看不到尽头。

后来，我终于学会了如何和这个真实的世界相处，虽然还是保持着相当程度的执拗和天真，但是一切并没有想象的那么艰难。读书，在这个时候，是一种调剂，是一片后院。

在现代社会分工越来越细化的今天，工作的意义感已经被强烈稀释。城市生活拥有激情和无数的可能，同时也准备好了数之不尽的疲惫。兴趣永远是人生命的灵光，一个没有兴趣的人，会缺少这点灵光，而变得灰头土脸，死气沉沉，被生活压得喘不过气。而只要抱有这样一片自己的天地，就获得了一个自我修复的空间。读书更难能可贵的地方在于它不仅能让你沉浸，还能让你思考，并且与自己对话。

对我来说，当我终于在自己身上完成了所谓的"城市化"之后，读书是让我不迷失于繁复现代生活的定心丸。找到自己的节奏，形成自己看待这个世界的观念，就不那么容易被时代冲走。读书永远不能带来立竿见影的效果，带来财富，带来权力和地位，但是读书可以带来安宁。

需要注意的是，读书并不是什么了不起的事情。它没有多高贵，只是恰好书在很长一段时间内承载了传播知识的作用。而未来，书的形态可能会变化，可能有更多的媒介会替代掉文字的部分功能。我们这些人，只是正好是适应了读书的人罢了。

喜欢读书，并不高贵，并不比别人高级，并不因此获得某种优越感。我更愿意把它看成是人生趣味的一种选择，看作是人如何和自己相处的一种方式。我当然懂得读书的好，了解读书的乐趣，但是读书并不伟大，伟大的是书。

六

回头来看，读书是一件细水长流的事情，并没有一个天启时刻，将一个人划分为两个截然不同的阶段。

摄影里有一个术语叫作"决定性瞬间"。可是，我们许多人一辈子都没有决定性瞬间。我们是缓慢变化的，没有经历过强烈的转折。在我的生命中，有许多书敲碎了我原有的价值观，又有许多书构建了新的价值观。我几乎不能立马确认有一本书如此深刻地影响了我，因为影响我的不是一本书，而是读书这件事情。

如果非要选择一本书，那么就是那本绿色的《哈利·波特与密室》，是它让我"误入歧途"，而我愿迷途不返。■

陆

Part 6

（摄影：吴忠平）

王京生

Wang Jingsheng

《人类精神进步史表纲要》/ 孔多赛

本书的主旨就在于表明，历史乃是人类理性不断解
放的过程。

王京生，现任国务院参事。北京大学深圳研究生院兼职教授，北京师
范大学国学经典教育研究中心研究员，武汉大学国家文化创新研究中
心兼职教授，深圳大学特聘教授、博士后合作导师。2013 年被联合国
教科文组织授予"孔子奖章"。先后出版《真理是朴素的》《文化立市
论》《文化主权论》《文化是流动的》《中国文化的历史流变与当今的文
化选择》《我们需要什么样的文化繁荣》《城市文化十大愿景》等著作。

作者：[法]孔多赛
出版社：北京大学出版社
译者：何兆武　何冰
出版时间：2013 年 8 月

孔多赛 《人类精神进步史表纲要》

本书鲜明地反映了启蒙时代的历史观，在书中，作者努力想阐明历史发展规律、阶段和动力都是什么。本书的主旨就在于表明，历史乃是人类理性不断解放的过程。第一步是从自在环境的束缚之下解放出来，第二步是从历史的束缚之下解放出来。

智慧的阅读

王京生

　　阅读是创新、智慧、包容和力量的重要源泉，而城市的出现既推动了阅读，也因其对人类知识、智慧资源的大规模集中运用，推动了文明的发展和社会的进步。阅读因此也成为人类最重要的可持续发展资源，在世界历史中具有不可替代的重要作用。

　　就人类文明发展而言，城市的兴起是个具有里程碑意义的历史事件。美国学者乔尔·科特金就此指出：

　　城市的演进展现了人类从草莽未辟的蒙昧状态到繁衍扩展到全世界的历程。正如法国神学家雅克·埃吕尔曾经注意到的，城市也代表着人类不再依赖自然界的恩赐，而是另起炉灶，试图构建一个新的、可操控的秩序。

　　在科特金所建构的城市发展模型中，神圣、安全、繁荣是三个主要变量，三者既是世界城市发展的普遍特征（城市经历的普遍性），同时也是城市取得成功的关键所在。在他看来，对于城市而言，地点的神圣性、提供安全和规划的能力、商业的激励作用是决定城市全面健康发展的三个关键因素。在这些因素共同存在的地方，城市文化就兴盛；反之，在这些因素式微的地方，城市就会淡出，最后被历史所抛弃。显然，科特金所建构的城市发展模型是极具历史洞察力和解释力的。但对其理论进行深入的讨论不是本文的重点，我们在此关注的是，假如科特金所说的三个因素构成了城市兴起或衰落的关键，那么我们就可以从知识、智慧等信息交换的角度出发，来探讨阅读与城市三要素的隐秘关系。

在我们看来，城市兴起与知识生产、文明积累、智慧传承等信息沟通的相互需求是有着直接的对应关系的。比如所谓"神圣"，主要是基于宗教或政治意义上的，如：古巴比伦人都把他们的城市与神祇密切相连；在中国，都城不仅是世俗权力所在地，也是"中央王国"的中心。而为了维系城市空间的神圣性，统治者需要建构一种社会和道德的秩序，以确立城市臣民共同的道德认知。在此间，我们可以发现，要达到这一目标，必须形成一个信息交流的系统。它既包括某种宗教仪式（如占卜），也包括口头或文书（符号）系统的上传下达。这种信息交流系统不仅对于神圣空间的建构是重要的，对于军事防御意义上的安全以及促进城市商业的繁荣也同样重要。

具体来说，在城市兴起所产生的极为繁复的社会效应中，其最大的效应之一是人口的相对集中，或者反过来，人口的相对集中促进了城市的兴起。而人口的集中产生了交换的需要，其中最重要的是知识、信息的交换。在城市形成的最初意义上，城市社会是个陌生人的社会，人们从四面八方汇集、生活在一起，或从事物质生产，或从事贸易，由此慢慢形成一种不同于乡野的城市社会形态——一种不完全依托传统部族、亲族关系建立起来的社会交往和扩展模式。在此情况下，知识、信息的交换就显得特别重要：除了空间意义上横向的知识、信息交换（人们据此了解外面的世界），还有时间意义上纵向的知识、信息交换，即通过口口相授、代代相传，人们可以了解和想象以往所发生的历史。就后者而言，上古以来发达的口头文学和神话系统，维系了人类对过去的历史记忆，积累了人类对世界的感性认知，成为人类远古时代最为重要的知识和信息交换方式之一。

知识、信息交换总是依赖于某种媒介。面对面的交流当然也是一种媒介方式，但因其固有的局限性，人类从出现以来就在追寻一种更长久有效的知识、信息媒介，以克服信息交流上的时空限制。也正是在此意义上，我们之所以说文字的出现是人类进入文明时代的标志，就是因为文字作为一种抽象符号，它在人们的约定俗成中被赋予特定的意义后，成为人类信息交往的有用工具，极大地克服了人们交往的信息难题：除了口头表达，人们将信息存放在被发明出来的语义符号系统中，固化了信息交往的通道，使人们的生产、生活经验与思想智慧得以不断地累积和传承，最终推动人类的进步。

文字出现以后，人们又开始寻找文字书写的工具和载体。在公元前 14 世纪的中国商代，人们将文字符号刻画在龟骨、牛骨或鹿骨上，其目的是占卜福祸；而生活在美索不达米亚平原的苏美尔人，为了记账，将芦苇秆的一端削成切面呈三角形的尖锋，然后在泥板上刻印，形成著名的"楔形文字"，成为辅助记忆和交流思想的有用载体。类似的情形也发生在古埃及。埃及人发明了更具符号系统性质的象形文字，并将之写在纸莎草纸或麻布上。再到后来，欧洲人把文字抄在羊皮上，印度人则写在铜板、桦树皮或棕榈叶上，凡此等等。在此过程中，中国人在汉代所发明的造纸术，不仅使大量的纸张替代了原来的简帛，改进了文字书写工具和降低了书写成本，而且随着后来印刷术的发明，一种新的信息交流媒介——印刷书（区别于以往的竹简书或羊皮书）便应运而生。对于印刷术在人类文明进程中的意义，孔多赛在《人类精神进步史表纲要》一书中指出：

孔多赛

> 印刷术无限地（而且花费很小地）增多了同一部著作的印数。从此，凡是懂得阅读的人就都有能力拥有书并按照自己的兴趣和需要得到书；而且这种读书的便利又扩大并且传播了进行教育的愿望和手段……知识变成了一种积极的、普遍的交流的对象。

文字的发明、书写载体的改进、大量书籍的出现与由此驱动的人类阅读需求与知识智慧的增长，是相辅相成的。正如美国兰登书屋的创建人贝内特·瑟夫所说：

> 阅读是一种心灵的享受。阅读的快乐不在于人家告诉了你什么，而在于借此让你的心灵得以舒展开来。任何时代的智慧，任何长久为人类所喜爱的故事，我们都可以用极小的代价从书页之中获得，但我们必须先知道如何去接触这些宝藏，如何能从中获取最大的好处。

而这一进程伴随城市的兴起和发展，则呈现了更为壮观的图景。城市的出现，显示了人类能够以最深远而持久的方式重塑自然的能力，表达和释放着人类的创造欲望。它从一开始就是人类艺术、宗教、文化、商业、技术的积聚地，也是推动人类文明进程和智慧发展的主要驱动力。

从文化角度看，以城市为中心的书写与阅读行为主导、形塑了人类文明的走向和面貌。在古希腊，雅典、马其顿等城邦是其文明的发祥地，尤其是雅典，不仅会聚了当时最为知名的学者，而且经由他们的设坛讲学，思考、辩论、阅读、撰述之风四处弥漫，营造了浓郁的城邦文化氛围。尤其是著名的柏拉图学园，在柏拉图生前及身后，存在了几百年之久。它与亚里士多德设立的吕克昂学堂等一起开创的阅读传统和智慧型文化，不仅惠及希腊世界，而且通过后来的"希腊化"，扩展到东方的小亚细亚和北非的地中海沿岸，并在亚历山大城结出最大的异域之果：马其顿的崛起结束了希腊城邦政治，亚历山大大帝的东征将希腊文明散播到东地中海沿岸及波斯、阿富汗地区。从公元前3世纪开始，希腊文化的重心就逐步从雅典转移到尼罗河口的亚历山大城，而托勒密王朝所建立的亚历山大学宫也继柏拉图学园、吕克昂学堂后，成为西方世界的文化重镇和学术中心。

在某种意义上，所谓"希腊化"，其实是指人员、书籍及其所蕴含的思想智慧跨地域流动的产物。在人员方面，亚历山大城之所以能取代雅典的地位，完全是因为经由当时剧烈的政治变动后，欧几里得、阿基米德、阿里斯塔克斯等人及其学生向亚历山大汇集的结果。在书籍方面，借助托勒密王室巨大的财富、权力、威望设立的亚历山大学宫，其图书馆建设规模极其庞大，不仅包括书库、阅览室、编目室、抄录室等，而且在藏书方面，由于王室不惜成本各处搜集，全盛时期竟达到 50 万册之巨。亚历山大学宫对文化、科学人才和各种典籍的网罗，不仅对希腊文明的传承有莫大之功，也使希腊文明的发展达到顶峰，后来其影响更是扩展到整个欧洲和伊斯兰世界。

　　而在中国，文字的发明及各种书写工具的出现，自商代始。从 19、20 世纪之交河南安阳殷墟遗址挖掘的结果来看，除了青铜器上的金文，甲骨文的发现使中国的汉字符号系统找到了其最初的源头，也标志着中国历史进入了有文字可考的文明时代。自 1899 年以来，人们先后在殷墟遗址出土了甲骨 10 万余件，共约 4500 字，记录了从盘庚迁殷至商朝灭亡 273 年的历史。而安阳作为殷商都城，其甲骨文遗址的发现也成为我们考察中国书写系统与城市文化关系的一个起点。在此后几千年的文明进程中，中国文字的演化过程伴随了整个中华文化的发展过程，并通过王朝政治而与城市联系在一起。从商周时期开始，中国的城市发展就与国家的演进相关联，即以国家为中心的城市发展模式，最终构织成以大大小小的行政管理中心为节点的城市网络。后来，随着内部贸易网络和远洋经济交往的发展，又出现了一种新型的城市——商业中心，如开封、广州、漳州等。尽管在中国，是政治而不是其他（如商业）决定着城市的命运，但城市文化对城市发展的影响却是特别引人瞩目的。在宋朝的开封，由于传统商业活动导致的严格宵禁管制的放松，刺激了城市文化名副其实的发展，街道上人流如过江之鲫，兴盛的店铺、酒肆和妓院比肩而立，大众文学和各种群众娱乐活动非常活跃。

　　如果说城市是文化的容器，那么书籍则是人类社会进步和智慧增长的阶梯。法国学者巴比耶在《书籍的历史》一书中，仔细梳理了西方书籍的历史及其与文明发展的关系，尤其是 15 世纪古登堡引发印刷革命以来西方文明的发展：

> 只要我们把话题扩大到一切与文字文明有关的因素，中世纪后期突现的"现代性"与各种图书资料的极大丰富便跃然纸上、一目了然。简言之，出现了三种截然不同的趋势：首先登场的是"专业化"趋势；然后，与前者恰恰相反，"大众化"趋势风起云涌；最后，图书逐渐成为社会指示物，或者引用皮埃尔·布尔迪厄的说法——"权力的象征"。

在专业化方面，一批新的知识分子当时已能熟练地驾驭文字书写，新的手稿形式应运而生并得到广泛传播；在大众化方面，文字和图书在大众中的普及率有所提高，文字也满足了大众的种种需求，日益受到人们的重视，手抄书生产规模日见扩大，发行量与日俱增，皇宫与城市手工场吸收了大批艺术家和手工匠。

但与此同时，由于社会人口的识字率依然偏低，文字和图书依然是属于少数特权阶级（如城市宫廷人员和教士阶级）的专利和"权力的象征"。而古登堡印刷革命的深远意义正在于，一方面，它通过技术有效地打破了特权阶级对阅读权利的垄断，使更大范围的社会化阅读成为可能，从而有利于社会识字率和知识传播速度的普遍提高；另一方面，它也直接推动了马丁·路德的宗教改革以及文艺复兴时期人文主义、启蒙运动理性主义的传播。而所谓的"印刷资本主义"也为现代民族国家的兴起（"想象的共同体"），以及后来欧洲、美洲一系列的近代革命事件的发生准备了思想条件。如本尼迪克特·安德森指出：

资本主义、印刷科技与人类语言宿命的多样性三者的重合，使得一个新形式的想象的共同体成为可能，而且自其基本形态观之，这种新的共同体实已为现代民族的登场预先搭好了舞台。

其中值得特别指出的是，由古登堡的印刷新技术所推动的活字印刷业，在地理分布上无不处于人口稠密、交通便利、经济繁荣、宗教地位优越、文化发达尤其是知识者汇集的城市地区，如英国的伦敦、牛津，法国的巴黎、里昂，德国的科隆、美因兹，意大利的罗马等。由此可见，城市在人类现代文明史尤其是阅读史上超乎寻常的地位。

同样的情形也在中国发生。由于书写载体的早熟和发达，中国自西汉以来就出现了数量庞大的各式学校，这对于普及教育、提高社会识字率、推进学术思想发展乃至形成一个大一统的帝国（所谓"书同文、车同轨"）都发挥了重要的作用。而汉代造纸术的发明和宋代的活版印刷，极大地推动了中国图书事业与中国文明的同步发展，形成了极为深厚的阅读传统和思想积累。尤其是南宋以后，随着江南的大规模开发及中国经济重心的南移，太湖流域成为全国最富庶的地区，南京、杭州等成为人口超过百万的大都市，这无形中也助长了江南的印书、读书风气，形成文化昌盛、文人荟萃、思想活跃的局面。以苏州为例，据不完全统计，在清代统治的 268 年里，通过科举取得功名的状元有 114 名，其中苏州就有 26 名。张慧剑编著的《明清江苏文人年表》，收江苏各地文人 5420 人，苏州一地有 1290 人。苏州风物清嘉，地灵人杰，之所以自古就是 方养育人才、滋润人才、造就人才的沃上，无疑与其长期形成的读书氛围与人文传统紧密相关。

进入近现代以来，阅读与城市的发展关系更为密切。在西欧，近代工业革命从英格兰发端后扩展到欧洲及北美大陆，现代资本主义生产方式因此迅速崛起并扩散开来，而西欧的海外殖民与全球贸易体系的加强，则进一步推动了城市（尤其是处于交通核心节点的港口型城市）的发展，使城市汇集资源的能力超过了以往的任何时代。其中，除了各类经济、政治资源，相比于中世纪散布于乡村的修道院文化系统，城市在文化资源上的集聚和扩散效应，显然是近代人类文明发展的新现象。比如伦敦，作为工业革命以来大英帝国的首都，伦敦不仅是当时欧洲最大的城市和世界经济的中心，同时也是世界文化的中心：

> 文化的民主化在欧洲其他城市清晰可见。技术的进步使普通民众有越来越多的机会接近书籍……这种新的精神在伦敦最为突出。在 16 世纪末伊丽莎白女王统治时期，伦敦变成了包括从戏剧到激烈的科学与技术辩论等一切展示新事物的精彩的舞台。长期以来被禁锢而且使人心生恐惧的知识，此时被看作最有价值的东西。

在伦敦，不仅有大量的大学、图书馆、博物馆等文化设施以及发达的近代出版业（如图书、杂志、报纸的印刷、出版和发行），而且汇集了狄更斯等一大批著名的作家、学者、艺术家。这使伦敦不仅成为现代文化的全球生产中心，而且成为世界文化消费（如图书报纸、文学艺术、生活品位消费）风尚和潮流的引领者，从而进一步强化了伦敦作为"世界资本主义首都"的地位和世界对大英帝国的文化想象。

同样的情形也在法国巴黎和美国纽约等大城市接连出现。法国作为欧陆的传统大国，巴黎作为法国的首都城市，不仅有欧洲最古老大学之一的巴黎大学，有各式画廊、咖啡馆、书店、博物馆等公共空间，有数量庞大的艺术家群体，还有一度是欧洲最高雅语言的法语。巴黎人在贵族夫人所主持的沙龙上侃侃而谈。一切的一切，都营造着、散发着巴黎独特的文化魅力，吸引着各地文化人前来定居生活。在北美，作为英国海外殖民的典范之作，位居哈德逊河口和大西洋交界处的纽约，不仅是欧洲殖民者和海外移民的"天堂"，而且由于其独具优势的港口地理位置，使之很快成为联系北美与欧洲经济关系的枢纽，并因欧洲大量移民的到来而崛起为新的文化中心。

而在远东，日本明治维新以来，东京在日本的功能作用迅速取代了京都的传统地位。而其在阅读文化上的高度发展，最突出的表现是它迅速成为东亚翻译出版中心的文化角色，其对大量西方文献的及时翻译出版，不仅使明治维新运动向更深入的方向发展，促进了日本近代文化的成功转型，而且其思想影响遍及东亚地区，其中就包括经日语转译的西方语词大量进入中国，间接推动了中国文化的近代转型。在中国，上海作为 1840 年后开埠的港口城市，同样以其江海交汇的优越地理位置而崛起为"远东第一大城市"。近代上海不仅工商业发达，而且也是中国近代文化的发祥地，特别是其发达的新闻出版业，如商务印书馆是全国最大的出版社，《申报》是全国发行量最大的报纸，这均使之超越北京成为中国近代文化发展的中心，更加凸显其在中国首屈一指的城市地位。

20 世纪以来，以城市为中心的现代大众传媒的兴盛，对人类的阅读史、社会发展史的意义是划时代的。当然，在此之前，大众传媒早在18世纪就发挥了其独特的政治文化功能，如弗雷德里克·巴比耶在《书籍的历史》中就详细考察了大众传媒是如何经由"政治化"而推动美国和法国大革命的。从根本上说，借助现代科学技术、民主政治、社会革命运动的此起彼伏，城市大众传媒彻底改变了人类的阅读形态，更大范围地推动了人类的进步。单就技术层面而言，19世纪以来陆续发明的电报、电话、电影、电视、照相机、留声机、传真机、录音机、摄像机、复印机、卫星通信、光纤电缆、计算机、互联网等，标志着人类迈入一个全新的信息化时代。一方面它极大地拓展了人类信息发布与知识交集的渠道，加速了以新闻出版业为代表的信息产业的高度繁荣和信息的民主化进程；另一方面，它依托城市资本和知识集中的资源优势加速了出版和阅读市场的产业化、全球化，使城市文化形成一个日益繁复、发达的发展局面。

对于阅读而言，信息化、网络化、城市化、全球化时代的到来，预示着一种更加多样化、个性化、交互化的阅读局面的逐渐形成，从根本上改变了过去以文字为主要媒介的单一阅读形态。这虽然导致了传统新闻出版业陷入重重危机，但也预示着世界城市文化发展崭新的可能前景。更何况，阅读方式的改变并没有改变阅读本身的功能与作用：阅读增长智慧，阅读增进交流，阅读带来愉悦，阅读汇聚人心，阅读传承文明，阅读推动人类发展进步。

尤其是在阅读增长智慧方面，诚如英国哲学家罗素所言：

阅读将使我们与伟大的人物为伍，生活于对崇高思想的渴望中，在每一次困惑中都会被高贵和真理的火光所照亮！

英国作家毛姆也曾这样写道：

　　如果你在图书馆待上一天，不管这座图书馆有多小，当你面对着人类积累下来的无穷智慧，你的心中只会满怀敬畏，甚至会夹杂着淡淡的悲哀。想想看吧，有多少美妙的故事你从未听过；有多少对重大问题的探求你永远不会思考；有多少令人欣喜、发人深省的思想你无法分享；有多少人付出了艰辛的劳动为你服务而你却不曾收获劳动成果。

　　近年来，电视、网络等媒体的兴起，丰富多彩的娱乐形式的增多，分散了人们对传统阅读的关注。但正如法国作家阿兰将读书与做梦相提并论一样，读书的乐趣在于在阅读的过程中神思飞扬、了无羁绊，依着作者的文字找寻自身心灵放飞的家园。更重要的是，在"历史讲述人们做了什么，艺术讲述人们创造了什么，文学讲述人们感觉到了什么，宗教讲述人们信仰了什么，哲学讲述人们思考了什么"的意义上，对历史、艺术、文学、宗教、哲学等的广泛阅读，将是人们通往获取知识、智力、智慧的指示器和方向牌。而在这个越来越多的人生活在城市的时代，更加多元、更加丰富的阅读方式和阅读空间也有效地普及了人类发展的知识成果，有效地解决了社会各阶层的信息鸿沟，更大可能地通过阅读实现公民的文化权利和文化平等，激发与释放城市的发展潜能、文化个性和精神品格，为建构美好城市生活创造了文化条件。■

（摄影：王 翟）

何永炎

He Yongyan

《论语》/ 孔子

主要记录孔子及其弟子的言行，较为集中地反映了孔子的思想，是儒家学派的经典著作之一。

何永炎，作家，现居深圳。长期从事文宣工作。退休之后即为报刊撰写专栏文章，著有散文随笔集《秋日漫语》《湖上随笔》《荔园书话》等。

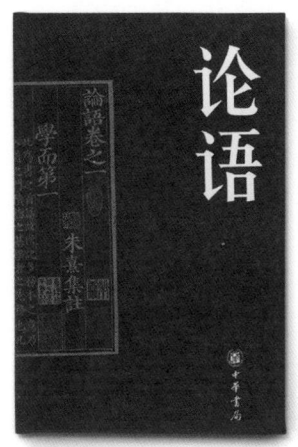

作者：[春秋]孔子
出版社：中华书局
出版时间：2006 年 12 月

孔子 《论语》

本书由孔子弟子及再传弟子编写而成。主要记录孔子及其弟子的言行，较为集中地反映了孔子的思想，是儒家学派的经典著作之一。全书共 20 篇 492 章，首创"语录体"。中国现代传扬并学习的古代著作之一。

为什么要读书

何永炎

　　对"为什么要读书"这个问题要作出完满的回答并非易事。几年前，我听过香港科技大学丁学良教授就此讲过六条：为了求知，为了学艺，为了满足好奇心，为了满足感情、情绪的需要，为了寻求意义和人生的榜样。丁教授是哈佛学子，自有广博的阅读经验，他言之成理，我也听之有得。

　　胡适写过一篇短文《为什么要读书》，他讲了三条：第一是为了接受老祖宗传给我们的精神遗产；第二是为读书而读书；第三是为了帮助我们解决困难，应付环境。

　　鲁迅也说过，读书的目的有两种：一是职业的读书，二是嗜好的读书。

　　古希腊哲人亚里士多德讲读书的目只四个字："获得知识。"中国孔子也是一句话："学而时习之，不亦乐乎？"看得出来，中外圣哲都把读书当作求知求乐的手段。

　　读书是一种认知的手段，即认识外部世界，认识内心世界。认识外部世界是使人获得与它和谐相处而不是单纯地改造它的智慧，这属于工具性的目的；认识内心世界使人可以拥有一个独立完善的人格而不是凌驾于同类，这是以人格修为为目的的。可是，尼采却说："我作为认知者，对自己一无所知。"如何认识自己的确是一道难解的题。

人们总是认为，人的正直或虚伪，诚实或狡诈，仁厚或暴虐，善良或凶残，公正或褊狭，民主或专制，勇敢或怯懦，勤奋或慵懒，文雅或粗野，清廉或贪婪……往往是因为读书或不读书的结果。但在我看来，倘若把读书的注意力局限在征服自然、出人头地方面，而不是征服自我，那就不仅有丧失自我的危险，而且还可能对人类或自然造成难以预料的破坏。试看古往今来的独夫暴君，又有哪一个是未曾读过书的所谓"白丁"呢？补救的办法，诚如洛克所说："我们必须考察'人格'一词所代表的东西。在我看来，所谓'人格'，就是有思想、有智慧、有理性、能反省的一种东西。"丁学良教授讲的读书是为了寻求意义、寻求人生的榜样，就是要变化气质、完善人格，这是每一个读书人所要追求的最高层次的目的。

胡适

人刚一出世，对这个世界一无所知，怯生生、迷蒙蒙，茫然对未来，于是就识字读书。读一本书就得到一份知识，获得一份自由快乐。读的书越多，知识就越多，获得的自由快乐就越大。比如当代英国著名科学家霍金，重病缠身，生活不能自理，终身坐着轮椅，身体的自由度极小极小，但他的精神自由度却可以最大最大。他对天体物理学的研究可以说达到了神游八极、迁想妙得的地步。他写的《时间简史》以及他对太阳黑洞的研究，已使他在时空领域获得了最大的自由、快乐，而且还使别人分享他的自由、快乐。

不读书的人是无法理解读书人的幸福的，就像足不出户者无法理解环球旅行者或登月者的心情一样。既然书籍总结了人类的一切财富，总结了做人的经验，那么读书就决定了一个人的视野、知识、才能和气质。一个人，只有当他借助书籍进入精神境界、洞察万物时，他才算是跳出了现实世界的局限，成为一个自由的人，一个快乐的人。

读书何以解忧

曹孟德诗云："何以解忧，唯有杜康。"李白却唱反调："抽刀断水水更流，举杯销愁愁更愁。"的确，"一醉解千愁"，只是暂时的忘却。

读书是一种解愁的好办法。在书中神游，是一次洗涤和净化，让心灵恢复宁静平和。

在这个科技文明高度发展的世界，向往纯正天然，你得读书；要在繁琐的生活中保存一份闲情逸致，在俗务堵塞的心中保留一角空间，必须读书。

当我们疲于现实生活无休无止的纠缠，当心灵在烟尘中感到窒息，你最好捧读一下孔子。孔子是中国最早的快乐读书派的代表人物。《论语》开宗明义第一篇就是他谈读书乐事之语。一部《论语》，你找不到一个苦字。孔子心中的"乐"相应的反义词不是"苦"，而是"忧"，不是忧愁的忧，而是心忧天下的忧，先天下之忧而忧的忧；不是名词的"忧"，而是动词的"忧"。孔子谈忧，心态是自由的，精神是自由的，他的生活也是非常自由的。

再不，你还可以读点老庄。我们在讨论自然、社会和人生时，一直给老庄保留着席位。如果说孔孟代表着阳刚的力量，那么老庄就代表着阴柔的力量。特别是庄子，他注重维护个体的独立性。在他那个时代，国家不是一个道德的国家，社会也不是一个道德的社会。但是，他坚持认为，人必须是一个自主的人。捧读老庄，可以让宏大而精深的哲理，消除现实生活的压力，解脱身心的桎梏，让你怡然自得，超然物外，且对生命有新的感悟。

或读点唐诗。李白的"日照香炉"，崔护的"人面桃花"，孟郊的"春风得意"，刘禹锡的"杨柳青青"，曹邺的"天子好美女"，王驾的"家家扶得醉人游"，高适的"天下谁人不识君"……都是让人快乐无边的诗篇。如果读到王维，诗画一体，还会把你烦闷浮躁的心灵带回大自然怀抱，让空灵的山水洗净布满尘埃的灵魂，让明月清风拂拭躁动不安的心。

或读点宋词，读点苏东坡。当你读到"大江东去""有情风万里送潮来"和"千里共婵娟"时，你就会感到苏子虽然命运多舛，仕途坎坷，却笑对人生，对一切想得通、悟得透。旷达心胸，可容山纳川。

要么读点天文书，略窥宇宙之大，转笑此身之小，蝇头蚊足的些微得失，都变得毫无意义。很多著名的天文学家都长寿。哈雷享年86，沃慈布伦94，连饱受迫害的伽利略也有78。恐怕这都归于他们神游星际，放眼太空，总令人心胸旷达。

即使读读武侠小说也能让紧绷的神经松弛。如若因忧愁而失眠，或用脑过度而失眠，武侠小说还是治疗失眠症的特效良药。

哪怕读点宗教什么的也有好处。因为它可以与神性相通。神性是一直存在于日常生活之中的。大自然背后甚至茫茫宇宙里的那种"具有灵魂"的超验的力量可以接通深藏在人类身体里的想象力，并且激发出对于永恒的渴望——宗教感即由此产生。一个作家在书中写出这种"神性"，就是使得自身突破了生物的局限，消弭了忧愁和苦难，而与宇宙之心发生共振和同构。

神性不是让人更多地去信教，不是让人鹦鹉学舌地去模仿无尽的仪式。商业主义时代的人是很容易变得花哨起来的，就连信仰都成了色彩和点缀。这些都毫无意义。重要的是心里留下这一块：敬畏。

不读书，无以言

近几年国民阅读率调查显示，中国人年均读书不超过 4 本，有一半以上的成年人一年一本书也没读过。

由于历史上长期的贫困及现实中精神信仰的缺失，当前中国人对赚钱和物质成功过度膜拜。因此，环顾今日，真正读书的人越来越少。不独中国如此，据说这还是一个弥漫全球的文化现象。新西兰人费希尔曾写过一本书，名曰《阅读的历史》。书中谈到，如今的莎士比亚、歌德、雨果、塞万提斯，不过是高中生或大学生的阅读作业，毕业之后则很少有人问津。"虽然教育制度依然在竭力维护文学这一古代文明的中流砥柱，并在一定程度上唤醒了人们对阅读的永恒渴求，然而与 19 世纪相比，一个惨淡的事实是，整个社会读书的人越来越少。"

与此相反，现在人们读屏的越来越多。走路、吃饭、坐车、睡前……无时无刻，手机相伴，刷微信、聊天，是当今一部分年轻人的生活。他们粘在网络上，囿于虚拟中，似与世界零距离，实与现实很疏远；看似是读屏人被这个世界抛弃，实为读屏人抛弃了这个世界。今天，微博和微信太过流行也让我担心，它们会不会塑造出只能阅读片断信息、只会使用网络语言的下一代？

在我看来，读屏代替不了读书。如今，所有的一切似乎都可以在手机上或者电脑上进行了，包括阅读。但我认为这只是一种浅阅读。正如艾柯所说："在电脑前呆 12 个小时，我的眼睛就会像两个网球。我觉得非得找一把扶椅，舒舒服服地坐下来，看看报纸，或者读一首好诗。所以，我认为电脑正在传播一种新的读写形式，但它无法满足它们激发起来的所有知识需求。"（《书的未来》）我对此也深有同感。我也是个老网虫。上网后我默声不语，无视周遭，偶尔与旁人聊聊，却忽然不知魏晋，难以融入。我总觉得在网上固然可以获取信息，却无法完成深度阅读。所谓"深度阅读"是指，你忘记周围的世界，与作者一起在另外一个世界里快乐、悲伤、愤怒、平和。它是一段段无可替代的完整的生命体验，不是那些碎片的信息和夸张的视频可以取代的。我的经验是，倘在网上见到好的文章或电子书，必须下载打印出来，再静下心来重读它。只有读过了纸版，心里才踏实下来。

《中国文学论丛》

钱穆

最近，读到钱穆的《中国文学论丛》。他颇有感悟地说了这么一段话："我自己 7 岁起，无一时不读书。我今年 93 岁了，10 年前眼睛看不见了，但每日求有所闻。"（《师友杂忆》）钱穆是国学大师，他也给做学问的人树立了一个榜样。而读钱穆，我又想起了学者甘阳的几句话："我敢跟第一流的学者对话，而不敢跟第二流的学者讨论问题。因为，第一流的学者谈思想、谈立场，那我们有；第二流的学者谈学问，谈学问需要读书，你没读过，就是说不出来。"（《八十年代：访谈录》）

稍加解读，这几句话说的应该是如下道理：谈学论道是需要底气的，这底气是从何而来？当然是来自读书。书读得足够多，就有了问题；有了问题，才会有思考，有想法。如此，与别人交谈、讨论，才可以做到气盛言宜，即所谓"腹有诗书气自华"。否则，你就不敢说话，就只有洗耳恭听的份了。因为一说话就露怯，就露出了"刘项原来不读书"的本来面目，那是会被人笑话的。

我本来是要谈全民阅读的问题，最终却跑到了读书做学问这里。既如此，我就干脆篡改孔子的一句话，与爱读书的朋友共勉。孔子说："不学诗，无以言。"我把它改成了：不读书，无以言。

读书观世相

我读书很杂，但讲一点品位。好书如好茶，不只是能喝，还要来细品其中的意韵，让思想有一点余香，让情绪有一点缱绻。我以为读书也似做人，不可太流俗，不可太功利。过去在岗位上读书，目的性很强；现在回归读书人，只凭兴味来读书，我觉得很过瘾。

读书也如交朋友，有些书甚好，但就是不与你相契。特别是那些大谈政治高人"视野"的书，那种自以为"真理在手，不由别人分说"的教师爷架势的言说，让你无法与它相契。对付它的办法只有一条：敬而远之。

但是有些书，你一读就放不下手，而且还不愿意读得那么快，总想要好好品咂，好好享受。读完了，还掩卷发出一声叹息：唉，怎么就完了！

我觉得，喜欢的书可以一读再读。比如今夏炎炎似火，燠热难耐，我就干脆拿来《红楼梦》再读一遍，读得很开心。只觉得曹雪芹把他那个时代的人物，一个个写得精彩绝伦，活生生如在眼前；佩服他一支笔写得开，浓词艳赋亦是把人往情绪里带去。想起市场上的那些书，哪一本当得它？心里

《红楼梦》

想，像这样的经典已经成为绝对标准，你看了它，看其他什么都不顺眼了。如今很多书其实很粗糙，却卖得很火爆。写的人很狂，读的人很蠢，反不如把真正好的书再读一遍，温故而知新，练出一双瞧不起人的眼睛来，也是一种骄傲。这也是读书的好处，把人的骄傲读出来，才不至于上烂书的当，且有鄙视烂书人的本钱了。

读书观世，少不了思考。世上确有读不尽的书，也有思考不尽的问题。只读书不思考，把自己的脑袋当作别人的跑马场，久而久之，成死读书。读书切忌死。有句话说，"读死书，死读书，读书死"，讲的就是缺乏思考。所谓"论从史出""厚积而薄发"，都是思考的结果。阅读积累知识只是读书的一半功夫，另一半功夫则是通过察人观世的思考而得出的人生诸种答案。许多最富有人生智慧的作品常常以最具亲和力的形式出现，或平淡从容，或朴实木讷，用心无多反而能生出许多乐趣来。许多书真读懂却不易。一部《红楼梦》，世人读了多少代，品了多少次，"谁解其中味"？也许这就是文学艺术的魅力，它的无穷无尽的内涵永远吸引人。

读书、过日子及其他

我来深圳这么多年，只做了两件事：读书和过日子。读书可从少年算起，但青葱岁月与生活不沾边，算不上过日子。过日子需要体味、沉淀，像腌咸菜，全须全尾地浸泡，滋味方能慢慢透得身心。如此看来，一些人到了四五十岁，仍停留在"混日子"的初级阶段。只有像我这等惜日如命的老人，才能说是已经进入"过日子"的最高阶段。

人到70岁以后，特别关注社会的发展，读书也常喜欢把古人与今人、古事与今事杂糅在一起，大都贯穿着一个思路：视古今为一脉，把古今综合来看。我自认为这也是一种史观，叫"古今咫尺间",即我对历史与现实之间的一个看法。这点大概与 20 世纪 60 年代法国后结构主义批评家克里斯蒂娃提出的"互文"的概念相契合。它的意思大概是:单独文本都是不自足的,其意义是在与其他文本交互参照过程中产生的。比如像我读书,给报纸专栏写文章,连同过日子本身都在不断重复,形成互文。生活给予人的历练,会影响人读什么、怎么读;读书反过来也左右人的生活态度。此种"互文"关系须慢慢体会,才嚼得出滋味。

我形成"古今咫尺间"这个思路,与先哲的启发大有关系。比如鲁迅,我最近又读到他说过的这样两段话:

试将记五代、南宋、明末的事情的,和现今的状况一比较,就当惊心动魄于何其相似之甚,仿佛时间的流逝,独与我们中国无关。现在的中华民国也还是五代,是宋末,是明季。(《华盖集·忽然想到之四》)

现在官厅质问嫌疑犯,有用辣椒煎汁灌入鼻孔去的,似乎就是唐朝遗下的方法,或者是古今英雄,所见略同。(《伪自由书·电的利弊》)

在鲁迅看来,"我们古今人"相似或相同的东西太多了!民国就像是宋末明末,酷刑更是古今一脉相传,真仿佛今古就在咫尺之间。不仅是鲁迅,据我观察,自古以来的许多大学者,都总是把古今融在一起作思考。司马迁的"通古今之变",司马光为资治而写通鉴,陈寅恪以写《柳如是别传》高扬"独立之精神,自由之思想",陈垣以写《通鉴胡注表微》传播抗日思想……他们的"发思古之幽情",都离不开解决当世问题。他们学问大,但都不做死学问,他们的学问与天下兴亡大有关联。

鲁迅引古书,说古事,把游荡在现世的古老幽灵捉出来给人们看，其立意是为了挖掉封建老根，为改造愚弱的国民性，为使我们民族的思想园地成为一片净土。我觉得，鲁迅的这种立意和法子，今天还用得着，因为，封建遗毒还在。

关于清除封建遗毒问题，邓小平有许多精辟的论述。他说："搞终身制，老当第一书记，谁敢提意见。中国封建主义很厉害，这个问题不解决，就要把人推向反面。"又说："我们过去的一些制度，实际上受了封建主义的影响，包括个人迷信、家长制或家长作风，甚至包括干部终身制。"（《邓小平年谱》）这方面的例证是极多的，举不胜举。每念及此，便会给我们平常过日子带来某种苦涩。

封建的东西，在我国，韧性是极强的，剪不断，理还乱，纠结一团，至今不绝。马克思曾感叹："中国真是活的化石。"这话是说清代的中国不长进。话说得有点尖锐，但对我们认识中国社会进步的艰难性，认识封建主义那一套的顽固性，确有启发意义。鲁迅所说的"仿佛时间的流逝，独与我们中国无关"，实际与马克思的观察大体相同。这就需要我们作长期韧性的战斗。■

（摄影：黄伟钊）

丁学良

Ding Xueliang

《时间简史》/ 斯蒂芬·霍金

它回答了人们最感兴趣的问题：时间有初始吗？它又将在何地终结呢？宇宙是无限的还是有限的？

丁学良，学者。现为香港科技大学教授，卡内基国际和平基金会高级研究员，国立澳大利亚大学亚太研究院通讯研究员。研究领域包括转型社会、比较发展和全球化。曾参与策划《深圳十大观念》。

作者：[英] 斯蒂芬·霍金
出版社：湖南科学技术出版社
译者：许明贤 吴忠超
出版时间：2001 年 10 月

斯蒂芬·霍金 《时间简史》

本书是一部通俗化的物理科普范本，讲述了狭义相对论以及时间、宇宙的起源等宇宙学。它回答了人们最感兴趣的问题：时间有初始吗？它又将在何地终结呢？宇宙是无限的还是有限的？这本关于宇宙本质的最前沿知识科普著作，1988 年首版荣登《星期日时报》畅销书榜 237 周，被翻译成 40 种文字，已成为全球科学著作的里程碑。

读书的六种目的

丁学良

　　我之读书从懂事开始。这么多年来，在中国读书，在国外读书；读中文的，读英文的。而读书目的，大概可分成这么六种：

　　第一种，为了学习一种知识。这些知识，以我所从事专业——无论是我做学生时选取的专业，还是毕业以后做教授、做研究工作相关的专业——在这个专业的眼光来看，都是非常重要的。在这个为了求取知识的目的之下，我能给你列出一系列的书名。举个简单的例子吧，我以前在国内学的是两个不同的专业，到海外学习的又是另一专业，那么，至少到现在为止，在这三个不一样的大的专业领域里，有些知识性的东西我必须读。如果不读，我在这些专业领域里，就可能被人认为是在知识上有很多基本的、重要的甚至是致命的空白点。这是不行的，对不对？所以在这些专业领域里，在我看来属于基本的知识，比如政治史，经济和社会发展的经验知识，包括跟中国相关的，也包括跟中国不直接相关的，跟东亚、跟美国、跟东欧相关的政治经济社会转型和发展的知识性研究成果，我都要读。这就是第一类，为了寻求知识而读的书，为了这个目的必须要读的非常重要的书。

与这个目的密切相关的第二个目的，是从更具体的层面上讲的，就是为了获得一种技能而读书。技能和知识之间有很大差别。举个简单例子，比如你要学电脑，如果你不是把它当作一种专业，而只是当作你工作时候的一个手段，无论是写东西还是寻找资料，有关的技能你得学。又比如，假如你是一个做社会调查、社会研究的，统计方面的技能你也要学。为了学习这些技能，你得读一些书。又比如说，有些人想学烹调，那么烹调方面的书要去读。当然对我来说，技能方面的东西不需要学太多，因为我谋生的手段主要不是取决于这些技能，这些技能只具有辅助作用。所以这方面的书要读，但是不需要读得太多、太系统、太深。只是在需要用某些知识的时候，暂时读一读。学到这种技能以后，其他跟它相关的东西就不用管了。所以第二种读书的目的是为了学习一种技能，是一种纯粹工具性目的的读书。

第三种读书的目的是什么呢？为了满足知识上的好奇心。当然，每个人的好奇程度不一样。我呢，从小就很好奇，到现在还很好奇。小时候书很少，只要弄到一本书，只要有一点点有意思的东西，就要抓住机会看看，满足一种好奇心。年龄大了，书店有更多的书卖了，翻译过来的书更多了。好奇心呢，虽然也在增长，但是能够纯粹为了好奇而读书的时间比例越来越小，因为有其他越来越多的事情。我刚才所讲的，为前两种目的而读书的量随着年纪的增大在增大，特别是第一种。但纯粹为了好奇心而读的书是有的。比如，直到现在为止，我对于最重要、最前沿的天文学、宇宙学方面的知识依旧保持着浓烈的兴趣。当然，非常深奥的天文学、宇宙学的知识像我这样数学水平的读者是读不懂的。但是，跟这个问题相关的，宇宙的起源，宇宙是有限的还是无限的，时间是有限的还是无限的，非常本源性的跟宇宙的性质和宇宙的演化相关的问题，我非常感兴趣。为了这些兴趣，我经常读一读。20世纪最有名的那些科学家——爱因斯坦、斯蒂芬·霍金——的东西，到现在为止，我买了很多。只要在英文的报纸杂志看到对他们的非常重要的采访，我也会很认真地看，想知道有什么最新发现。这属于为好奇而读书。纯粹为了好奇读的书，还有一类跟考古有关。不管是中国的文明也好，非洲的文明也好，还是古希腊、罗马文明也好，我只要有点时间，碰上一个好东西，我都会好好读，读得津津有味，读得放不下来，除非实在是没办法，只好忍痛放下来。这方面的书我也买了不少。这就是为了好奇心而读书。为了好奇心读书很重要，它会使你的知识面不是停留在你专业的固定领域里。更重要的是，它能给你比知识更高层次上的眼界的和想象力的刺激启发，给你打开在你学习的专业里边看不见的那些可能性，那些门，那些窗户，那些远景。我觉得不管你多忙，不管你学的专业压力有多大，工作有多么繁重，一定要保持好奇心。只有有好奇心，你才会东边看看，西边看看，虽然貌似跟你的专业、工作不相关，但是有时候会忽然地，给你某种刺激，一下在你脑海里闪过很细的一道光。而这道光，对你的启迪意义会是革命性的，刷新了你以前很多想不明白的问题或者自以为想明白的问题。这是一个新的视角，一个 view（观点），一个 perspective（视野）。这是为好奇心而读书，是第三个目的。

　　读书的第四个目的，或者第四个取向，是什么呢？是由于一种感情的、情感的、情绪的驱动而读书。像我们这样，不是写小说、不是写诗歌、不是做艺术的人，有时候去读文学性的东西，读小说，读诗歌，主要是为了一种情绪的、感情的需要来读。我必须承认，像这种为感情和情绪而读书的情况，在年纪越小的时候越多。这就是为什么很多人在回忆自己读书的时候，想起什么呢？你拿个课本要考试，那么多重要的东西，你爸爸妈妈或者老师，要你准备这个考试，准备那个考试，准备这个课堂作业，准备那个课堂作业，但你心不在那上面，你手里拿了一本《水浒传》，拿了一本《西游记》，拿了一本金庸武侠小说，拿了一本《基度山恩仇记》或是《三剑客》，然后你放不下来。我想这就是一种情绪上的、感情方面的需要。这是第四个目的。

　　第五个读书目的是什么呢？在我看来就是为了寻求意义。这一点在西方来说，大部分人可能就是找他所信服的宗教的圣书，Holly Book（圣书）。你是基督徒，那么对你来讲一部《圣经》就是一部 Holly Book；你是一个伊斯兰教徒，那么对你来讲，《可兰经》就是一部 Holly Book；你是一个犹太教信徒，《圣经》中的《旧约》就是你的 Holly Book。中国人在这方面跟西方人不一样。像我们大部分人可能是不信教的，这并不是说反对宗教，是因为我们成长的整个的经验使得到现在为止没有信一种宗教。虽然我不是任何意义上的宗教教徒，但是我对伟大的宗教是很尊重的，因为这些宗教在人类社会里能够延续几千年，虽经历过那么多世事的变化，而始终能够对千百万、上亿、十多亿的人有强烈的召唤力，这真是一件了不起的事情。虽然我不是一个教徒，但是有时候为寻求一种意义，我也会翻翻跟宗教相关的 Holly Text（神圣读本）。中国人在历史上有组织的宗教观念比西方人淡泊得多，但有时候为了寻求意义我还会看其他一些书。人们会通过对超验的目标的追寻来获得教益，也会通过对现世的、俗世的事情的追寻来获得意义。举个例子，在 19 世纪末 20 世纪初，有很多西方的知识分子和中国激进的知识分子，通过很多革命书籍找到自己的终极意义，找到他所寻求的"活着是为什么""我这人生的目的是什么""我在这个世界上所要追求的超出我个人生命、个人存在的至高无上的价值目标是什么"的答案。很多人找到的是革命经典，还有些人在革命经典中找到的是马克思主义、共产主义。恩格斯就讲过，《共产党宣言》或者《资本论》是工人阶级的"圣经"，这个比喻就是这个意思。对于基督徒来讲，终极生命的意义和一切意义的来源是《圣经》。而对革命的人们来讲，他就要从马克思主义中去找。这就是读书要寻求一种意义。

综上，读书的几种目的：第一种，为寻求知识而读书；第二种，为寻求技能而读书；第三种，为满足好奇心而读书；第四种，是由于情感的需要、情感的驱使而读书，在我就是读一些小说、诗歌等文学性的东西；第五种，为了寻求一种生命的意义，人生的意义，最高的、终极意义上的价值目标而读书。在我看来还有第六种读书的目的，跟第五种有些关联，就是人，特别是青少年，要找得具体的 real model，就是榜样，生活的典范，从这里得到启发，得到教益。这是关于青年人该怎么奋斗，该怎么向上，该怎么使自己成长的步子迈得正确、坚定、一步一步、向前向上。这种读书目的跟第五种有关系，但不完全一样。就第五种为寻求价值而读书而言，随着一个人年龄越来越大，这方面要求越来越强烈。有些东西，他无法以自己有限的——在这个世界上生活了 40 年、50 年、60 年、70 年、80 年——生活经验来解释。他觉得还不够，他要寻找一种更高的、超验的，一种天上的、神性的根源去解释。人生怎么走，人生怎么设计，怎么奋斗，年纪越轻，越有这样的目的、这样的需要。那时候他的过去很短，而未来很长。未来对于他来说，就像爬梯子一样的，脚往哪儿迈，不能踏空。要把最后一种读书，就是为了人生的成长方面的目的的读书，跟寻求宗教的价值的读书行为相比，前一种对于宗教的寻求是超验的、彼世的、天上的、后世的等，后一种则是此生的、此世的、尘世世界的、滚滚红尘的。在这样一个世界上怎样塑造你自己，塑造你的生活，怎样运用你的性格，锤炼你的意志，怎样面对挑战，面对困难，等等，带着这些问题去读书就是我所谓的"第六种目的的读书"。■

（摄影：吴忠平）

吴 晞

Wu Xi

《红楼梦》/ 曹雪芹

通过家族悲剧、女儿悲剧及主人公的人生悲剧，揭示出封建
末世危机。

吴晞，深圳图书馆原馆长。历任北京大学馆员、副研究馆员、研究馆
员，文化部图书馆司文献资源处处长。1998 年起供职深圳图书馆，任
深圳图书馆馆长，深圳市图书情报学会理事长，广东省图书馆学会副
理事长，中国图书馆学会常务理事，中国图书馆学会阅读推广委员会
主任，公共图书馆研究院执行院长，北京大学兼职教授，中山大学兼
职硕士生导师，深圳市政协委员。

作者：[清]曹雪芹著／高鹗续
出版社：人民文学出版社
出版时间：1996 年 12 月

曹雪芹 《红楼梦》

本书是一部具有世界影响力的人情小说作品，举世公认的中国古典小说巅峰之作，中国封建社会的百科全书，传统文化的集大成者。小说以贾、王、史、薛四大家族的兴衰为背景，以贾府的家庭琐事、闺阁闲情为脉络，以贾宝玉、林黛玉、薛宝钗的爱情婚姻故事为主线，刻画了以贾宝玉和金陵十二钗为中心的正邪两赋有情人的人性美和悲剧美。通过家族悲剧、女儿悲剧及主人公的人生悲剧，揭示出封建末世危机。

阅读：最好的时代，最坏的时代

吴　晞

"最好的时代，最坏的时代"是英国大文豪、大作家狄更斯的名言。在《双城记》里，狄更斯这样写道："这是最好的时代，也是最坏的时代；这是智慧的年代，也是愚蠢的年代；这是信仰的时期，也是怀疑的时期；这是光明的季节，也是黑暗的季节；这是希望之春，也是绝望之冬；我们可能拥有一切，也可能一无所有；我们正走向天堂，也正走下地狱……"狄更斯所处的维多利亚时代，正是这样一个社会急剧发展、各种矛盾突出爆发的时代，与我们今天的社会颇有些相似。

这句名言也适用于今天的阅读，尤其是图书馆阅读。

为什么说是最好的时代？套用一句陈词滥调：国内外形势一片大好。

从国际上看，建立阅读社会是世界性的潮流。联合国教科文组织在1995年创建了"世界读书日"，也叫"世界图书与版权日"，现在已成为世界性节日，在中国也是重要节庆。

国际图联（IFLA）的相关宣言、文件（如《突尼斯宣言》），还有各地的相关法规（如英国的"阅读起步"、美国的"大阅读"、中国台湾的"儿童阅读年"等），都对阅读做出很高的期许和很多的要求。

从国内看，全民阅读已经蔚成风气。党的十八大报告发出"开展全民阅读活动"的号召。习近平总书记提出"爱读书，读好书，善读书"的口号，并倡建"学习型人生"。《全民阅读促进条例》已经列入立法日程，并于 2016 年 4 月起正式执行。各种政府为主导的读书节庆活动精彩纷呈，据不完全统计，全国已经有 400 多个城市开展了读书日、读书节、读书周、读书月、读书季的活动。

《公共图书馆宣言 1994》

再看看图书馆界，开展各种阅读活动已经在国内外业界形成了高度共识。《公共图书馆宣言》将开展阅读活动列为图书馆的重要使命，是"公共图书馆服务的核心"。《中国图书馆服务宣言》则说的更为明确："图书馆努力促进全民阅读。图书馆为公民终身学习提供保障，促进学习型社会的建设。"本次（2013 年）图书馆年会主题就是"书香中国——阅读引领未来"，表明业界对此的高度认同。

阅读的"最好的时代"更为重要的表现是：各种新技术涌现，并在阅读中迅速得到应用，极大地扩大了阅读的领域，资源极为丰富，获取极为方便，检索、利用手段日新月异。这一趋势发展迅速，势不可挡，给图书馆乃至整个社会带来了深刻变化。这是我们的前辈图书馆人不曾遇有的大好形势和发展机遇。

然而现在也是阅读"最坏的时代"。危机是多方面的，如：社会阅读风气的萎靡、低落，乃至消失；阅读娱乐，或曰娱乐至死、不娱乐毋宁死；为应试而苦读，考罢就恨不得焚书泄愤；以治学为生的知识分子，也急功近利，读书浅尝辄止，热衷于制造学术垃圾。

更深刻的危机同样来自各种新技术的涌现并在阅读领域普遍得到应用。可以说，新技术是一把最好的和最坏的双刃剑。

这并不是新问题。早在 20 世纪七八十年代，美国著名的图书馆学家兰卡斯特（F. W. Lancaster）就提出了一个"无纸社会"（paperless society）的著名预言："我们正在迅速地不可避免地走向无纸社会"，"图书馆主要是处理机读文献资源，读者几乎没有必要再去图书馆"，"再过 20 年，现在的图书馆可能完全消失"。这位令人尊敬的学者近日刚刚去世。曾有一位崇拜者当面询问兰卡斯特，为什么他的这一预言没有如期实现，这位大牌教授的回答是：我的预言本没有错，是这个社会发展错了。——典型的美国式的幽默。

虽然兰卡斯特教授的预言没有如期实现，然而新技术给图书馆以及社会阅读带来的冲击是确实存在的，而且日渐明显、急迫。新技术的冲击，造成读者阅读习惯的改变；社会信息渠道日益多样化，导致读者对图书馆依赖程度的降低甚至流失，使图书馆面临消亡的危机。近来业界出现过许多悲观的论点，甚至提出为图书馆做"尸检"（尸体解剖）。

如果说"尸检"之类的说法显得有些危言耸听，还不那么迫在眉睫的话，那么一些十分迫切的问题，如纸本资源收藏与否、传统文献与数字文献的关系、比例问题，就很现实地摆在图书馆人面前，使我们不得不面对，不得不拿出解决的思路、方案。

在这个问题上，国内图书馆界有着截然不同的看法，并出现了一南一北两位大腕级的代表人物。一位是北京国家科学图书馆张晓林馆长，他多年大力倡导"电子文献先行（e-first）""网络先行（i-first）"，有人开玩笑说他恨不能将所有纸质文献请出图书馆。另一位是广东中山大学的程焕文馆长，他的宗旨是"保留一切有价值的纸片"，严格恪守纸质文献的核心地位。

那么，图书馆工作者应该如何面对这个"最好的时代"和"最坏的时代"呢？或者说，张晓林和程焕文这两位大腕儿，我们到底应该听谁的呢？我历来主张两点：一是思想要激进，认识要超前；二是行动要保守，尤其是涉及破坏现有资源和模式的措施，一定要缓行、慢行、三思而后行。

我个人一直是图书馆现代化技术的鼓吹者，我所供职的深圳图书馆也一直走在图书馆现代化的前列。但是遇到具体问题，就一定要采取慎重的态度。例如前面所述的选择数字阅读还是纸本阅读，在个人来说是各有所好、见仁见智的事，但对图书馆就不一样了，因为涉及图书馆的馆藏模式和服务方针这样的根本大计，必须要有清醒认识和正确对策。对此，我们采取的对策是：图书馆数字化的发展方向是明确的，但目前图书馆的纸本文献仍然是不可缺少的。

关于图书馆数字文献和纸本文献的关系，现在有许多理论学说，可以说连篇累牍，涉及方方面面。而我们说目前图书馆的纸本文献还不可缺少，主要是基于以下两个很现实的因素，或曰非学理的因素：

1. 社会纸质文献资源极为丰富，还没有被数字文献完全取代。图书馆有"传承文明"的社会责任，要为后人留下完整全面的文化遗产，因此不能舍弃纸本资源。

2. 读者对纸质文献的需求很大，尤其是公共图书馆。我们不能忽略普通读者尤其是底层民众对传统文献的现实需求。

后者涉及图书馆的人文关怀，因此必须强调。这里且举一个我个人经历的例子。在20世纪90年代初期，我在北大图书馆供职，当时北大图书馆宣布取消原有的卡片目录，全部采用机读目录（MARC）。这在全国高校图书馆是首家，我们都很以为荣耀，当时在图书馆界也是一件重大的事情。不久后我到美国出访，得知了另外一个故事：美国的一所大学，当时也曾计划取消卡片目录，但是因为有几位教授从不肯使用电脑，图书馆最后决定卡片目录依然保留。两种做法，反映了两种态度、两种考量。且不说事情本身的是非对错，毕竟现在大多数图书馆已经不再使用卡片目录了，但无疑美国这所大学的做法更具有人文关怀的精神，而不是技术至上主义，不是为技术而技术、为现代化而现代化。这正是我们所缺乏的。

正是基于这种考量，我所供职的深圳图书馆研制开发了"城市街区24小时自助图书馆"。对于这个项目的研制和使用，业界也有不少争议，有人认为我们采用最先进的技术手段，却用于最传统的纸本书刊借阅，不能体现图书馆的发展方向。对此我不能苟同。请看两组数字：2012年，全市自助图书馆借还书各有100余万册，预借14万册，服务读者13余万人；2013年5月仅一个月，借书就达9万册，还书10万余册，预借1.3万册，服务读者12万人次。内行的同仁都能看出，这样的服务量相当于一个中等以上规模的图书馆。利用效益就是最好的说明，社会有需要，民众有需求，就是我们的服务方向。

曾有一位女市民动情地对我们的工作人员说，自己在深圳发展不顺利，正在考虑回老家，但使用了自助图书馆这样的便民服务设施，而其它地方都没有，就改变主意不走了，留下做一个深圳市民。自助图书馆项目问世后得到过多次表彰和各种奖项，包括胡锦涛总书记的赞许，以及文化系统的最高奖"文化创新奖"和"群星奖"，但这位女市民的夸赞却更令我们荣耀，让我从中切实感受到我们做了图书馆应该做的事情，尽了我们的社会责任，体现了图书馆的社会价值。

对于阅读，对于图书馆，"最好的时代"和"最坏的时代"还会继续下去。不管是好时代还是坏时代，我们这一代图书馆人要做的，是怎样才能无愧于这个时代，不负时代的重托，完成时代的使命。■

（本文选自《图书馆论坛》2014 年第 8 期）

（摄影：吴忠平）

李凤亮

LI Fengliang

《生命中不能承受之轻》/ 米兰·昆德拉

小说从"永恒轮回"的讨论开始，把读者带入了对一系列问题的思考中，比如轻与重、灵与肉。

李凤亮，学者。美国南加州大学（USC）访问学者，"国家百千万人才工程"人选及"有突出贡献中青年专家"。现任深圳大学副校长、文化产业研究院院长、国家文化创新研究中心主任、国家社会科学基金重大项目首席专家。著有《冲突与融合——米兰·昆德拉小说诗学引论》《沉思与怀想》《彼岸的现代性》《艺术原创与价值转换》等专著、合著13部，发表论文近百篇。

作者：[捷克] 米兰·昆德拉
出版社：作家出版社
译者：韩少功　韩刚
出版时间：1987 年 9 月

米兰·昆德拉　《生命中不能承受之轻》

本书是作者米兰·昆德拉最负盛名的作品。小说描写了托马斯与特丽莎、萨丽娜之间的感情生活，但它不是一个男人和两个女人的三角性爱故事，它是一部哲理小说。小说从"永恒轮回"的讨论开始，把读者带入了对一系列问题的思考中，比如轻与重、灵与肉。

面向生命的阅读

李凤亮

一

我出生在苏北乡下一个较为偏僻的农村。小的时候，没有上过幼儿园，现在能想起来的儿时阅读经验，大多跟连环画（我们称之为"小画书"，现在则有了更多的绘本）有关。因为可读的东西少，所以常将一本小画书翻来覆去看很多遍，内容滚瓜烂熟不说，还能画出小画书里的人物。我特别喜欢画武将，岳飞、金兀术画得尤其多。直至前年，同样喜欢武将的儿子看着我一会就能画出武将的盔甲，瞬间表现出十分敬佩的神情。

阅读是需要认字的。我至今搞不明白当时不认字的我们一帮小伙伴，是如何看懂小画书上的内容的。也许那也是我们的"读图时代"。在同伴当中，我认字比较早，这得归功于在农民中视野相对开阔的我的父亲。父亲也不怎么认字，但他意识到读书认字对改变农村人命运的重要性，所以在我四岁的时候，父亲安排读高中的哥哥每天教我认几个字。农村没有现在已很常见的识字卡，于是哥哥裁剪了一堆两寸见方的纸片，正面写汉字，反面写拼音，就这样教我认起字来。等到上小学一年级时，我大约已认得七八百个汉字。同班学友学起来较为费劲的字，我大多早已会了。老师们不时表扬，这大大激起了我儿时的学习自信心。因为认字多学习好，自然被老师选为班长，还当上三道杠的大队长，更加激发了我认字读书的兴头。

　　毕竟是在乡下，可见的读物是有限的，所以一切有字的东西，无论是"文革"时遗存的宣传标语、每家每户门上的春联，还是村部里每天四版的地方报纸，抑或聋四爷（一位地主出身的乡绅）小黑屋子里皱巴巴的古书，都成了我留意的读物。最兴奋的大约是上二年级时，哥哥从部队寄回来几本《动脑筋爷爷》，彩绘版的那种，印制得也跟一般图书不同。我简直顾不得吃饭，一口气看下去，甚至睡觉也放在床头。要知道，对于没有电视、一个月才有一次广场电影的乡下孩童来说，除了从收音机里的评书（我曾听过全本的刘兰芳讲《杨家将》《岳飞传》）、乡村手艺人晚饭后的闲谈中了解一点外面的世界外，一本书常常成为陪伴其精神成长的全部。所以，在乡下，步行个把小时去几公里外的村子找同学借书，点着油灯一两天赶快看完还回去，便成为常事。

　　我把那辈乡下孩子的经历讲给儿子听，他有时表示同情，但却是无法体会的。因为匮乏而带来的肠胃及精神上的饥渴，其实极容易满足。我还记得大约小学五年级暑假，不知从哪儿借来一套《笑傲江湖》，因为急着要还，于是整天看。中午实在太困，看着看着就睡着了，醒来时生怕书被拿走。我儿子听我说起这些，觉得不可理喻，犹如天方夜谭。他是认字特别早的，也是因为一岁多时回乡下，没什么事干，他妈妈带着他认每家门上的对联，竟认出瘾来，后来见到有字的东西，自己就会去念。三岁左右的儿子，估计能认出两千常用汉字来，这也算是惊人了。所以儿子不缠人，带出去吃饭，他自己吃饱了，就拿出书坐在一边看。他上的小学，恰好是"八岁能读会写实验班"。他凭借幼时的阅读基础，很快成为在班上能读能写的一个，二年级时写的童话《书架上的对话》还曾在报纸上公开发表。就在最近，他还这样写道：

　　我读书有时到了痴迷的地步：上学、聚会甚至外出度假，我都喜欢带上一些书。书籍让我看到历史的丰富、世界的多元。更多的时候，我喜欢发现历史中的联系，寻找不同年代的异同。正因为这样，在班级举行的《上下五千年》读书分享会上，我与来自大学、中学的老师一起担任评委，认真点评每一位同学，受到好评。我喜欢阅读中的思考和发现。在我眼里，历史不只是一堆人乱糟糟的表演，更像是一场场梦境般的现实。我不仅读史书，还爱科幻、魔幻巨作：《三体》《哈利·波特》《海底两万里》《鲁滨逊漂流记》……让我激动、惊奇、欣喜、害怕，一本书常常带给我一个新的世界。

　　儿子的这段话，让我更坚信了阅读是多么神奇，拥有多么大的力量！

事实上，抛开各种为了对付考试的读书行为不说，从文化行为学的角度来看，阅读可以说是人类最基本的文化行为。人类大多数的知识传承，来自阅读；人类的艺术创造行为，不论是文学创作还是艺术创作，也植根于阅读。古人讲："书读百遍，其义自见。"是说即使对于一些艰涩的文本，只要反复阅读，其意思也自然会明白。这大概也是古人提倡吟诵的缘由之一吧。

关于阅读，中国人耳熟能详的另一句话是"书中自有黄金屋，书中自有颜如玉"。这句话并非俗语，而是取自宋真宗赵恒的《励学篇》。诗是这么写的：

富家不用买良田，书中自有千钟粟。
安居不用架高楼，书中自有黄金屋。
娶妻莫恨无良媒，书中自有颜如玉。
出门莫恨无人随，书中车马多如簇。
男儿欲遂平生志，五经勤向窗前读。

这不仅是"励学"，更是"励志"了。对于许多中国人来说，不管是科举时代，还是今天的高考招生，本质为功利性阅读的"学习"恰恰是很多人改变命运的主要途径。由此我们不难想到，同样是阅读，其功能指向往往迥然相异。

比如有专业性阅读，也可称作"研究类阅读"。这类阅读的指向性十分明确，以追索文字的价值意义、内在蕴旨为目的。从严格意义上讲，这类阅读实际上是一种职业行为。而将阅读作为职业手段，其快乐有时不免要打折。比如，叫你读一本《正义论》，还要不断想着这个那个问题、做这样那样的批注，那感觉肯定比不上读两篇性灵文字来得舒服。故而

米兰·昆德拉

教授学者们皓首穷经式的阅读，虽也有豁然洞开后的愉悦，但更多的往往是反复琢磨却不得要领的苦闷。

让人愉快的是消遣性阅读。不带目的，不带功利，只是想消磨一两小时的时光，相遇一段人生故事，触碰几缕人生感悟，或仅愿纯粹获得一种文字欣赏的快感。各种类型的文学——小说、诗歌、散文，还有历史、传记，都是能够引起这种愉快的文本。消遣性阅读往往不受时空限制：飞机上，车站里，抑或等候一个朋友的片刻，更多的是临睡前的半个小时……都可进行。越是无功利的事物，往往越容易引起兴趣，甚至会令人手不释卷、废寝忘食。

还有一种思想性阅读。这类阅读者往往有较高的知识水平，不满足于一般的故事性分享，也不太钟爱那些美妙绝伦的文字。他们所喜爱的，常常是一些有思想的读物，不管这种读物是哲理式小说，还是哲学家写的性灵随笔。当然，如果一个作品思想与文采兼备，那无疑会成为他们的最爱，可惜这样的作品并不太多。我曾读过不少米兰·昆德拉小说的中译本，比较起来，还是觉得早年读过的韩少功、韩刚翻译的《生命中不能承受之轻》来得过瘾——虽是从英文转译，但对原作理解的深刻以及转达的生动，往往让人叫绝！阅读那个译本，真是一种思想和文字的双重享受。

三

谈到昆德拉，让我想起一个问题，即阅读者与被读者的互动。

作品对其阅读者，常常会有一种主体的塑造。读一个东西久了，你常常会成为你曾阅读的人物，像他那样思考、说话、行事，思维方式甚至也会逐渐地变化。这大概就是古人说的"六经注我"，当然更理想的是"我注六经"。书读多了，读久了，会有自己的发现、自己的主见，甚至有时以自己的经历看待和理解读到的文字。这种阅读和经历的相遇，正是阅读的奇妙之处。所以，"一千个读者就有一千个哈姆雷特"，或如鲁迅先生说的，读《红楼梦》，"经学家看见《易》，道学家看见淫，才子看见缠绵，革命家看见排满，流言家看见宫闱秘事"。

书读多了，自会有一种书卷气，这就是古人讲的"请君莫羡解花语，腹有诗书气自华"么？这种书卷气，自然不是一两日养成的，所以，阅读应成为一种长期的习惯，不在于一日千里，而在乎持之以恒。

不同的书给人不同的营养。还是培根说得透彻："读史使人明智，读诗使人灵秀。数学使人周密，科学使人深刻，伦理学使人庄重，逻辑修辞使人善辩。凡有所学，皆成性格。"长期阅读的人，谈吐自然少浊气，多雅识，让人见了之后，即使不用开口，也会赏心悦日。从这个意义上讲，阅读应该成为所有人一种共同的文化素质行为。当然有时候对不同的群体，阅读所能产生的效果又不太一样，阅读要求也不应相同。比如对于学理工的人，多读一些诗词文学，木滞的神情或许就能鲜活不少；而对于从政者，多读史书，或可鉴古今得失，为施政提供警醒与镜照。

阅读有时更是一种不期而遇——不是目光与文字的相遇，而是两个生命的相遇。碰到一本合适的书，就像遇到一个谈得来的人，相见恨晚，恋恋不舍，那种愉悦与满足不是一顿美食两件靓衣所能比的。从这个角度看，所有人在阅读之前，似乎都有一点解释学家伽达默尔所说的"前理解"或"成见"。往往阅历丰富的人，不大看得上那种面向美文的"轻阅读"，是不能"相遇"的原因么？或许是吧。

阅读的愉悦，不只在于相遇，更在于发现。发现写作者的机心，发现字里行间未写出的深意，抑或发现常人不见的独解，便有一种会心的一笑，怡然自得，心有灵犀。20世纪五六十年代以来，接受美学大行其道，反复张扬阅读者的权利和价值，强调作品不只是被"阅读"，而应是被不断地"重读"，正是讲的这个意思吧。所以，我提倡在应用型、心灵鸡汤式、炒股一类的书籍之外，人们应该多读经典。道理很简单，经典是浓缩的人生、思想的精华，阅读的过程就是跟大师对话、与思想相遇和心灵发现的过程。这个过程，一定愉悦。

有发现自然就想要表达，写出来便是读书感悟。好的读后感，有时不亚于原作。对于研究性阅读而言，优秀的读后感，其质量常常超过一篇苦磨出来的论文。这里面的道理其实不难理解，因为从阅读中自然流淌出来的"发现"，有依傍、有来处，从原文本的根处不断向上生长，常常成为对原作的一种升华。所以，常有原作者视评论者为知音的现象。当然，前提是评论者读得进去，又能走得出来。

四

有一种说法，说当一个国家的人均 GDP 超过 3000 美元（后来又调整成 5000 美元），文化消费会迎来爆发式的增长。2015 年中国人均 GDP 已达 8000 美元，如果是这样，作为文化消费基础的阅读，岂不迎来了一个黄金时代？

现实似乎在印证这个阅读时代的到来。首先看周末各地的大小书城人满为患。人们看累了往往席地而坐，成为一道道风景。精明的书店，也开始营造彻夜开放不打烊的氛围。图书发行行业虽然面临着互联网和电商的竞争，但也在创造着自己新的营销路径。于是，线上线下的购买，纸质和电子的阅读，相互烘托，形成了一股不可小视的阅读新浪潮。

不过，从数据看，中国国民的阅读似仍不乐观。网上常有这样的数据：就国民每年人均阅读图书量而言，日本 40本，韩国 11 本，法国 20 本，以色列 60 本，中国 4.35 本，不及以色列人的十分之一。还有来自联合国对世界 500 强企业家读书情况的调查统计：日本企业家一年读书 50 本，中国企业家一年读书 0.5 本，相差 100 倍。不知道这些广被征引的数据有没有根据。虽然我们需要充分考虑中国欠发达地区图书消费量不足所造成的区域阅读不均衡，但从总体上看，今天大多数中国国民用在微信朋友圈、肥皂剧、宴饮逛街购物上的时间多于阅读的时间，则是一个不争的事实。发达国家的地铁内，常见人们安静地读书；而我们的地铁内，更多的是高声的喧哗和刷屏的动作。有时看多了这样的报道，不免沮丧。不过也有网友调侃：我倒是想在地铁上读书，可下班时间能挤上地铁都是幸运的，想读书，回家再说！

不过情况似乎在一步步好转。各地不同形式的读书节、读书月、读书周，参与者甚众，也成为当地重要的文化活动，政府投重金着力打造。像深圳这样的新兴城市，甚至将"让城市因热爱读书而受人尊重"列为城市的十大观念之一，以鲜明的口号标举自己的文化性格，殊显可贵。

我一直在想，渐近小康社会的中国，民众在物质丰裕的同时，正应逐步养成两个好的习惯——一是健身习惯，二是阅读习惯：前者以强健体魄，杜绝诸多富裕病；后者以澡雪精神，培养一点贵族气。

记得好几年前在商务印书馆里见过其创始人张元济先生的一副名联，"数百年旧家无非积德，第一件好事还是读书"，一眼记住，至今不忘。确实，富裕之后的中国人，如何过得更有质量、更有尊严、更有贵气，是所有文化人都应深思的问题。许多人富而不贵，正是因为缺少底蕴。不少老板书架上灰尘深积，放置的线装书虽然昂贵，却不曾打开过，甚至有人索性只是摆些大型丛书的盒子做做样子，甚觉可笑。不少人总觉得读书应是"读书人"的事，与"生意人"无关，岂不知书中不仅自有很多生意经，读多了，眼界不同，境界不同，世界也不同呢。前几年深圳荣膺"全球全民阅读典范城市"称号时，我曾说过，这是对深圳经济特区 35 年建设成就很高的褒奖。从长远看，它比 GDP 再上几个点的意义要大得多。现在看，我还是这个观点。

阅读习惯需要慢慢养成。是否阅读、如何阅读，应该成为我们经常思考的问题。对一个家庭来讲，在家里的显要位置设立一个书架，是一个很好的营造家庭读书氛围的方式。父母应经常带孩子逛逛书城，且不妨形成相对固定的阅读时间，全家一起静心读书、相互交流。对于学校来讲，可以开展形式多样的阅读活动，从小培养学生的阅读习惯。事实上，近年来各地层出不穷的民间阅读组织，在组织和推广阅读方面，做了许多有益的事，功不可没。应该鼓励更多的这样的民间组织的出现，用民众的创新能量提升阅读参与度和阅读有效性。

阅读吧，从现在开始，并持之以终生，你的生命会更加丰盈。从自己做起，从身边做起，从最基本的阅读做起，你一定会遇见一个不一样的自己。■

后记

Afterword

后记

为纪念深圳经济特区成立 36 周年、深圳读书月 17 周年，在第 21 个"世界读书日"来临之际，受深圳读书月组委会办公室的委托，我们特选取了 36 位深圳读书人，一人撰写一篇有关阅读的佳作，众筹出版《阅读看见未来：对我影响最大的书》，向深圳生日献礼，为深圳文化助力。

《阅读看见未来：对我影响最大的书》的 36 位作者，都是享誉国内甚至国际的文化名人或企业家，包括国务院参事王京生，年逾七旬的知名作家何永炎，资深媒体人胡洪侠、张清，著名作家邓一光、杨争光，著名翻译家黄灿然，华为总裁任正非，腾讯董事会主席兼 CEO 马化腾，万科董事会主席王石，深圳出版发行集团总经理尹昌龙等。读者可以从《阅读看见未来：对我影响最大的书》里一窥深圳文化人和企业家的精神风骨。

36 位读书人来自五湖四海，来到深圳后又见证了深圳的成长与辉煌，并成为深圳成长和辉煌的一部分。在《阅读看见未来：对我影响最大的书》中，既有这些读书人关于"书荒"时代的记忆，也有对某部名著的深刻解读，还有对读书之乐的分享。这本书不传播任何成功学、发财之道或者心灵鸡汤，只关注每个读书人和书相知相遇的人生之旅。他们讲述书里书外的故事，他们的阅读范围之广、对书籍的理解之透、对书的热爱之深让人惊叹。深圳塑造了他们，他们同时也塑造了深圳。是无数的深圳读书人，让深圳这座高度物质化的城市变得柔软和温暖。

《阅读看见未来：对我影响最大的书》36 位作者只是无数个深圳读书人的代表，正是无数的读书人使深圳这个年轻的城市充满了浓浓的人文气息，不输于任何一个有悠久历史的城市。他们为我们的城市赢得了尊重，他们是我们的城市之光。

本书由深圳出版发行集团旗下深圳华文国际传媒有限公司策划实施，于去年深圳读书月期间启动，纳入了读书月重点主题活动，得到了深圳市委宣传部、深圳市文体旅游局、深圳读书月组委会、深圳市阅读联合会、深圳北大五四读书会以及深圳出版发行集团及旗下海天出版社大力支持，在此表示感谢。

本书由深圳市委常委、宣传部部长李小甘先生作序。小甘先生本人就是著名作家，著作等身，他的序言不仅是对我们工作的支持，更是对深圳阅读和这座城市新人文主义精神的传承和张扬。本书编选工作还得到了很多其他领导和朋友的支持，在此不一一列举。

著名设计师韩湛宁从阅读出发，对全书进行精心策划与编排，数易其稿，以设计传递思想；著名摄影师吴忠平拍摄了绝大多数作者的照片，力求表现作者的精神气质，在此表示衷心感谢。

本书采用了新颖的"互联网＋出版"的众筹方式，该项目2015年11月4日在众筹网上线启动，12月3日众筹结束，213人参与，共筹集资金18965元，得到了读者、作者的积极响应，在此我们向所有众筹参与者、所有作者表示感谢。

参与本书具体众筹和编辑工作的除了主编魏甫华和瘦竹外，还有张永宏、王芳、朱德明、杨红、潘彦铮、刘夏影、高雅、陈雪芳、龙小梅等，以及精心排版的胡家彬、麦日清、黄伟钊、朱莹纯等设计师，和为本书印制付出努力的穆振英、熊彩云等印制单位工作人员，谢谢他们付出的辛劳。

本书因为涉及各个不同群体和职业，介入越深，越感到编选难度之大。我们虽然费尽了心力，但由于水平有限，书中仍不免出现疏漏和错误，欢迎方家和读者指正，以便我们后续选编出一个更为出色的读本。

魏甫华　瘦竹

2016 年 4 月 5 日于深圳

众筹出版人名录（按姓氏字母排序）

Michelle Li	邓　宇	贺清华	李淑文	刘　绮
Sherry Zhang	丁玮明	洪才德	李双莹	刘铁江
阿　林	杜　超	胡彩霞	李素芳	刘苏艳
安晓朋	冯华江	胡　宽	李　婉	刘忻雨
白　杨	傅华生	胡素萍	梁　兵	卢当应
陈　芳	顾书萌	胡芸辉	梁　红	陆　静
陈海滨	关　婷	黄国立	廖观荣	罗　尔
陈丽萍	郭晟飞	黄志波	廖旭东	罗　楠
陈　林	郭小宇	蒋成华	林春笋	满黎黎
陈名警	郭怡彤	金羽美	林春珍	孟　辉
陈　雪	韩　鹏	冷　江	林俊君	孟　扬
陈雪芳	韩湛宁	冷勇峰	林　开	苗　妍
谌法辉	韩之硕	李国强	林显耀	闵昀昊
崔建明	何才冬	李宏华	林炀炀	聂雄前
戴　唯	何东运	李后武	刘　芬	欧　海
党宏平	何　蓉	李　坚	刘汉卿	潘新国
邓如意	何树宇	李林兰	刘行华	彭　生
邓似虹	何　薇	李　琦	刘红娟	彭思思

彭远才	田　叶	夏惠雯	于　跃	周力思
任　玥	万春红	肖海蓉	余立琴	周　宁
阮珊珊	王　斌	萧　冰	余廷勇	周彦铧
邵文君	王　琛	谢华强	余英栋	周笑冰
宋　沫	王　芳	谢庆瑜	袁　俊	周修琦
苏　菲	王芳琴	邢嘉慧	臧少杰	周于旸
孙　斌	王　康	徐家波	曾红艳	朱旭峰
孙　宏	王立军	许璐瑶	曾庆龙	朱　媛
孙培伟	王　莉	阳小平	曾杨波	朱政祥
孙丕永	王漫玲	杨　阡	张凤仙	朱卓雅
孙小姐	王晓捷	杨　青	张景生	诸　彪
孙　笑	王　英	杨　盛	张　涛	
覃飞龙	王云萍	杨　阳	张晓玲	
谭靖尧	王　珍	杨　毅	张雅忠	
唐成日	王子东	叶　赓	张英旺	
唐小兵	韦传敏	叶映红	张永宏	
滕树友	魏甫华	叶　贞	赵文凤	
滕　怡	翁宇凯	易玉琨	周建莉	

图书在版编目（CIP）数据

阅读看见未来：对我影响最大的书 / 魏甫华，瘦竹主编 . — 深圳 : 海天出版社，2016.4
ISBN 978-7-5507-1602-5（2016.9 重印 ）

Ⅰ . ①阅… Ⅱ . ①魏… ②瘦… Ⅲ . ①读书笔记—中国—现代 Ⅳ . ① G792

中国版本图书馆 CIP 数据核字 (2016) 第 070106 号

主　　编：魏甫华　瘦竹
策　　划：深圳读书月组委会办公室

阅读看见未来：对我影响最大的书
YUEDU KANJIAN WEILAI: DUI WO YINGXIANG ZUIDA DE SHU

出 品 人：聂雄前
责任编辑：张绪华　何志红
责任技编：梁立新
责任校对：涂玉香　岑诗楠
书籍设计：韩湛宁

出版发行：海天出版社
　　　　　地　　址：深圳市彩田南路海天综合大厦(518033)
　　　　　网　　址：www.htph.com.cn
　　　　　订购电话：0755-83460293(批发) 83460397(邮购)
制　　作：深圳市亚洲铜设计顾问有限公司
印　　刷：深圳市国际彩印有限公司
开　　本：787mm×1092mm　1/16
印　　张：21
字　　数：250千
版　　次：2016年4月第1版
印　　次：2016年9月第2次
定　　价：58.00元